Wilhelm Tieke

Anna Born

Ein Frauenschicksal

Wilhelm Tieke

Anna Born
Ein Frauenschicksal

Roman

edition fischer
im
R. G. Fischer Verlag

Die Handlung dieses Romans sowie die darin vorkommenden Personen sind frei erfunden; eventuelle Ähnlichkeiten mit realen Begebenheiten und tatsächlich lebenden oder bereits verstorbenen Personen wären rein zufällig.

Die Deutsche Bibliothek – CIP-Einheitsaufnahme
Ein Titeldatensatz für diese Publikation ist bei
Der Deutschen Bibliothek erhältlich

Orber Str. 30, D-60386 Frankfurt/Main

Schriftart: Times 11°
Herstellung: Satz*Atelier* Cavlar / NL
Printed in Germany
ISBN 3-8301-0319-0

Inhaltsverzeichnis

Die Personen

Anna Born, *geborene Grabert*
Willi Born, *Bauer, ihr Ehemann*
Wilhelm Born, *Bauer, Vater des Willi Born*
Marie Born, *seine Frau, Mutter des Willi Born*
Otto und Herta Grabert, *Eltern von Anna Born*
Günter Born, *Sohn von Anna und Willi Born*
Hildegard Born, *geborene Gablonz, seine Frau*
Margarethe Burger, *geb. Born*
Rainer Burger, *Ehemann von Margarethe*
Andreas, Regina und Dorothea, *deren Kinder*
Erna Born, *Schwester von Willi Born,*
verheiratet im Nachbardorf
Luise Born, *Schwester von Willi Born,*
verheiratet mit einem Soldaten
Fritz Hack, *Freund von Willi Born*
Ellen Müller, *Freundin von Anna Born,*
verheiratet mit einem Soldaten
Gerhard und Heinz, *ihre Söhne*
Frau Herling, *Annas Quartierwirtin in Potsdam*
Bauer Neuling, *Borns Widersacher*
Jean, *Franzose, Kriegsgefangener, arbeitet bei Borns*
Emil, *Franzose, Kriegsgefangener, arbeitet bei Borns*
Risko, *Ukrainer, Zwangsarbeiter bei Borns*
Stachu, *Pole, Zwangsarbeiter bei Borns*
Elisabeth Jaglitz, *Bäuerin im Nachbardorf*
Josef Schmitz, *Bauer am Niederrhein*
Werner Friedrich, Gerhard Lamprecht,
Kurpatienten
Erna Kreutzer, Ella Kunze, *Kurpatienten*

Kindheit und Jugend

Anna Born, geborene Grabert, wurde zu Anfang des Ersten Weltkriegs in der preußischen Provinz Westpreußen geboren. Ihre Vorfahren gingen aus Germanen und Slawen in Jahrhunderten deutscher Ostkolonisation hervor.

In jenen deutsch-polnischen Grenzlanden lebten Bauern, Handwerker und Kaufleute. Die Landwirtschaft war der dominierende Erwerbszweig. Die Industrie steckte noch in den Kinderschuhen.

Dic Zeit des Deutschen Ritterordens war lange vorbei, aber sie wirkte nach. In der weiteren Entwicklung, bei mehrmaliger Umkehrung der Herrschaftsverhältnisse, wurde die Kluft zwischen Besitzenden und Besitzlosen immer größer, gab es Gutsherren, Bauern und Landarbeiter. Daneben wurden die Grenzen der Volkszugehörigkeit immer höher und trennten Deutsche und Polen in zunehmendem Maße. Die soziologische Entwicklung der Volksgruppen verlief parallel mit der Ausübung der Macht.

Annas Vater war Landarbeiter, fleißig und strebsam, im Untertanengeiste erzogen. Er träumte – wie alle seines Standes – von einem besseren Leben in Glück und Wohlstand. Aber noch war er Untertan, Höriger eines deutschen Gutsbesitzers, in dessen Abhängigkeit deutsche wie auch polnische Landarbeiter standen. Da Otto Grabert beide Sprachen beherrschte, wurde er eines Tages zum Vermittler zwischen dem deutschen Grundherrn und den polnischen Landarbeitern. Er war Vorarbeiter und hatte damit die erste Stufe in der Rangfolge der Agrarhierarchie erklommen. Vorarbeiter hatten schon etwas zu sagen, aber sie mußten, wenn es darauf ankam, auch in der Arbeit vorangehen. Otto Grabert konnte beides.

Annas Mutter, Herta Grabert, kam aus gleichen Verhältnissen. Als älteste Tochter einer Landarbeiterfamilie mußte sie schon als Kind alle im Hause anfallenden Arbeiten verrichten, da ihre

Mutter meistens mit dem Vater auf dem Felde arbeiten mußte. Als Anna dann die Schule verließ und konfirmiert wurde, begann auch gleich der volle Ernst des Lebens: Sie kam als Magd beim Gutsherrn in Stellung.

In der Zeit vor dem Ersten Weltkrieg lernten sich Annas Eltern kennen und lieben. Da sie aus gleicher Bevölkerungsschicht kamen, konnten sie alle Beschwernisse des Lebens, die auf sie zukamen, richtig einschätzen. Sie vertrauten einander und auf ihre Lebenskraft, durch Fleiß und Strebsamkeit immer mehr zu erreichen als das, was sie gerade hatten. Mit dem Segen des Gutsherrn und der Kirche durften sie heiraten und eine Familie gründen, die sich in wenigen Jahren um zwei Mädchen und einen Knaben vergrößerte.

Mit dem Ende des Ersten Weltkrieges zerplatzten die Zukunftsträume der Familie Grabert wie Seifenblasen. Das polnische Volk hatte drei Teilungen überstanden und errang seine staatliche Einheit zurück. Aus den preußischen Provinzen Posen und Westpreußen und russischen und österreichischen Landesteilen entstand ein neues Polen.

Das bedeutete für die anderen Volksgruppen Benachteiligung und Unterdrückung. Viele von ihnen wanderten nach Übersee aus. Andere Deutschstämmige gingen nach Deutschland; auch die Familie Grabert. Aber dort herrschte große Not.

Annas Eltern fanden Arbeit auf einem Gut in der Prignitz. Die Prignitz ist die Landschaft zwischen Elbe, Elde, Havel und Dosse, in der westlichen Mark Brandenburg, erstmalig 1349 urkundlich erwähnt. Zur Zeit der Völkerwanderung drangen slawische Stämme, darunter die Wenden, bis in die Prignitz vor und nahmen das von den Germanen aufgegebene Gebiet in Besitz. Im 8. Jahrhundert setzte die deutsche Ostkolonisation ein, die von der unteren Elbe ausging und unter dem Deutschen Ritterorden bis Preußen und zum Baltikum vordrang. Germanen und Slawen vermischten sich, und so entstand im Verlauf der Jahrhunderte jene Menschensynthese, der auch Annas Vorfahren entstammten.

Die Prignitz ist das kleine Abbild der Mark Brandenburg.

Märkischer Sand, Kiefernwälder, sanfte Hügelketten, saftiggrüne Flußniederungen und große Äcker prägen den Landschaftscharakter. Aber auch stille Dörfer und Ackerbürgerstädte voller Betriebsamkeit sind die Prignitz – und ein ruhiger, bedächtiger Menschenschlag mit einem »Schuß« Potsdam und Berlin.

In der Prignitz gibt es alte Handwerker- und Bauerngeschlechter, deren Urahnen aus Friesland und Niedersachsen, aus Holland und Frankreich ins Land kamen, gab es alte Landadelsgeschlechter, die große Rittergüter besaßen, die die Politik Brandenburgs, Preußens und Deutschlands mitbestimmten.

Annas Eltern fanden Arbeit und Wohnung auf einem kleineren Gut, das einem Herrn von K. gehörte. Das Gut lag am Rande eines kleinen Dorfes in der »Streusandbüchse« der Prignitz. Mit unermüdlichem Fleiß rangen die Menschen dem kargen Boden die Ernteerträge ab, die ihnen ein bescheidenes Leben sicherten. Die Familie des Gutsherrn lebte dementsprechend in einem größeren Haus, das man – wohl zu anspruchsvoll – »Schloß« nannte.

Annas Vater hatte sich durch Fleiß und Zuverlässigkeit bald wieder hochgearbeitet. Die Familie Grabert besaß eine kleine Wohnung in einem Arbeiterhaus des Gutes. Annas Eltern waren Deputatarbeiter, das heißt: Sie erhielten für ihre Arbeit Geld, Feldfrüchte und Holz. Das waren Grundlagen zum Halten von zwei Schweinen, von Hühnern, Enten und Gänsen; alles, was man zum einfachen Leben brauchte.

Alle Leute im Dorfe mußten rechnen und jede Mark umdrehen, bevor sie sie ausgaben. Das traf auch auf den Gutsherrn zu. Obwohl es zu der Zeit im Lande viele Arbeitslose gab, nahm Herr von K. im Sommer und Herbst, zur Haupterntezeit, polnische Schnitter an, die kolonnenweise ins Land kamen und für verhältnismäßig geringen Lohn arbeiteten. Die polnischen Schnitter waren in Brandenburg ein Begriff. Sie waren Fremdarbeiter, die in den »Schnitterkasernen« der Güter wohnten und meistens auch insgesamt beköstigt wurden. Sie arbeiteten in selbständigen Kolonnen. Da Annas Vater die polnische Sprache beherrschte, wurde er bald Aufseher über eine solche Kolonne.

Landarbeiterlos war ein schweres Los, doch Anna und ihre Familie waren zufrieden. Bereits als Kind mußte Anna den Haushalt besorgen, wenn die Eltern auf dem Felde waren. Sie mußte das Federvieh füttern und für die Schweine Kartoffeln kochen. Oft murrte sie, aber liebevoll verstand es ihre Mutter, sie immer wieder zur Arbeit anzuhalten.

Unter den Kindern des kleinen Dorfes bestand eine gewisse Rangordnung, die auch der Lehrer in der Schule berücksichtigte. Da gab es die Bauernkinder, die durch ihre Kleidung von den Landarbeiterkindern abstachen; die einen trugen Lederschuhe, die anderen Holzpantinen. Noch größer war der Unterschied zu den Kindern des Gutsbesitzers, die jedoch nur die Grundschule im Dorfe besuchten und dann zum Gymnasium in der Kreisstadt überwechselten. Dadurch wurde der Bildungsunterschied noch größer, und sie selbst fühlten sich auch als Angehörige einer privilegierten Klasse. Anna bedrückte besonders, daß sie und ihre Geschwister anfangs im Dorfe nur »die Pollacken« genannt wurden.

Natürlich träumte auch Anna davon, einmal zu den »besseren Leuten« zu gehören. Das wurde ihr durch das Streben der Eltern vorgelegt.

Als Anna die Schule verlassen hatte, kam sie als Küchenmagd beim Gutsherrn in Stellung. Die Mamsell war streng, doch Anna lernte dabei fürs Leben. Schon bald mußte sie für das Gesinde kochen. Nebenbei entwickelte sie sich zu einer kleinen Persönlichkeit und erblühte zu einer schönen jungen Frau, nach der sich die Männer umdrehten.

Mit 19 Jahren wurde Anna Zimmermädchen. Sie richtete die Kleider der Gutsherrin und half ihr beim Anziehen. Sie mußte auftragen und bedienen, wenn die Herrin mit befreundeten Damen beim »Kaffeeklatsch« zusammen war.

Anna besaß bald das uneingeschränkte Vertrauen der Herrschaft. Sie hatte die vielen »Prüfungen« bestanden, hatte »herumliegendes« Geld nicht angerührt und auch nicht die kleinen Schmucksachen, die junge Mädchen schon in Versuchung bringen können. Im Gegenteil: Sie machte die gnädige Frau darauf aufmerksam.

Als Zimmermädchen hatte Anna an allen Tagen ganz bestimmte Aufgaben zu erfüllen; sie mußte die Zimmer der Herrschaft ausfegen, Staub wischen und Betten machen. Dabei fiel ihr zunächst nicht auf, daß Herr von K., ein forscher Mittvierziger, immer häufiger ihre Hilfe in Anspruch nahm – den Binder umlegen, die Manschettenknöpfe einstecken und die Gamaschen wickeln. Dabei erkundigte er sich charmant nach ihrem Befinden. Anna war so naiv, noch so unwissend, daß sie seine Anzüglichkeiten für nette Gesten hielt. Als er dann eines Tages wie beifällig sagte: »Anna, wissen Sie eigentlich, wie schön Sie sind?«, ging ihr »ein Licht« auf, und vor Schamröte wußte sie nichts zu erwidern. Sie beeilte sich, aus dem Zimmer zu kommen, denn sie bekam Angst vor diesem Mann. Fortan ging sie ihm aus dem Wege – wenn sie es konnte.

Mit der Entwicklung zu einer schönen jungen Frau wuchs auch in Anna das Begehren, das Hingezogenfühlen zum anderen Geschlecht. Die Mutter gab ihr Ratschläge und Verhaltensweisen, aber zu einer gründlichen Aufklärung kam es nicht. Dazu gab es in der damaligen Zeit zu viele Tabus. Nur unter Freundinnen wurden erste Erfahrungen im Umgang mit dem anderen Geschlecht ausgetauscht, wurden Theorien erörtert, die man irgendwo gehört oder gelesen hatte. Jugendliche Schwärmereien, Vorstellungen von körperlicher und sinnlicher Liebe berührten Anna in zunehmendem Maße. Das Geheimnis Mensch und seine Entstehung wurde immer mehr gelüftet.

An schönen Sommerabenden gingen die Mädchen singend und untergehakt auf der Dorfstraße spazieren. Die jungen Männer standen an den Hoftoren und machten witzige und auch anzügliche Bemerkungen, wenn die Mädchen vorbeidefilierten. Es gab mehrere »Klumpen«, wie hierzulande die Gruppen genannt wurden, die freundschaftlich und standesgemäß zusammenhielten. Da gab es die Gruppen der Bauernsprosse und der Arbeiterkinder, und kleinere, wie die Schloßbediensteten. Sonntags, an den

Winterabenden, kamen die »Klumpen« in den Gesindestuben reihum zusammen und erzählten, sangen und tanzten. Alles bewegte sich in den sittlichen Grenzen, wie sie Elternhaus, Schule und Kirche vertraten. Diese Hemmschwelle wurde jedoch überschritten, wenn an den Sommerabenden die Dunkelheit eingetreten war und an den Winterabenden in den Gesinde- und Eßstuben das Licht ausging. Dann sprengten die jungen Männer die Ketten der Mädchen und hängten sich ein oder setzten sich tastend auf den Schößen der Mädchen nieder. »Hänschen-piepe-mal« war dann die Brücke, und bei dem Gesellschaftsspiel berührten sie sich. Und ein Prickeln, Ausdruck von Zuneigung und schüchterner Liebesbezeigung, durchflutete ihre Körper. Ahnungen, Empfindungen und erste »Erfahrungen« wurden so zu Schrittmachern der Liebe. Und so reihte sich Schritt an Schritt.

Eines Tages hatte auch Anna dem Drängen ihres Inneren und ihres vollentwickelten Körpers nicht widerstehen können. Nach jugendlicher Schwärmerei mit verstohlenen und schüchternen Küssen, mit herrlich schönen Schauern über dem Rücken wuchs das Verlangen nach einem jungen Mann namens Gerhard, ein Jahr älter als sie, der bei einem Bauern als Pferdeknecht in Stellung war.

Anna und Gerhard wurden ein Liebespaar. Wenn die Grenzen der geltenden Moral und Sittlichkeit durch Dunkelheit und Nacht aufgehoben waren, wenn diese Grenzen in der Abgeschiedenheit einer würzigen Kiefernschonung nicht galten, hielten sie sich an den Händen, umarmten und küßten sich, wurden eines, bis auf das letzte, vor dem Anna so große Angst hatte – Angst davor, daß aus dieser völligen Einswerdung neues Leben entstehen könnte. Wie waren sie doch unaufgeklärt! Sie kannten die großen Zusammenhänge, die zur Entstehung neuen Lebens führten. Sie sahen schon als Kinder, wenn die Kuh zum Bullen, die Sau zum Eber, die Stute zum Hengst geführt wurde, aber sie wußten so gut wie nichts über körperliche Liebe ohne »Folgen«. Und ein uneheliches Kind galt als Schande, besonders wenn der Vater nicht zu ihm und der Mutter stand, wenn er die Heirat verweigerte. Nicht nur moralische, sondern auch staatliche Gesetze benachteiligten solche Mütter und Kinder. Das alles türmte sich unüberwindbar auf, wenn Anna in die Versuchung kam, ihrem Inneren nachzugeben und mit Gerhard auch körperlich eins zu werden.

Sie schmiedeten Pläne, die auf Heirat und Familiengründung hinausliefen. Er war sich durchaus schon der beschützenden und sorgenden Rolle eines Ehemannes bewußt und sann darauf, wie er zu einer Stellung kommen könnte, die ausreichte, um eine Familie zu ernähren. Und Anna sah sich dann schon als die Beschützte, Versorgte, die treu und fleißig an seiner Seite Stehende, als zweites Haupt einer glücklichen Familie.

Anna war inzwischen 22, und im Dorf war es schon lange kein Geheimnis mehr, daß sie mit Gerhard »ging«. Sie galten als ordentlich und fleißig, was so viel wie eine Heiratserlaubnis von seiten der Dorfbewohner bedeutete. Aber zum Heiraten fehlte ihnen das nötige Geld und eine Wohnung.

Die Weltwirtschaftskrise, die alle Länder der Erde erfaßt hatte, drückte Löhne und Lebensstandard auf ein Minimum, und jeder war froh, wenn er Arbeit und ein Dach über dem Kopf hatte. Unter solchen Umständen konnten Anna und Gerhard keinesfalls heiraten. Annas Mutter litt mit ihrer Tochter darunter, denn auch sie mochte den Gerhard, und immer wieder warnte sie: »Was wollt ihr denn schon anfangen, so ohne nichts – wartet, bis es besser wird!« Und immer wieder warnte sie ihre Tochter, daß ein Kind in dieser schweren Zeit ein Unglück sei. Sie wünschte ihr das Glück von ganzem Herzen, und sie wußte auch, daß das vollkommene Glück zweier Menschen in der körperlichen Einswerdung liegt, doch sie fand keine Worte, um ihre Tochter aus ihrer großen Lebenserfahrung aufzuklären, wie vollkommenes Glück ohne Folgen zu erlangen sei. Von Verhütungsmitteln, die eine Schwangerschaft ausschlossen, wußte sie nichts. Wer wußte das schon zu dieser Zeit?

So träumten Anna und Gerhard weiter vom großen Glück, wenn sie zusammen waren. Sehnsucht, Hoffnung und Traurigkeit wechselten – wenn sie an ihre Zukunft dachten – wie das Wetter.

Nüchtern lernten sie die Zusammenhänge begreifen und überwanden sich immer wieder, zu warten – in jeder Beziehung. Mit 23 Jahren war Anna noch eine Jungfrau.

Dann griff plötzlich ein unvorhergesehenes Ereignis bestimmend in Annas Leben ein, das ihre Zukunft veränderte. Hatte sie das oft herbeigeredete Schicksal eingeholt? Jenes Schicksal, das man immer beschwor, wenn man keine Erklärung für einen Lebenseingriff fand? Wenn Zufälle zusammenkamen oder einerseits eine beabsichtigte Entwicklung herbeigeführt wurde, die den bisherigen Weg des anderen verschüttete – verschüttete wie eine Lawine den Bergwanderer, aus der man tot oder lebend oder auch schwer angeschlagen herauskommen konnte.

Bisher gelang es Anna, den Anzüglichkeiten und Nachstellungen des Gutsherrn auszuweichen. Das geschah zwar nicht oft, da seine Gattin ihm dazu wenig Gelegenheiten bot. An jenem Morgen, der so einschneidend in Annas Leben eingreifen sollte, hatte er seine Frau sehr früh zum Bahnhof gefahren, und er erwartete sie erst mit dem Nachtzug zurück.

Als Herr von K. ins Schloß zurückkehrte und ins herrschaftliche Schlafzimmer trat, war Anna gerade beim Bettenmachen. Hut und Biberfellmantel hatte er bereits in der Diele abgelegt. Nun zog er die Schuhe aus, warf die Jacke auf einen Stuhl, schloß die Zimmertür ab und steckte den Schlüssel ein. Langsamen Schrittes, mit verlangendem Blick ging er auf Anna zu und sprach mit gedämpfter, unwirklicher Stimme: »Anna, wie schön Sie sind – ich mag Sie – warum weisen Sie mich immer ab – ich liebe und begehre Sie!«

Und als er Anna in seine Arme schließen wollte, wich sie entsetzt zurück und sprach: »Herr, das dürfen Sie nicht tun – Sie haben doch Ihre Frau!«

»Meine Frau«, sagte er verächtlich, »ist keine Frau mehr. Sie weiß schon lange nichts mehr mit Liebe und körperlicher Glücksempfindung anzufangen und meint, daß das in unserem Alter nicht mehr nötig sei. Aber ich kann mich damit nicht abfinden!«

Er drängte Anna in den schmalen Gang zwischen Bett und

Kleiderschrank – aus dem es keinen Ausweg gab – und lockte: »Anna – Anna, werden Sie meine Geliebte – Sie werden es nicht bereuen!«

Anna, in tausend Ängsten, ihre Reinheit auf solch eine Weise zu verlieren, dazu an einen Mann, den sie nicht liebte, den sie nur als ihren Gutsherrn respektierte, hielt ihn mit vorgestreckten Armen zurück und sprach: »Das dürfen Sie nicht tun, sonst schreie ich!«

Er aber ließ sich nicht abweisen und redete mit Engelszungen. Sie rangen miteinander und jedesmal, wenn er sie in seine Arme nehmen wollte, entzog sie sich ihm. Er lockte mit schönen Worten und verwirrte ihre Sinne, nannte sie bei ihrem Vornamen und gebrauchte das vertrauliche »Du«. Und er gab ihr immer wieder zu verstehen, wie sehr er sie liebe und ihren Körper begehre. Als dann ihre Abwehr erlahmte, mußte sie plötzlich an ihren Gerhard denken; ihm hätte sie nicht widerstehen können, wenn er einmal so hartnäckig geworben hätte, wie dieser Mann vor ihr. Und während Anna mit dem gnädigen Herrn kämpfte, spielte sie eine Sekunde mit dem Gedanken, den Widerstand aufzugeben – um für sich und ihren Gerhard, wenn auch auf Umwegen, ihr erstes Lebensziel zu erreichen. Sie wußte von feinen Herren, die Mätressen, Geliebte hatten, die – wenn sich die Folgen geächteter Liebe einstellten – dann mit herrschaftlichen Kutschern oder Gärtnern »glücklich« verheiratet wurden. Damit hatte dann der Nachwuchs einen legalen Vater. Sie wußte auch, daß solche Familien mit Zuwendungen der Herren überhäuft wurden, aber es war doch ein Betrug an der Liebe, am Lebenspartner, und das konnte sie ihrem Gerhard nicht antun. Vorbei waren ja auch die Zeiten, wo die »erste Nacht« dem Gutsherrn zustand.

Als Herr von K. Anna auf das breite Ehebett niedergedrückt hatte und glaubte, nun endlich sein Ziel zu erreichen, bäumte sie sich noch einmal auf und schrie: »Lassen Sie mich los, sonst schreie ich um Hilfe!«

»Schrei nur, schrei – ich habe dafür gesorgt, daß dich niemand hört!«

»Sie Schwein ...«, keuchte Anna. Er hielt ihr den Mund zu. Sie kam los und biß ihm in die Hand. Da wurde er rasend und riß ihr den Kittel auf und versuchte ihr Gewalt anzutun. Annas Hand kam frei – ihre Fingernägel bohrten sich in sein Gesicht. Da schrie er auf und ließ sie los. Sie sprang auf und lief zur Tür, die verschlossen war.

Er gab auf. Schwer atmend sah er Anna an. Und sie vermochte aus seinen Augen nicht zu erkennen, ob Wut oder Reue in seinen Gedankengängen die Oberhand gewonnen hatten.

Anna stand da wie das Kaninchen vor der Schlange, aber statt gefressen zu werden, kam nur mühsam die Entschuldigung über seine Lippen: »Anna, ich habe mich gehen lassen ... Verzeihen Sie mir ... Ich alter Esel bin in Sie vernarrt ... Aber Liebe bedarf wohl der Zuneigung von beiden Seiten. Ich werde Sie nicht mehr belästigen, doch möchte ich Sie inständigst bitten, das heute zu vergessen und niemandem davon zu erzählen. Und nun richten Sie Ihre Kleidung und gehen Sie!«

Sie tat es. In seinen Augen lag Trauer und Scham. Er öffnete die Tür, und Anna ging – weiß wie ein Schwan, den man mit Schmutz beworfen hatte, der rein aus dem Wasser hervortauchte.

Danach verrichtete Anna ihre Arbeit wie im Traume und war froh, als das Tagewerk vollbracht war und sie am Abend heimgehen konnte.

Mutter Grabert bemerkte noch am selben Abend, daß ihr Kind etwas bedrückte. Sie nahm Anna in ihre Arme, und diese empfing ihre überströmende Mutterliebe, ihre Herzenswärme wie eine Befreiung. Anna fühlte sich geborgen wie in Kindertagen. Sie schluchzte und kämpfte mit den Tränen. »Wein dich aus, mein Kind, das erleichtert!« Anna weinte. Ihre Mutter strich ihr wie in früheren Zeiten gütig übers Haar und sagte ohne Drängen: »Was fehlt dir, mein Kind? – Wir stehen zu dir!«

Die Mutter hörte aufmerksam zu und stellte kaum Zwischenfragen. Eher hätte sie erwartet, daß Anna ihr beichten würde, von Gerhard ein Kind zu bekommen. Sie unterdrückte den Zorn, der aufkommen wollte, weil sie aus Erfahrung wußte, daß ein Untertan gegen seinen Herrn nicht ankam, zumal in einer Zeit, wo es viele Arbeitslose gab, die auf freiwerdende Stellen warteten. Und klug wie sie war, sagte sie: »Mein Kind, versprich mir, daß du das für dich behältst. Niemand darf davon etwas erfahren.« Anna versprach es, weil sie nicht wollte, daß dadurch ihrer Familie Nachteile entstehen könnten. Die Mutter gab ihr einen Klaps und sprach: »Gute Nacht, mein Kind, morgen sieht alles schon anders aus!« Während Anna noch lange wach war und nicht einschlafen konnte, hörte sie im anderen Zimmer ihre Eltern, die Annas Erlebnis besprachen.

An den folgenden Tagen verrichtete Anna ihre Arbeit im Schloß in einem seelischen Dämmerzustand. Die Gutsherrin begegnete ihrem Verhalten verständnislos, mit mürrischen Tadeln. Sie ahnte die Zusammenhänge nicht. Und dem Gutsherrn ging Anna aus dem Wege. Dennoch wurde ihr die Arbeit im Schloß immer unerträglicher. Das sagte sie auch ihrer Mutter.

In der vierten Nacht danach hörte es Anna am Fensterladen des Schlafzimmers ihrer Eltern klopfen. Sie bemerkte, wie sich ihr Vater anzog und jemanden in die Küche einließ. Es war Herr von K. Was wollte er?

Der Vater sprach leise, doch voller Ausdruckskraft mit einem verächtlichen Unterton. Als er einmal lauter wurde und Anna deutlich vernahm: »Nein, behalten Sie das Geld! Meine Tochter, meine Familie sind nicht mit Geld zu kaufen!«, wußte sie, daß der Gutsherr dem Vater Schweigegeld angeboten hatte. Als er später ging, vernahm Anna die Worte: »Sie können sich darauf verlassen, daß es niemand erfahren wird!« Dann fiel die Haustür ins Schloß.

Eine Woche danach wurde Anna von einer Neuigkeit überrascht: Die Mutter erklärte ihr, daß sie drei Dörfer weiter eine neue Stelle bei einem Bauern für Anna angenommen habe: »Das ist besser so, mein Kind. Du kommst in eine andere Umgebung, lernst andere Menschen kennen – und vergißt schneller das schlimme Erlebnis … Vielleicht findest du dort dein Glück!« Anna erfuhr nicht, daß der Wechsel der Stellung durch die

Fürsprache des Gutsherrn zustande kam, der das auch gegenüber seiner Frau zu erklären wußte.

Gerhard erfuhr nichts von dem schlimmen Erlebnis. Und er war nicht einmal traurig, als er erfuhr, daß seine Freundin Anna fortgehen würde. »Zwölf Kilometer mit dem Fahrrad sind ja keine Entfernung!« trösteten sie sich. Vielleicht hatte er auch eingesehen, daß er Anna vorerst nicht heiraten konnte, da die Voraussetzungen zur Gründung einer Familie fehlten. Er hatte sich damit abgefunden, auf unabsehbare Zeit in einer muffigen Kammer im Pferdestall auf einem Strohsack zu schlafen. Das war sein Los als Pferdeknecht.

Bauernmagd

Am nächsten Ersten sollte Anna die neue Stelle antreten. Sie war voller Erwartung, standen ihr doch eine neue Umgebung und fremde Menschen bevor. In der neuen Stellung sollte sie alle Arbeiten verrichten, die auf einem Bauernhof anfallen. Sie kannte Landarbeit von Jugend auf. Da sie aber in den letzten Jahren im Schloß nur leichte Arbeit hatte, hatte sie doch ein wenig Angst vor der schweren Arbeit auf einem Bauernhof.

Eines Tages, um die Mittagszeit, hielt ein Einspänner vor dem Haus Graberts. Der Bauer war da, um Anna abzuholen. Frau Grabert empfing ihn wie einen alten Bekannten. Bauer Lobeck kam in die Wohnstube, gab Anna die Hand und sagte: »Guten Tag, mein neues Mädchen!« Dabei musterte er sie von oben bis unten, um abzuwägen, welche Arbeiten sie zu verrichten imstande sei. Er schien zufrieden, und beide empfanden gleich Sympathie füreinander.

Die große Wäschetruhe aus Korbgeflecht mit Annas Sachen wurde hinter den Sitz in der Ferkelkiste des leichten Kutschwagens verstaut und die Lederplane darüber festgezurrt. Anna nahm Abschied von ihrer Mutter. Sie stiegen auf, wickelten sich in Pferdedecken, zogen den Lederschurz darüber und fuhren los. Mutter Grabert winkte, aber Tochter Anna drehte sich nicht mehr um – ihr war, als müsse sie eine lange Reise antreten.

Bauer Lobeck, ein Mann in den vierziger Jahren, trieb den Braunen an. Sie fuhren auf einem Sandweg, der von unzähligen Räderspuren gezeichnet war. Märkischer Sand, ein von Birken gesäumter Weg, große und kleinere Kartoffel- und Getreidefelder weit über das Land verstreut, dunkles Grün eines Kiefernwaldes und eine Flußniederung mit Wiesen und Viehkoppeln zogen vorbei. Bauer Lobeck achtete darauf kaum. Er erzählte von sich und seiner Familie. Dabei streute er Fragen ein, zu deren Beantwortung er Anna kaum Zeit ließ, um gleich wieder mit seiner Familiengeschichte fortzufahren. Ab und zu bemerkte er beifällig: »Der Roggen steht gut!« oder: »Der Kartoffelschlag sieht schlecht aus!« und unterstrich das mit der Bogenpeitsche, was Hans, der Braune, gleich wieder als Aufmunterung für eine schnellere Gangart auffaßte.

Die Fahrt ging ein Stück über die große Fernstraße, dann durch zwei Dörfer mit Katzenkopfpflaster und wieder auf einem Sandweg entlang. Ein auffallender Gehölzstreifen von Erlen, Eichen und Dornengestrüpp zerschnitt Koppeln und Felder. Da hinzeigend erklärte der Bauer: »Das ist die Gemarkungsgrenze – und da hinten sind die Zehn Ruten – da habe ich einen Schlag Winterweizen.«

Sie überholten einen Milchwagen, vollgeladen mit Kannen. Zwei abgetriebene Pferde zogen den schweren Wagen, mühten sich damit ab. Der Bauer rief im Vorbeifahren dem Kutscher zu: »Tag, Fritz, wie sieht's heute mit Magermilch aus?«

»Heute ist genug da! Du bekommst eine volle 40er-Kanne!«

Sie erreichten einen Scheitelpunkt des Weges, der plötzlich einen weiten Blick mit neuen Eindrücken freigab. In einem weiten Talkessel lag vor ihnen das Dorf, das Annas neue Heimat werden sollte. Zwischen Linden und hohen Kastanienbäumen hob sich der mächtige, kantige Kirchturm über den kleineren Gebäuden mit roten und dunklen Dächern wie ein Beschützer ab. Wiesen und Felder, und nach Süden hin Wald, umrahmten das kleine, stille Dorf mit einem grünen Kranz.

Der Kutschwagen holperte die von gekröpften Linden gesäumte Dorfstraße entlang. Am Anfang des Dorfes lag die Schmiede. Ackergerät stand herum. Ein Pferd wurde beschlagen. Kräftige Schmiedegesellen mit Lederschürzen und zwingenden Handgriffen. Stattliche Männergestalten, denen nicht nur harte Arbeit zuzutrauen war, und Geruch von verbranntem Horn.

Beiderseits des von alten Eichen- und Kastanienbäumen gesäumten Dorfangers lagen stattliche Bauernhöfe. In der Mitte die alte Kirche. Rundum verwitterte Grabsteine und das Kriegerdenkmal. Ein gepflegter Kiesweg bis zur großen Kirchentür und um das ganze Areal eine Kirchhofmauer aus roten Ziegeln und einem Unterbau aus Feldsteinen. Am Westende der Kirchhofmauer das Spritzenhaus der Freiwilligen Feuerwehr und Raum für den Leichenwagen, der bei Bedarf auch als Leichenhalle genutzt wurde. An der Rückseite des Spritzenhauses das Dorfgefängnis mit dem kleinen vergitterten Fenster und der schweren Eichentür, der vorübergehenden Bleibe für Penner und Diebe. Nach Osten zu die einklassige Dorfschule, kleinere Bauernhöfe und Büdnerstellen. Am Ende des Dorfes der Turnplatz und das Armenhaus, einschließlich der kleinen Wohnung des Nachtwächters. Und weit außerhalb des Dorfes der Friedhof.

Bei der Kirche stand ein Hoftor offen. Bauer Lobeck zügelte den Braunen und lenkte ihn auf den Hof, einen stattlichen Bauernhof. Wohnhaus, Scheune und Ställe bildeten ein großes Geviert. Der Hof war mit Feldsteinen gepflastert. Hühner und Enten liefen auseinander. Ein Hund zerrte an seiner Kette und bellte. Die Bauersfrau kam aus der Küche, wischte sich an ihrer blauen Schürze die Hände ab und begrüßte ihr neues Mädchen. Sie erkundigte sich nach der Fahrt und zeigte Anna ihr Zimmer im Altenteil des Hauses. Nachdem Annas Wäschekorb darin abgestellt war, ging es zum Mittagessen. Es gab Birnen und Klöße. Ein zwölfjähriger Junge, ein elfjähriges Mädchen und ein Sechsjähriger befolgten die strengen Tischsitten der Mutter, der Bauersfrau.

Das war also Annas neue Umgebung und Wirkungsstätte. Daß das kleine 300-Seelen-Dorf einmal ihre richtige Heimat werden sollte, daran vergeudete sie keinen Gedanken.

Am Anfang war für Anna die Umstellung schwer, aber sie ließ sich nichts anmerken. Ihr Tag begann um 5.00 Uhr morgens mit dem Füttern der Schweine und dem Melken der Kühe. Um 7.00 Uhr gab es Frühstück. Danach ging es bis 12.00 Uhr hinaus auf den Acker. Dann Mittagessen und bis 13.30 Uhr Mittagspause, einschließlich Küchendienst und Abwaschen des Eßgeschirrs, und danach bis 17.30 Uhr wieder Feldarbeit. Anschließend wieder das Vieh besorgen und danach Abendessen. So hatte jeder auf dem Bauernhof seine bestimmte Arbeit. Und auch sonntags mußte das Vieh versorgt werden.

Jungknecht Werner, der zum Hof gehörte, der die Pferde besorgte und meistens auch mit ihnen arbeitete, schloß bald mit Anna Freundschaft. Wenn sie bei der Feldarbeit zusammen waren, erfuhr sie alles Wissenswerte über das Dorf und seine Menschen. Aber – Werner versuchte niemals, Anna »näherzukommen«, obwohl es dazu an Gelegenheiten nicht fehlte. Für Anna war der Altersunterschied zu groß. Sie empfand nur Freundschaft für ihn, mehr nicht.

Die Liebenden

Anna hatte bald eine Freundin gefunden, Liesel, die Tochter des Schmiedemeisters. Sie vertrauten sich alles an, was es in ihrem Leben bisher an Aufregendem und Außergewöhnlichem gab.

An den Sonntagabenden saßen sie vor Liesels Elternhaus und genossen die Werbungen der jungen Burschen, aber Anna fand keinen, der ihr zusagte. Wenn sie dann abends im Bett lag, mußte sie an Gerhard denken, und aller Jammer brach wieder auf. Sie waren arm und hatten keine Chance, eine Familie zu gründen. Bei solchen Aussichten erlosch das einmal hellodernde Feuer der Liebe mehr und mehr.

Anna verdiente 35 Reichsmark im Monat, bei freier Kost und Wohnung. Die Knechte bekamen 10 Reichsmark mehr. Das war der übliche Satz, an den sich die Bauern hielten. Vom ersten Lohn kaufte sich Anna ein Fahrrad und fuhr damit am folgenden Sonntag zu ihren Eltern. Von der Mutter erfuhr sie, daß Gerhard ohne Abschied gegangen war, daß er nicht einmal eine Nachricht für sie hinterlassen hatte. Jemand glaubte zu wissen, daß er ausgewandert sei. Hatte er Anna abgeschrieben? Wollte er erst reich werden, um dann erneut um ihre Hand anzuhalten? Mit solchen Gedanken zermarterte sich Anna den Kopf. Und je länger sie es tat, um so mehr verblaßte »ihr« Gerhard. Lange wartete sie auf ein Lebenszeichen von ihm, das ihr Hoffnung und Mut geben könnte, und als dies nicht eintraf, strich sie ihn aus ihrem Leben. Danach wurde sie freier, gelöster.

Im Juni regnete es viel. Dadurch verzögerte sich die Heuernte. Die Bauern erfaßte Unruhe, wußten sie doch, daß sich Heu- und Getreideernte nun noch mehr zusammendrängen werden, was viel mehr Arbeit in kürzerer Zeit bedeutete.

Die meisten Bauern hatten mehrere Wiesen, so auch Bauer Lobeck. Während Werner mit den Pferden auf der einen Wiese in der Fließniederung das Gras mähte, wendeten die anderen ein

Stückchen weiter auf der zweiten Wiese das wieder einmal naß gewordene Heu.

Nebenan mähte ein Mann mit drei Pferden. »Das ist der junge Born«, sagte Bauer Lobeck, »der treibt die Pferde mal wieder an …«, was ausdrücken sollte, daß er ein Pferdeschinder war. Die Mähmaschine ratterte, und dazwischen hörte man das »Jüh!« und »Brr!« des Kutschers, wenn ein Maulwurfhaufen das Mähmesser festsetzte und zum Freimachen zwang.

Anna schaute nun öfter zum jungen Born hinüber … Er verkörperte Männlichkeit und Zielstrebigkeit, was ihr imponierte.

In der Vesperpause setzten sie sich unter einen Eschenbaum am Wiesenweg. In der Nähe machte auch der junge Born eine Pause. Er warf den Pferden frischgemähtes Gras vor und zäumte sie ab. Dann kam er – mit dem Vesperbrot in der Hand – auf Lobecks Pausenplatz zu. Er grüßte knapp und begann mit Bauer Lobeck gleich über das Wetter zu reden. Heute war der erste Sonnentag, ohne Regenwolken. »Werden wir nun endlich das erste Heu trocken kriegen?« war die Frage, die alle bewegte.

Anna war vom jungen Born eingenommen: Wie er so dastand und redete – wie er mit Lobeck mitreden konnte … Er war der Typ des jungen, selbstbewußten Bauern; wenn auch nicht von hünenhafter Statur, so doch drahtig und sehnig und mit klugen Augen im Kopf. Anna wurde mehr und mehr von diesem jungen Bauern beeindruckt. Und als sich unversehens ihre Blicke trafen, sprang ein ganz kleiner Funke des gegenseitigen Verstehens von einem zum anderen über.

Anna hielt kurz dem Blick des jungen Born stand, doch dann schlug sie vor Unsicherheit die Augen nieder. Aber in seinen Augen blitzte es – wie ein Sonnenstrahl, der auf einen Edelstein traf.

Er redete noch lange mit Bauer Lobeck, aber seine Gedanken waren woanders. Bedächtiger ging er zu seinen Pferden zurück. Ihm ging Lobecks Dienstmagd im Kopfe herum … und ihm ging auf, was er bisher nicht gesehen hatte: ihre schöne Gestalt, ihr Antlitz wie Milch und Blut, ihr vertrauliches Wesen.

Als alle wieder bei der Arbeit waren, sah Anna immer wieder verstohlen zum jungen Born hinüber, der nebenan (wieder) mit den Pferden arbeitete. Und auch er tat es, was sie aber nicht bemerkte.

Ob Bauer Lobeck erraten hatte, was in Anna vorging? Er erzählte ihr Borns ganze Lebensgeschichte: Daß sie sich aus dem Häuslerstand hochgearbeitet hatten, daß sie wie die Pferde geschuftet hatten und das Geld aufeinanderlegten, um es für ein neues Stück Ackerland wieder auszugeben. So wurde aus der Häusler- eine Bauernfamilie mit ansehnlichem Besitz. Ja, die Borns hatten es durch Fleiß und Sparsamkeit zu etwas gebracht. Und mit dem Besitzstand wuchs ihr Ansehen im Dorf, ihre Stellung im Bauernstand.

Mit einem Schlage hatte sich für Anna die Welt verändert. Sie war verliebt und glaubte, daß ihre Zuneigung erwidert wurde. Nach all den Regentagen brachte auch für sie der heutige Sonnentag die Wende. Und sie hörte nun wieder im nahen Gehölz den Kuckuck rufen; sie sah im angrenzenden kleinen Torfloch das blühende Rohr mit den Klöppern, den Blütenständen, und Kiebitze mit lautem »Kie-witt!« aufsteigen. Und als sie abends vor den anderen allein heimging, um die Kühe zu melken, war der junge Born mit der Grasmahd fast fertig. Auf dem langen Wiesenstück lag Schwaden neben Schwaden, ausgerichtet wie ein angetretenes Regiment Soldaten. Die Pferde dampften. Über das Antlitz des jungen Born rann der Schweiß. Er hatte sein Tagewerk fast vollendet und dabei nicht einmal die Schwere der Arbeit verspürt – weil seine Gedanken in die Zukunft vorausgeeilt waren. Um Anna wollte er werben.

Der folgende Sonntagabend war schön und lau. Anna und Liesel saßen auf der Treppe vor dem Haus. Anna vertraute jedoch der Freundin ihr Herzensgeheimnis noch nicht an, weil sie sich dessen noch nicht sicher war. Als dann bei beginnender Dunkelheit der junge Born mit einem Freund dazukam und sie sich bei den Mädchen niederließen, war Anna wieder voll von glücklichen Empfindungen. Sie plauderten und gaben sich ausgelassen, aber

Liesel bemerkte bald, daß der junge Born nur Augen und Ohren für Anna hatte, während sich der andere junge Mann mit ihr nur kumpelhaft unterhielt, weil die innerste Zuneigung fehlte. Liesel und Fritz waren sich bewußt, daß sie nur Hilfen, Wegbereiter für eine sich anbahnende Liebe ihrer Freunde sein konnten.

Sie brachen auf und gingen spazieren. Die Sommernacht war hell und warm. Als das Dorf hinter ihnen lag, hakten sich die jungen Männer bei den Mädchen ein. Sie gingen in bunter Reihe den Damm aus Katzenkopfpflaster entlang und bogen dann in einen Feldweg ein, der beträchtlich schmaler war, der dazu zwang, paarweise hintereinander zu gehen. Liesel und Fritz gingen voraus.

Willi Born führte Anna und ließ ihr auf einer schlechteren Wegstrecke den Vortritt. Der sonst so selbstbewußte junge Born fand kaum Worte. Alle Gespräche, die er anfing, brach er unglücklich ab, aber sie verstanden sich – wie es schien – auch ohne Worte. Als er sie wieder eingehakt hatte und dabei ihre Hand ergriff, erwiderte sie den Druck seiner Hand und kuschelte sich an ihn. Er blieb stehen, nahm sie in seine Arme und küßte sie das erste Mal. Und sie wehrte sich nicht. Das Feuer der Liebe loderte hell auf und beide spürten, daß es kein Strohfeuer war.

Sie schritten weiter, eng aneinander geschmiegt, als wären sie eins. Und immer wieder blieben sie stehen und küßten sich. Von Mal zu Mal drückte er sie fester an sich.

Fritz und Liesel schritten noch immer fröhlich plaudernd voraus. Ab und zu drehte sich Liesel neugierig um. Dann gab ihr Fritz immer einen sanften Ruck und sprach: »Ein Liebespaar belauscht man nicht!« Als sie am Ende des Feldweges angekommen waren, blieben sie stehen, um auf die anderen zu warten. Der Mond schickte seine blausilbernen Strahlen durch die Äste der alten Birken, und die Blätter flimmerten im leichten Nachtwind wie Windspiele. Als Anna und Willi herangekommen waren, sagte Liesel: »Wir glaubten schon, wir hätten euch verloren!« Und zweideutig fügte sie hinzu: »Ist sie nicht schön, diese Sommernacht?«

»Wunderschön und romantisch!« erwiderte Anna mit verhaltener Stimme.

Sie scherzten und neckten sich, und als es schon sehr spät war, drängte Fritz zum Aufbruch. Sie gingen den Weg zurück und verabschiedeten sich vor Liesels Elternhaus. Willi entließt Anna mit einem langen, innigen Kuß und bekräftigte noch einmal, was sie abgemacht hatten: »Dann bis Mittwochabend, Anna!«

Fortan trafen sich Anna und Willi, wann immer es ihre Zeit erlaubte. Doch ihre Liebe blühte mehr im geheimen, um dem Dorftratsch nicht allzuviel Gesprächsstoff zu bieten. Als dann der Turnverein sein Sommerfest feierte, konnte es jeder sehen, daß Anna Grabert und Willi Born ein Liebespaar waren. Etwas ungewöhnlich war das schon, daß ein Bauernjunge eine Dienstmagd als Frau begehrte, wo doch sonst nur im eigenen Stande geheiratet wurde – nach den ungeschriebenen Gesetzen, nach dem Vermögen des Ehepartners und wieviel Vieh und Acker die Seinen besaßen. Willi Born scherte das wenig; vielleicht auch darum, weil seine Eltern einmal aus dem ärmeren Häuslerstand kamen.

Das Sommerfest des Turnvereins wurde ein schönes Fest. Am frühen Nachmittag des sonnigen Sonntags marschierten die eingeladenen Nachbarvereine mit ihren Fahnen durch das festlich geschmückte Dorf. Voran eine Musikkapelle, die mitreißende Marschlieder spielte. Am Kriegerdenkmal hielten Pfarrer und Vereinsvorsitzender kurze Reden. Kränze wurden niedergelegt. Danach Weitermarsch bis zum Dorfanger, wo den aktiven Turnern Quartiere zugewiesen wurden. Jeder Bauer nahm einige Turner mit nach Hause, zum Umziehen und, nach Abschluß der Wettkämpfe, zum Abendessen.

Am Nachmittag wurden die Wettkämpfe durchgeführt. Auf dem Fußweg, auf der Nordseite des Dorfangers, wurde die 100-Meter-Strecke gelaufen. Daneben wurden Weitsprung und Kugelstoßen ausgetragen und unter den großen Kastanienbäumen die Turnübungen an Reck, Barren und Pferd. Am Ende des Angers gab es eine Kegelbahn und einen Luftgewehrschießstand, und vor dem Dorfgasthof – auf einem mit Birkenreisern geschmückten Podium – spielte die Musik. Der Anger bot ein Bild voller Lebensfreude. Auf dem Podium wurden am Abend die Sieger der

Wettkämpfe geehrt. Willi Born, der als der beste Geräteturner ermittelt wurde, bekam eine Urkunde und einen Eichenkranz mit bunten Bändern aufs Haupt gesetzt.

Am Abend spielte die Musik im großen Saal des Gasthofes auf. Willi tanzte nur mit Anna, und jeder konnte sehen, wie verliebt sie sich gaben. Auch Liesel schien den Mann ihres Herzens gefunden zu haben, den Sohn des Schmiedemeisters, der mit zwei anderen Turnern vom Nachbarort bei ihren Eltern einquartiert war.

Das Sommerfest ging erst zu Ende, als bereits der neue Morgen aus den Nachtwolken stieg und die ersten Milchwagen durch das Dorf klapperten. Viele junge Leute schliefen in dieser Nacht nicht.

Der Frühsommer war regnerisch. Der Hochsommer wurde schön und warm. Am regenfreien Siebenschläfertag hatte die alte Bauernregel damit ihre Bestätigung gefunden. Wer hätte das gedacht, wo das Jahr so schlecht begonnen hatte?

Es wurde ein arbeitsreiches Jahr. Dennoch fanden Anna und Willi viel Zeit füreinander. An den Samstagen und Sonntagen unternahmen sie mit Liesel und ihrem Bräutigam Kurt vieles gemeinsam.

Anna hatte in vorsichtigen Gesprächen zu ergründen versucht, wie Willi über eine gemeinsame Zukunft dachte. Er ging zunächst darauf nicht ein. Dann schien bei ihm eine Wandlung eingetreten zu sein, denn nun entwickelte er bei jedem Zusammentreffen den Plan für ein gemeinsames Leben. Dadurch konnte Anna auf eine Heirat schließen. Ihr kam entgegen, daß Bauer Lobeck sie in den höchsten Tönen im Dorf lobte – als Frau und in der Arbeit, und das stimmte die anfangs skeptischen Eltern von Willi um. Für sie zählte in erster Linie, daß ihre zukünftige Schwiegertochter ein anständiges Weibsbild ist, das sich vor keiner Arbeit scheut.

Anna konnte es noch immer nicht glauben, daß sie als arme Magd einen Bauernsohn heiraten und einmal Herrin über einen stattlichen Hof sein sollte. Mit dieser Gewißheit schien es ihr nicht mehr so voller materieller und moralischer Gefahren, sich dem Manne, den sie liebte, ganz hinzugeben. Bisher hatte sie ihm »das Letzte« verwehrt; auch etwas aus Furcht, da sie noch Jungfrau war.

An einem Sonntag, einem schönen Sommernachmittag, gingen die befreundeten Brautpaare wieder einmal spazieren. Anna hatte ihr weißes Kleid mit den kleinen blauen Punkten an, das Willi so gern mochte. Liesel trug einen weitschwingenden hellroten Rock und eine weiße Spitzenbluse. Willi und Kurt hatten ihre Jacken daheim gelassen und die Ärmel ihrer Sporthemden hochgekrempelt. Am azurblauen Sommerhimmel tummelten sich Schwalben und andere Vögel. Am Horizont, knapp über dem großen Waldgebiet, stand eine neblige Dunstwand, ein Zeichen der Wärme.

Sie bogen von der Landstraße ab und gingen in den Hochwald hinein. Holz knackte vor Hitze. Von den untersten dicken Ästen der borkigen Kiefern hingen die feinen weißen Schleier der Waldfeen herab und schwangen bei jedem Lufthauch hin und her. In der Nähe klopfte ein Specht. Weiter weg flatterte eine Krähe auf. Der Waldweg, den sie entlanggingen, war wie ein Teppich. Abgefallene Kiefernnadeln dämpften die Schritte. Hier und da wurden in hellen Sandflecken Spuren von Wagenrädern sichtbar. Moos und Heidekraut säumten den stillen Weg.

Liesel und Kurt bogen in einen kleinen Parzellenweg ein, der in eine Schonung hineinführte. Anna und Willi nahmen den nächsten Weg. In diesem großen, von mehreren kleinen Wegen durchzogenen Jungwald kannten sie sich aus. Ihn suchten sie auf, wenn sie ganz allein und ungestört sein wollten. Taktvoll mied einer des anderen Revier.

Anna und Willi waren nun ganz allein. Ein herrlicher Sonnentag und zwei Liebende – die ganze Glückseligkeit der Erde ...

Willi führte Anna tiefer in den Jungwald hinein. Immer wieder blieben sie stehen und küßten sich ... und in ihnen wuchs das Verlangen nach völliger Einswerdung.

Anna ließ sich führen – und als sie wieder einmal stehen blieben und sich küßten, glaubte Willi in den Augen des geliebten

Mädchens die Erfüllung seiner geheimsten Wünsche herauszulesen. Wortlos nahm er sie auf seine Arme und trug sie dorthin, wo die Natur ihnen ein weiches grünes Brautbett bereitet hatte. An einer kleinen, lichten Stelle der Kiefernschonung, auf weichem Moos, wurden sie eins. Und alle Glückseligkeit der Liebe wurde zu einer Flamme, die nie verlöschen sollte. Und erst nach einer langen Zeit, als Liesel vom anderen Ende der Schonung »Kuckuck!« rief, lösten sie sich aus der Umarmung und standen auf. Sie richteten ihre Kleider und gingen den Weg zurück, wo Liesel und Kurt auf sie warteten. Und es schien, als hätten auch sie alle Glückseligkeit der Liebe ausgekostet, in dieser Stunde, in der Stille des Waldes.

Brautzeit und Hochzeit

Von jenem Sonntag an war ihre Liebe noch inniger. Bei fast jedem neuen Zusammentreffen gaben sie sich gegenseitig das höchste Glück, aber – es war doch immer nur eine kurze Seligkeit. Die Scham, dabei überrascht zu werden, die Angst vor einer Schwangerschaft, standen stets dahinter. Dennoch fühlte sich Anna sicherer, geborgener, weil sie auf ihren Bräutigam zählen konnte, was immer auch eintreten möge.

Mit dieser beruhigenden Gewißheit trat mehr und mehr die Hemmschwelle in den Hintergrund, die sonst als drohende Geißel hinter ihnen stand. Mit jedem Beisammensein wuchs ihre Erfahrung, lernte einer des anderen Körper besser kennen und sich darauf einzustellen. Willi, der vor Anna mehrere Mädchen hatte, war der Erfahrene, und er wollte nun einmal eine ganze Nacht mit seinem lieben Mädchen zusammensein. In seinem Elternhaus war das nicht möglich, da seine Mutter das sofort merken und auch nicht dulden würde. Und im Haus der Lobecks? Anna hatte zwar ein eigenes Zimmer im Altenteil, mit einem separaten Eingang, aber es schien ihnen doch zu riskant, darin ungestört eine Liebesnacht zu verbringen. Diese Gelegenheit kam unversehens, als die Familie Lobeck zu einer Hochzeit bei Verwandten im Nachbardorf eingeladen wurde. Anna und der Jungknecht Werner sollten schon einmal allein mit dem Vieh fertig werden. Adele, eine »späte« unverheiratete Schwester der Bäuerin, wollte indessen nach dem Rechten sehen.

Als Willi Born das von Anna erfuhr, machten sie sogleich einen Plan, wie er ungesehen in ihr Zimmer gelangen könne. Und dann verstrichen ihnen die vier Wochen bis zu der Hochzeit viel zu langsam.

Endlich war der Tag da – ein Freitag, seit alten Zeiten ein Hochzeitstag im Dorf, benannt nach der germanischen Göttin Frija, der Gemahlin des Göttervaters Odin, Eltern des Göttersohnes Balder und alle zusammen: Sinnbild einer intakten Familie! Der Kutschwagen wurde aus der Remise geholt, die Kutschgeschirre geputzt, die Pferde gestriegelt und gebürstet und ihre Hufe mit schwarzer Schuhpaste eingecremt. Alles war blitzblank. So fuhren Lobecks »herrschaftlich« davon.

Am Abend besorgten Anna und Werner schneller als sonst das Vieh. »Reine Luft« beflügelte Arbeit und Schritte. Schnell war dann auch Werner mit dem Abendessen fertig und ging zu Freunden. Anna wusch das Geschirr ab. Adele machte die Fensterläden des Hauses zu und schloß die Zimmer der Bauernfamilie ab. Als sie zurückkam, war Anna gerade beim Abtrocknen der Kaffeetassen. »Das schaffst du wohl nun allein!« sagte Adele.

»Ja!« erwiderte Anna, »Ich weiß Bescheid, bin ja nicht erst seit gestern hier!«

»Dann kann ich ja gehen – und morgen früh nicht die Zeit verschlafen! Ich komme so gegen sechs Uhr! Gute Nacht, Anna!«

»Gute Nacht, Adele!«

Anna beschäftigte sich dann noch sehr lange in der Küche – weil die mit Willi verabredete Zeit noch nicht gekommen war und sie ihrer aufkommenden Erregung damit begegnen wollte. Immerzu sah sie auf die Uhr und aus dem Fenster, um festzustellen, daß es gar nicht dunkel werden wollte.

Als Anna »endlich« in der Küche fertig war, ging sie über den Hof und schloß das Hoftor ab. Dann wurde der Hofhund im Kuhstall eingesperrt und bekam ein gutes Fressen.

Endlich war die verabredete Zeit da. Anna ging in den Garten, der gleich hinter dem Hof lag. Es war nun ganz dunkel. Sie ging bis zum dicken Apfelbaum, blieb stehen, und lauschte. Ein paar Höfe weiter bellte ein Hund. Irgendwo schrie eine Eule … und dann hörte Anna aus dem kleinen Backhaus dreimal das Miauen einer Katze, das verabredete Zeichen.

Ein Schatten kam auf Anna zu und nahm immer mehr Gestalt an. Wortlos faßte sie den Geliebten an der Hand und zog ihn mit fort. Als sie am Hof angelangt waren, blieben sie noch einmal stehen und lauschten … Auf der Straße waren junge Leute zu hören, darunter auch Werner. Im Stall muhte eine Kuh im Halbschlaf. »Der Hund ...«, zischte Willi. Anna hielt ihm den Mund zu. Sie hatte dafür gesorgt, daß der Hund nicht anschlägt.

Sie zog ihn weiter fort. Sie huschten über den Hof und verschwanden im Altenteil des Bauernhauses. Nirgends ging eine Lampe an. Anna schloß die Türen leise hinter sich zu.

Mattes Mondlicht schien durch die Lichtausschnitte der Fensterläden in Annas Zimmer. Die Liebenden fielen sich in die Arme und küßten sich wie Ertrinkende. Ihre Körper bebten vor Erregung. Willi ließ von ihr ab und begann sie und sich auszuziehen – Stück für Stück –, und Anna ließ es geschehen. Als beide völlig nackt waren, umschlang einer des anderen Körper ... und sie spürten ihre warme Haut und die Herzen schlagen ... Er drückte sie sanft an die Tischkante und sie wurden eins. Als ihnen gewiß wurde, daß sie ja nicht in der Haustür standen, wie so oft, ließt er von ihr ab und trug sie ins Bett.

Sie war seine Venus. Er küßte sie am ganzen Körper ... Dann drückte er sie in die Kissen, und sie gab sich ihm mit aller Leidenschaft hin. Sie empfanden höchstes Glück und – ließen dabei alle Vorsicht außer acht.

Selig erschöpft ruhten sie sich aus – Arm in Arm liegend. Das warme Fleisch des andern spürend, die weichen Brüste, den schwach behaarten Oberkörper. So schliefen sie ein.

Schöne Träume weckten sie wieder – und sie liebten sich immer wieder. So ging es die ganze Nacht. Und als sie gegen Morgen vor Erschöpfung gerade eingeschlafen waren, klingelte der Wecker. Sie sprangen auf und kleideten sich an.

Anna zog ihren Bräutigam leise hinter sich her, schloß vorsichtig die Haustür auf, die zur Dorfstraße führte, und lauschte ... Ein Milchwagen klapperte zum Melken zur Koppel. Auf dem Hof gegenüber ging das Licht an. In der großen, alten Linde bei der Kirche schrien Käuze. Im Glockenturm gurrten Tauben.

»Geh jetzt!« zischte Anna. Er gab ihr einen Kuß und huschte davon.

Anna machte das Hoflicht an und weckte Werner, der in einer

Kammer im Pferdestall schlief. Als er wenig später in den Kuhstall kam, war sie schon beim Melken. Werner hatte nichts bemerkt von Annas nächtlichem »Besuch«, und der wachsame Hofhund hatte nicht angeschlagen, gebellt.

Fünf Wochen danach lebte Anna in der quälenden Ungewißheit eventueller Folgen jener glückseligen Nacht. Am Sonntag darauf fuhr sie zu ihren Eltern und beichtete ihrer Mutter – alles. Die war überrascht, doch dann gab sie ihrer Tochter gute Ratschläge und den Auftrag, es ihrem Bräutigam zu sagen und seine Reaktion abzuwarten. Wenn alles gegen Anna stehen sollte, dann war Mutter Grabert bereit, ihre Tochter wieder in ihrem Hause aufzunehmen und das Kind großzuziehen. Als Anna wieder fort war, erzählte Frau Grabert es ihrem Mann. Sie gingen alle Möglichkeiten durch, doch sie glaubten fest daran, daß sich für ihre Tochter alles zum Guten wenden würde. Und in ihnen kam ein wenig Stolz auf, daß ihr Kind als Frau eines Bauern erreichen würde, was ihnen versagt geblieben war: materielle Sicherheit, weitgehende Unabhängigkeit und größeres Ansehen in der Gesellschaft. »Hoffentlich geht alles gut!« sagte Otto Grabert. Damit war die sorgenvolle Aussprache mit seiner Frau beendet.

Tage danach trafen sich Anna und Willi wie immer an der verabredeten Stelle hinter den Höfen. Willi gab sich unbefangen und küßte sie zur Begrüßung. Sie schritten den Fußweg entlang, der durch Getreidefelder und Waldstücke ins Nachbardorf führte.

Als sie abermals Zärtlichkeiten ausgetauscht hatten, wartete er mit einer Neuigkeit auf, die er nicht länger für sich behalten konnte: »Anna, wir kaufen von Winters den Acker am Steindamm; es sind 20 Morgen. Nachdem der alte Winter gestorben ist, will seine Frau nicht weitermachen!«

»Ist ja verständlich, wo sie keine Kinder haben«, erwiderte Anna gequält, denn ihre Gedanken waren woanders.

Willi Born kannte den Acker, der zum Verkauf anstand. Es war guter Boden, geeignet zum Anbau von Zuckerrüben und Weizen. Er schwärmte davon.

»Übernehmt ihr euch nicht?« warf Anna ein. »In zwei

Monaten die Hochzeit deiner Schwester und dann noch den Acker?«

Zu Erna Borns Hochzeit mit einem jungen Bauern waren die Vorbereitungen bereits angelaufen. Sie sollten von einem Onkel des Bräutigams in der näheren Umgebung einen Bauernhof erben. Natürlich bekam Erna Born eine entsprechende Mitgift; wie bereits ihre ältere Schwester, die mit einem Berufssoldaten verheiratet war, der in einer Garnison jenseits der Oder Dienst tat. Luise, die Soldatenfrau, war der Bauernarbeit bereits entwöhnt. Sie kam nicht mehr in der Hauptarbeitszeit zu Besuch nach Hause; nur noch zu Ostern oder im Winter, wenn die Eltern für sie ein Schwein schlachteten. Diese Mitgiften und der Acker von Winters belasteten Borns Wirtschaft, ihren Bauernhof, außerordentlich, und Willi sprach aus, wie er das sah: »Das Geld, Anna, das Geld wird einige Zeit bei uns knapp sein bei all den Vorhaben. Doch wir werden es schon schaffen!«

Er entwickelte große Pläne und redete vom knappen Geld ... Und sie dachte an ihre Schwangerschaft. Und als sie wieder einmal stehenblieben und er sie küssen wollte, klammerte sie sich an ihn wie eine Ertrinkende. »Was ist, was ist mir dir!« brach es entsetzt aus ihm heraus. »Was fehlt dir, mein Liebes?«

»Ich bekomme ein Kind von dir!« Sie schluchzte herzzerreißend, und Tränen rannen über ihr blasses, sorgenvolles Gesicht.

Diese Offenbarung traf Willi Born wie ein Blitz aus heiterem Himmel. Er hatte Anna sehr gern, aber *das* jetzt, wo kein Geld mehr für eine standesgemäße Bauernhochzeit da sein würde?

Nun hielt er sich an Anna fest, küßte sie wie abwesend und fragte, immer noch voller Unsicherheit: »Ist das wirklich wahr?«

»Ja, mein Liebster! Es ist unser Kind – zum Leben erweckt in jener Nacht, die ich mein ganzes Leben nicht vergessen werde!«

Willi Born hatte sich etwas beruhigt, und nachdenklicher sagte er: »Das ändert allerdings die ganze Sache, aber irgendwie *muß* es zu schaffen sein ... Du mußt verstehen, ehe ich etwas Bestimmtes sage und unternehme, muß ich erst mit meiner Mutter darüber reden!«

Als sie sich vor dem Auseinandergehen noch einmal in die Arme schlossen, glaubten sie zwischen sich schon den Herzschlag des neuen Lebens zu spüren; das verband sie noch inniglicher.

Marie Born wußte gleich, als ihr Sohn um eine Unterredung bat, daß es um die Liebe ging. Sie wußte ja längst von dem Verhältnis ihres Sohnes zu Anna, der Dienstmagd des Bauern Lobeck. Sie war auch nicht dagegen, Anna Grabert als Schwiegertochter zu bekommen, denn man lobte sie im Dorf in den höchsten Tönen. Marie Born hätte zwar lieber gesehen, wenn ihr Sohn eine reiche Bauerntochter geheiratet hätte, mit entsprechender Mitgift, aber nun, da ihr Enkelkind unterwegs war, wollte sie dem jungen Glück nicht im Wege stehen und noch Wälle auftürmen. Realistin wie sie war, wußte sie auch gleich aus der gegebenen Situation die Schlüsse zu ziehen, die sie für richtig hielt, und sagte bestimmend zu ihrem Sohn: »Es ist ein bißchen viel auf einmal, was da auf uns zukommt ... Gekauft wird Winters Acker auf jeden Fall ...« Und nach einer kurzen Pause fuhr sie nachdenklicher fort: »Deine Hochzeit ... Deine Hochzeit muß dann eben noch eine Zeit zurückstehen, auch wenn sich die Leute das Maul zerreißen, wenn euer Kind schon vorher da ist.«

Willi Born fühlte sich einmal mehr unter der Bestimmung seiner Mutter geborgen, die nie kompliziert dachte und meistens auch immer die richtigen Schlüsse – selbst aus einer verworrenen Lage – zog und darauf reagierte. Alles, was zwischen ihr und ihrem Sonn besprochen wurde, erfuhr auch bald seine Braut. Und von Anna erfuhr es Mutter Grabert; die gab ihrer Tochter den Rat, noch so lange beim Bauern Lobeck zu bleiben, bis jeder ihre Schwangerschaft sehen konnte. Sie zielte darauf ab, daß junge Frauen mitunter ihre Kinder verlören, ehe sie geboren waren.

Als Anna im vierten Monat schwanger war, kündigte sie ihre Stellung beim Bauern Lobeck. Als sie ihm erklärt hatte, daß sie zu Born ziehen werde, zwinkerte der verschmitzt mit den Augen und sprach: »Na, na, Anna, da hat doch nicht der Storch geklappert?« Er gab sich unwissend, obwohl er längst erkannt hatte, daß seine Dienstmagd in »anderen Umständen« war.

Und sie tat unbefangen und erwiderte: »Herr Lobeck, was Sie denken ...«

Anna bezog in Borns Haus ein Dachzimmer. Nun war sie jeden Tag mit dem geliebten Mann zusammen. Mit dem zugekauften Acker hatten Borns viel mehr Arbeit zu bewältigen. Und dazu kam noch die Hochzeit von Erna, die eine richtige Bauernhochzeit wurde.

Als alle Leute im Dorf sehen konnten, daß Anna ein Kind bekam, sprachen sie auch über die anstehende Hochzeit mit Willi Born. Wer Marie Born danach fragte, dem antwortete sie, daß es sobald keine Hochzeit in ihrer Familie geben werde. Sie störte sich auch nicht an dem Gerede, daß ihr Sohn alle ungeschriebenen Gesetzte – die in einem Bauerndorf galten – ignorieren werde, wenn ein Kind schon *vor* der Hochzeit da war.

Am Ende des Dorfes wohnte der Bauer Neuling. Auch sein Hof war aus kleinen Anfängen entstanden und durch Zukauf von Ländereien größer geworden. Borns und Neulings Höfe lagen nur einen Steinwurf auseinander, wurden nur durch zwei kleine Büdnerstellen getrennt. Obwohl sie nicht direkte Nachbarn waren, beargwöhnten sie sich gegenseitig. Wenn der eine zu viel vom Driftweg abpflügte, um seinen Acker damit illegal zu vergrößern, beschwerte sich der andere beim Bürgermeister darüber. Solche kleine Reibereien schaukelten die Feindschaft hoch. Als dann Willi Born Neulings Tauben mit dem Tesching abschoß, weil sie in Borns Hausgarten die frischen Erbsenbeete verwüsteten, sann Neuling auf Rache. Zwei Tage später bot sich ihm dazu die Gelegenheit: Als Borns Gänserich auf seinen Hof kam, um seine Gans zu besuchen, hetzte er mit seinen Hunden Borns Ganter vom Hof, die dem von Liebesgefühlen ergriffenen Gänsemann so tiefe Bißwunden beibrachten, daß er daran unter den Augen von Marie Born verstarb. Fortan waren die beiden Bauernsippen die größten Feinde.

Als ein neuer Frühling ins Land kam, gab es im Dorf wieder eine große Bauernhochzeit; Willi Borns Freund, Erich Eckart, heiratete seine Braut Erna. Nach der Trauung zog der lange Zug der Hochzeitsgäste – die Männer im schwarzen Smoking, die Frauen in festlichen, langen Kleidern – zum Dorfgasthaus. Dort das übliche Feiern und Schmausen. Als dann abends die Kapelle im großen Saal des Gasthauses zum Tanze aufspielte, standen draußen an den Fenstern Knechte und Mägde und beobachteten das lustige Treiben im Saale.

Fast unbemerkt hatte sich Bauer Neuling unters Gesinde gemischt, das neugierig verfolgte und kommentierte, was im Saale geschah. Neuling war wütend, daß man ihn, den Bauern, nicht eingeladen hatte. Er suchte und fand einen Anlaß, um seiner Wut freien Lauf zu lassen.

Voller Zorn beobachtete Neuling alle Schritte des jungen Born. Als der dann nach draußen kam, um frische Luft zu schöpfen, versperrte ihm Neuling den Weg und schrie ihn an: »Hab' ich dich endlich, du Aas – meine Tauben abzuschließen ...« Und ehe ein anderer Zuschauer dazwischentreten konnte, stach er mit einem Messer auf Willi Born ein, der völlig überrascht zu Boden sank. Dann gingen andere Hochzeitsgäste dazwischen. Beim Handgemenge mit dem kräftigen Dorfmüller zog Neuling den kürzeren, und er lief taumelnd davon.

Sie brachten Willi Born in ein Gastzimmer und zogen ihm Smoking und Hemd aus. Er blutete stark aus einer tiefen Stichwunde am Schulterblatt. Die Wirtsfrau deckte die Wunde mit Mull ab und band ein Leinentuch um die Schulter. Nach dieser Notversorgung fuhr der Dorfschmied den Verletzten mit dem Motorrad zum Arzt ins Nachbardorf.

Mit diesem Ereignis war die Stimmung im Saale dahin. Alle sprachen über die verruchte Tat. Bauer Neuling wurde fortan noch mehr von seinen Berufsgenossen »geschnitten«.

Willi Born hatte einen Bärennatur. Die Wunde heilte schnell. Bald konnte er wieder alle Arbeiten verrichten. Der Haß auf Neuling setzte sich in ihm fest.

Nicht lange nach dieser Hochzeit gebar Anna ihr erstes Kind, einen Sohn, den sie Günter nannte. Tagelang kam die Hebamme vom Nachbardorf und versorgte Mutter und Kind. Anna war überglücklich. Als ihre Mutter das erste Mal zu Besuch kam, hielt sie ihr stolz den kleinen Sohn entgegen.

Indessen ging bei Borns das Rackern und Schuften weiter. Die großen Geldausgaben für den Acker von Winters und die Hochzeit der Tochter sollten so schnell wie möglich vergessen sein. Nach fast zwei Jahren konnten Borns an die Hochzeit von Willi und Anna denken.

Dem kam entgegen, daß die Bauern wieder hoffnungsvoller sein konnten. Der Bauernstand erhielt unter einer neuen Regierung viel staatliche Unterstützung. Die schwere Zeit, in der mancher Hof unter den Hammer kam, war bald kein Gesprächsstoff mehr.

Die neue Regierungspartei verstand es, in kurzer Zeit alle ihr widersprechenden Oppositionen auszuschalten, was die wenigsten Bauern teilnahmslos zur Kenntnis nahmen. Die meisten Bauern – auch die des Dorfes – waren schon immer konservativ und hielten am Altüberlieferten fest. Allem Neuen begegneten sie mit Skepsis. Sie nahmen zwar die Vergünstigungen gerne für sich in Anspruch, die ihnen die neue Regierung mit neuen Gesetzen bot, doch waren sie nicht bereit, die Gesetzesmacher über die Maßen zu unterstützen. Die Bauern schöpften ihr Wissen, ihre Kraft aus dem Lebensablauf der Natur, mit der sie wie kein anderer Berufsstand, so eng verbunden waren. Säen, Wachsen und Ernten vollzog sich vor ihren Augen im steten Wechsel – wie ihr eigenes Leben. In keinem anderen Berufsstand war der Zusammenhalt in der Familie so stark, waren Sorge und Fürsorge so ausgeprägt wie im Bauernstand. Die Jungen sorgten für die Alten, wenn diese nicht mehr mitarbeiten konnten. So sollte es auch in Borns Familie sein. Die beiden Mädchen hatten ihre Erbteile erhalten, und Sohn Willi stand als Hoferbe bereit. Mit seiner tüchtigen Anna war er Garant für eine Zukunft des Hofes und seiner Sippe. Wilhelm Born sah das so – er sehnte sich nach dem ruhigeren Leben eines Altenteilers –, doch seine Frau Marie hatte noch nicht die Absicht, den Hof an ihren Sohn Willi zu übergeben, da er ihr noch zu oberflächlich und nicht hart genug schien, um sich durch alle Widrigkeiten des Lebens durchzubeißen.

Bei Marie Born stand der Hof an erster Stelle, dann die Arbeit und dann erst die Menschen. Unter diesen Gesichtspunkten erhielt Anna Grabert gute Noten; sie packte kräftig zu und scheute sich vor keiner Arbeit; selbst nicht vor schweren Arbeiten, die üblicherweise nur Männer verrichteten. Und daneben kümmerte sie sich rührend um ihren kleinen Sohn, der sich gut entwickelte.

Als vorauszusehen war, daß bei Borns auch geldlich alles ins Lot kam, wurde die Hochzeit von Willi Born und Anna Grabert für den Anfang Juli festgesetzt und die Einladungen dazu wurden an alle Bauern des Dorfes verschickt, nur Bauer Neuling wurde nicht eingeladen. Er galt nach wie vor als ein Außenseiter, zumal er auch der neuen Partei beigetreten war und sich – nach Meinung vieler Bauern des Dorfes – in Angelegenheiten einmischte, die ihn nichts angingen.

Am Tag vor der Hochzeit brachten die Bauern Butter, Eier und Hühner zu Borns – wie es in der Gegend üblich war. Der Hochzeitshof schlachtete ein Rind und zwei Schweine. Der Hausschlächter zerteilte das Fleisch zu Bratenstücken und machte Wurst und Bockwurst. Eine Köchin befehligte ein Heer von Küchenhilfen und treuen Geistern, die zusammen den Hochzeitsbraten, Hühnerfrikassee, Salate und Beilagen zubereiteten.

Am späten Nachmittag fuhren das Brautpaar und die Trauzeugen zum Standesamt ins Nachbardorf. Die Geschirre der Pferde glänzten und waren mit bunten Bändern geschmückt, und der Kutschwagen mit Blumen und einer Buchsbaumgirlande. Bei der Rückkehr des standesamtlich getrauten Paares hatten die Kinder Schnüre und Heureepe über die Straße gespannt, und erst wenn das Brautpaar ihnen Süßigkeiten zugeworfen hatte, ließen sie es weiterfahren.

Abends brachten die Eingeladenen ihre Geschenke ins Hochzeitshaus, und die Dorfjugend feierte Polterabend – mit vielen Scherben, denn:

»Scherben bringen Glück!«

Am nächsten Tag waren die kirchliche Trauung und die große

Hochzeitsfeier. Auch hier hatte Marie Born ihre Vorstellungen durchgesetzt, die von den althergebrachten Regeln abwichen.

Anna Born, geborene Grabert, schritt an der Seite ihres Mannes vor einem langen Hochzeitszug zur Kirche. Weißgekleidete Kinder streuten Blumen und trugen die Schleppe. Glocken läuteten. Als das Brautpaar die Kirche betrat, setzte Orgelmusik ein. Anna ging in »Weiß«, im Zeichen der Jungfräulichkeit, obwohl sie schon einem Kinde das Leben geschenkt hatte, aber daran schien sich niemand mehr zu stören.

Der Pastor ließ das bei seiner Traurede anklingen, doch er sagte auch, daß der Herr des Himmels jede Sünde vergibt, wenn man bereut und dann gottgefällig lebt. Er rechnete mit denen ab, die selbst fehlen und über andere urteilen, obwohl sie nicht besser sind. Dann nahm der Pastor dem Brautpaar das Versprechen ab, »sich zu lieben … bis daß der Tod« sie »scheide«. Braut und Bräutigam antworteten: »Ja!« und empfingen den Segen.

Danach wurde der kleine Sohn des jungen Paares von den Paten in die Kirche gebracht und getauft. Auch das gab es noch nie in dieser Kirche.

Als die kirchliche Feier beendet war, wartete schon eine Musikkapelle vor dem Gotteshaus. Mit flotter Musik marschierte der Hochzeitszug zur Dorfgaststätte. Im festlich geschmückten Saal, auf langen, weißgedeckten Tafeln, stand bereits der gute Hochzeitsbraten.

Über zwei Stunden wurde gespeist. Die Musik spielte. Laudatien und Gedichte wurden dem Brautpaar dargebracht. Bis in den nächsten Morgen hinein wurde getanzt und geschmaust. Noch tagelang schwärmten die Leute des Dorfes von der schönen Hochzeitsfeier der »jungen Borns«.

Die Ernüchterung

Vier Wochen nach der Hochzeit stürzte Willi Borns Schwester Luise aus dem fahrenden Zug und war sofort tot. Die Leute im Dorfe steckten die Köpfe zusammen ... Manche wollten wissen, daß es in ihrer Ehe mit dem Berufssoldaten »nicht stimmte«. Da sie aber auf dem Wege nach Potsdam war, um ein Waisenkind abzuholen, das sie adoptieren wollte, sorgte das Ereignis noch lange für Gesprächsstoff im Dorfe. Und auch Marie Born grübelte lange darüber nach, ob es ein Unfall oder eine Absicht war, aber sie fand keinen Grund für einen Selbstmord. Luise wurde auf ihrem Heimatfriedhof begraben.

Die Trauer war bald abgeklungen, und das Schuften ging weiter. Für Anna war jeder neue Tag doppelt schwer, weil sie wieder schwanger war und kaum noch etwas essen konnte. Ihrer Schwiegermutter sagte sie nichts über ihren Zustand, und die bemerkte noch nichts, da Anna nach ihrem ersten Kind ohnehin etwas rundlicher geworden war. Als Anna Gewißheit über ihre Schwangerschaft hatte, sagte ihr Mann: »Erzähl bloß Mutter noch nichts, die wird ohnehin toben!« Aus Gesprächen mit ihrer Schwiegermutter konnte Anna entnehmen, daß die alten Borns den jungen Borns nur ein Kind zugestanden, denn Kinder behindern nur die Arbeit.

Vier Wochen später wurde Annas Befinden so schlimm, daß sie nichts mehr essen konnte, und wenn sie etwas aß, brach sie es gleich wieder aus. Ihr schien, als wären alle Lebensmittel verdorben. Willi Born gab seiner Frau den Rat, nur frische Butter zu essen, die sie sich heimlich beim Buttern »abzweigen« sollte. Anna richtete es dann so ein, daß sie erst zu Tisch kam, wenn die anderen mit dem Essen fertig waren. Aber auch frische Butter half nicht. Schließlich bekamen ihr nur noch Schmalz- und Marmeladenbrote.

Oft kam Anna morgens nicht zum Frühstücken, denn wenn ihr Schwiegervater damit fertig war und vom Tisch ging, bedeutete das auch für die anderen: Fertig mit dem Tafeln, an die Arbeit! Dann aß Anna immer erst ein Schmalzbrot, wenn sie mit ihrem Mann mit dem Pferdegespann aufs Feld fuhr. Als der einmal fragte: »Hast du heute nicht gefrühstückt, keinen Kaffee getrunken?« – erwiderte Anna: »Wann denn?«, und ihr vorwurfsvoller Gesichtsausdruck störte ihn dann schon nicht mehr.

In der Tat mußte sich Anna sputen, um morgens alle Arbeiten zu schaffen, die ihr »zufielen«. In den gut zwei Stunden, wo Mann und Schwiegermutter draußen auf der Koppel die Kühe melkten, mußte sie alle diese Arbeiten schaffen: den großen Futterkessel, der hundert Pfund faßte, voller Kartoffeln tragen und kochen; Geflügel füttern; im Küchenherd Feuer anmachen; die gekochten Schweinekartoffeln durch die Quetsche drehen; Schweine füttern; Küche und Flur aufwischen und nebenbei Kaffee kochen. Wenn dann noch ihr kleiner Sohn Günter wach wurde und Anna zusätzlich »beschäftigte«, brannte ihr erst recht »die Zeit unter den Fingernägeln«. Mehrmals wurde Anna von den anderen Jungbäuerinnen gefragt, wie sie die viele Arbeit schaffe, und sie erwiderte, daß sie diese Arbeiten *schaffen müsse*, dann sagten sie: »Na, wie du gebaut bist ...« und meinten damit etwas ironisch oder bewundernd ihre kräftige Statur.

Als Anna im siebten Monat schwanger war, sagte die Nachbarin: »Nun kannst du es nicht mehr leugnen – man sieht es dir an: Du bekommst ein Kind!« Und bald war es Dorfgespräch.

So erfuhr es auch Marie Born. Als Willi und Anna mittags vom Acker kamen, war noch kein Mittagessen – wie sonst üblich – fertig. Marie Born war erst beim Kartoffelschälen. Als Anna ihr helfen wollte, entlud sich ihr Zorn, und sie schrie los: »Kinder kriegen – du müßtest viel mehr arbeiten, damit dir das Kinderkriegen vergeht ...« Und ihren Sohn schrie sie an: »Und du, dösiger Hund – schlauer hätte ich dich eingeschätzt, als noch ein Gör zu machen ... Die Arbeit wird nicht vernachlässigt – und wenn ihr es euch dabei auf den Buckel bindet!«

Das und ähnliches mußten sich die jungen Borns nun jeden Tag mit anhören. Anna war der Verzweiflung nahe. Niemandem konnte sie ihr Herz ausschütten. Ihr Mann war kein schlechter Mensch, aber er brachte nur wenig Verständnis für die Nöte seiner Frau auf. Er war zu sehr mit wirtschaftlichen Sorgen behaftet, und in der wenigen freien Zeit suchte er Entspannung beim Turnen und Faustballspielen im Freundeskreis. Dann saß Anna allein zu Hause und war schutzlos den Launen ihrer »bösen« Schwiegermutter ausgesetzt. Für die alten Borns zählte nur der Hof.

Als Annas Niederkunft näher kam, »verzog« sich Marie Born zu ihrer Tochter ins Nachbardorf. Willi Born hatte indessen eine Handwerkerfrau dazugewonnen, Anna bei ihrer Niederkunft und im Wochenbett zu betreuen.

Im April gebar Anna Born ihre Tochter Marga. Die jungen Borns waren glücklich und vergaßen alle Demütigungen der Alten. Hebamme und Handwerkerfrau betreuten Wöchnerin und Kind vorbildlich. Zwei Tage nach der Geburt kam Marie Born von ihrer Tochter zurück; sie schien wie umgewandelt.

Die Frauen des Dorfes brachten – nach alter Sitte – der Wöchnerin kräftigende Suppen. Es kamen auch Frauen, mit denen Borns keine näheren Berührungen hatten; sie waren einfach nur neugierig und wollten bereits jetzt genau wissen, nach wem das Neugeborene kommen würde – nach dem Vater oder nach der Mutter. Nun hatte sich auch Marie Born völlig verändert; sie war sehr stolz auf ihre kleine Enkeltochter.

Anna Born konnte nicht so schnell alles vergessen. Die Wandlung ihrer Schwiegermutter schien ihr nicht aus dem Herzen zu kommen. Als sie mit ihrem Mann darüber sprach und es aus ihr herausbrach: »Noch ein Kind – würde ich nicht ertragen ...«, fiel der ihr ins Wort und sagte: »Mußt Mutter reden lassen ... Mach's so wie ich, hör gar nicht hin!«

Die Unflätigkeiten Marie Borns gegenüber Sohn und Schwiegertochter hingen mit einem neuen Plan zusammen, den die alten Borns schon länger verfolgten und der realisiert werden sollte. Sie hatten erfahren, daß ein Hof, dessen Besitzer gestorben waren, von den Erben verkauft werden sollte. Bisher hatten sie ihren Kindern davon nichts gesagt. Erst als der Kaufvertrag unterschrieben war, mußten sie es ihnen erklären. Der Hof war schon 15 Jahre nicht mehr bewirtschaftet. Äcker und Wiesen waren verpachtet. Das Gehöft war heruntergekommen. Nur im Wohnhaus elektrisches Licht. Scheune und Ställe in schlechtem Zustand, ohne Stromanschluß für Elektromotoren. Das bedeutete für alle Borns: jahrelang eine erneute harte Belastung und viel, viel Arbeit. Es sollte aber auch der letzte Schritt zu einem stattlichen Bauerngehöft sein – mitten im Dorfe, weg vom Büdnerviertel. Für die alte Hofstelle hatten Borns bald einen Käufer gefunden. Die neue Scheune, das machten sie im Kaufvertrag fest, sollte dort abgebrochen und auf dem neuen Hof wieder aufgebaut werden.

Zehn Wochen nach Margas Geburt zogen Borns um. Anna war glücklich. Im neuen Haus hatte jede Generation eine eigene Wohnung. Nachteilig war nur, daß Altenteil und Kinderzimmer durch eine Tür verbunden waren. So konnten zwar die Alten gegebenenfalls nach den Enkeln sehen, wenn die Jungen nicht da waren, aber die alte Born konnte auch ungebetenerweise in die Wohnung der jungen Familie gelangen. Und die Verbindungstür abzuschließen bedeutete Mißtrauen, das Anna nicht säen wollte.

Hinter dem neuen Hof lagen fünf Morgen Weide, die im Sommer nur von den Milchkühen abgegrast wurden, während das Jungvieh und die »trockenstehenden« Kühe auf die entfernt liegende Koppel getrieben wurden. Dadurch konnten Borns mit dem gummibereiften Handwagen zum Melken gehen und brauchten nicht mehr Pferd und Wagen dazu.

Der neue Hof war viel geräumiger als der alte. Er hatte jedoch zur Koppel hin starkes Gefälle. Vorn an der Haustür waren es zwei und an der Hintertür bereits zwölf Treppenstufen. Holz, Briketts und Wasser mußten also über zwölf Stufen zur Küche hochgeschleppt werden. Der Boden der Küche bestand aus ausgetretenen Backsteinen; dadurch war das Scheuern schwer, zumal dabei ein Küchenschrank und drei Regale hin- und hergerückt werden mußten. Das Wasser für die Küche mußte von der Hofpumpe geholt, und die Eimer mußten auf der Wasserbank abgestellt werden. Die Hausarbeit war für Anna schwerer geworden, doch sie murrte nicht, weil sie selbständiger und unbeaufsichtigter arbeiten konnte. Am liebsten ging sie jedoch mit auf den Acker, weil ihr Feldarbeit schon von früher Jugend an in Fleisch und Blut übergegangen war.

Willi Born arbeitete meistens mit den Pferden. Mußte er mit den anderen Handarbeiten verrichten, nörgelte er nur herum, weil ihm diese Arbeit nicht paßte. Einmal sagte beim Rübenhacken Borns Hilfe, eine Frau aus der Nachbarschaft, zu ihm: »Chef, gehen Sie lieber nach Hause, Sie halten uns nur auf!« Das traf ihn, und er antwortete bissig: »Ich mache meine Arbeit auch ordentlich!« Er wollte sich damit rechtfertigen, daß er mit den anderen nicht mitkam, und damit auch ausdrücken, daß die anderen ihre Arbeit nicht gut machten.

So etwas ergab sich des öfteren. Anna ärgerte sich darüber und auch darüber, daß ihre Arbeit wenig Anerkennung fand und als Selbstverständlichkeit – auch von ihrem Mann – aufgefaßt wurde. Selten hörte sie ein lobendes Wort. Ihre Hoffnung, bei all dieser Schinderei auch materiell besser abzuschneiden als vorher, erfüllte sich nicht. Nach wie vor verwaltete ihre Schwiegermutter das knappe Geld. Wenn sie oder ihre Kinder neue Hosen oder Kleider benötigten, mußte sie regelrecht um das dazu benötigte Geld betteln. Willi Born ging es nicht besser; er bekam pro Woche fünf Mark Taschengeld. Das reichte gerade für ein Paket Tabak und ein paar Gläser Bier. So waren die jungen Borns ärmer dran als manche Arbeiterfamilie, die frei über ihr Geld verfügen konnte.

Richtig geborgen und verstanden fühlte sich Anna nur bei ihren Eltern, die sie leider nur selten besuchen konnte. Einmal wurde Anna von ihrer Mutter mit den Worten empfangen: »Na, du Großbäuerin, du läufst ja schlechter rum als ein Dienstmädchen!« Und mit verschmitztem Lächeln schenkte sie Anna Stoff für ein neues Kleid. Dann kaufte sie für ihren Enkel vom Schuhmacher ein Paar schwarze Lackschuhe und weiße Söckchen. Und der durfte die neuen Schuhe gleich anbehalten und krähte fröhlich: »Mutti, Mutti ... die schönen Schuhe ...!« Das beglückte auch seine Oma.

Als Anna mit ihrem Sohn wieder zu Hause ankam, war ihre Schwägerin mit ihrer kleinen Tochter zu Besuch bei ihrer Mutter. Angesichts der neuen Schuhe ihres kleinen Neffen war sie neidisch. Und auch die alte Born hatte gleiche Empfindungen. Sie versuchte das zu überspielen, lachte über den fröhlich krähenden Enkel und sagte verächtlich: »Na ja, der Arbeiter, was der verdient, hängt er sich gleich auf den Hintern ... An sparen denken die nicht!« Das galt Annas Eltern. Doch das verletzte sie ebenso.

Im Juli begann die Getreideernte. Zu der schweren Arbeit kamen neue Sorgen hinzu. Die polnischen Schnitter blieben aus. Gerüchte über einen Krieg zwischen Deutschland und Polen – das mit den Westmächten verbündet war – schienen sich zu bewahrheiten. Auch der alte Born, der den Ersten Weltkrieg mitgemacht hatte, verfolgte alle Meldungen voller Sorge. Und wenn er mit Nachbarn und Bekannten zusammentraf, hieß es immer wieder: »Wird es Krieg geben?!«

Der Zweite Weltkrieg

Im September begann der große Krieg. Anna Born bangte um ihren Mann, daß auch er ins Feld ziehen müßte und sie dann den Launen ihrer Schwiegermutter schutzlos ausgeliefert wäre. Viele Männer des Dorfes waren gemustert, auch Willi Born und sein Freund Fritz Hack. Die beiden hofften, daß sie nun bald eingezogen würden. Auch der alte Born wünschte sich das, denn dann hätte er auf dem Hof wieder das zweite Sagen. Er hoffte auch, daß das Militär seinem Sohne die Flausen und Bequemlichkeiten austreiben würde, die sich bei ihm immer noch zeigten.

Einige Männer des Dorfes nahmen am »Blitzkrieg« gegen Polen teil. Sie erzählten von ihren Erlebnissen im Feindesland und gewannen damit mehr Aufmerksamkeit, Beachtung, Achtung. Willi Born wollte da einmal mitreden können. Er fürchtete, daß der Krieg ohne ihn zu Ende gehen könnte, ohne »Heldentaten« erlebt zu haben.

Im Februar 1940 kam seine Einberufung. Der alte und der junge Born waren im Wald und schlugen Brennholz für den nächsten Winter. Anna nahm das Einschreiben vom Postboten entgegen. Sie war traurig, denn sie wußte, was dieser »amtliche« Brief auch für sie und ihre Kinder bedeutete. Sie hätte ihn am liebsten gleich verbrannt.

Gegen zehn Uhr kam Fritz Hack. Er sagte Anna, daß er heute seinen Einberufungsbescheid bekommen habe, ob auch Willi einen erhalten habe. Anna log ihn an und verneinte das. Fritz Hack verstand das nicht, denn er war zusammen mit seinem Freund Willi Born gemustert worden und glaubte, daß sie auch zusammen einrücken müßten. Fritz Hack fuhr mit dem Fahrrad in den Wald, um seinen Freund von seinem »Glück« zu unterrichten. Willi Born konnte nicht glauben, daß er keine Einberufung zum Militär bekommen hatte, und ging mit Fritz Hack nach Hause. Als die Männer Borns Hof betraten, kam Anna gerade mit Brennholz aus dem Holzschuppen. »Anna, es muß doch was gekommen sein«, rief ihr Mann. »Du hast doch Fritz angelogen?«

Sie gingen ins Haus. Anna nahm den Einberufungsbescheid aus dem Küchenschrank und gab ihn wortlos ihrem Mann. Der brach den Brief hastig auf und überflog das amtliche Schreiben. Die Freunde verglichen ihre Einberufungen: Am selben Tag, in dieselbe Kaserne in Potsdam, bei derselben Schwadron sollten sie einrücken, einer beim 2., der andere beim 3. Reiterzug.

Anna konnte die Freude der Männer nicht begreifen, deren Gedanken weit vorauseilten. In ihr brach eine Welt zusammen. Nun würde sie bald mit den Kindern, den schwierigen Schwiegereltern und der vielen Arbeit allein fertig werden müssen. Als ihr Mann fortging, war sie sehr traurig.

Willi Born war gerade drei Wochen beim Militär, da schrieb er an seine Anna, sie solle ihn besuchen, aber sie konnte wegen der vielen Arbeit nicht fahren, und sie wollte auch nicht. Zu tief saß in ihr – wie sie das auffaßte – der Stachel seiner Verantwortungslosigkeit gegenüber seiner Familie. Nach dem ersten kamen drei weitere Briefe, die sie alle nicht beantwortete. Schließlich griff der alte Born ein und sagte: »Anna, fahr doch! Jetzt geht es noch; wenn draußen die Feldarbeit anfängt, geht es nicht mehr!« Anna ließ sich überreden.

Sie nähte sich ein neues Kleid, kaufte sich einen schicken Hut und machte sich schön für die Reise. Ihre Schwiegermutter packte Eier, Butter und Wurst ein, die anderswo abgeknappt werden mußten, denn seit Kriegsbeginn gab es fast alle Lebensmittel nur noch auf Karten und viele Gebrauchsgegenstände nur noch auf Berechtigungsscheine.

Anna fuhr zum ersten Mal in ihrem Leben mit der Eisenbahn nach Berlin, Lehrter Bahnhof. Von dort mit der Schnellbahn nach Potsdam, ein Stück mit der Straßenbahn, eine Viertelstunde Fußweg durch einen Park, und sie hatte ihr Reiseziel erreicht.

Der Wachposten am Kasernentor wies Anna in die Wachstube. Dem Wachführer erklärte sie, daß sie Reiter Born besuchen wolle, sie sei seine Frau. Anna bekam einen Passierschein und wurde von einem Soldaten zur Schreibstube der Schwadron gebracht, wo sie ihr Anliegen vortrug. Der Stabsfeldwebel bot ihr einen Platz an und sagte: »Ich lass' Ihren Mann kommen!«

Bald waren schnelle Schritte vernehmbar ... es klopfte derb an der Tür, »Herein!« rief der Feldwebel. Reiter Born trat ein, nahm stramme Haltung an und meldete sich »zur Stelle!« In Anna regte sich Schadenfreude: In so strenger »Zucht und Ordnung« hatte sie ihren Mann noch nie erlebt. Die Eheleute begrüßten sich freudig – er hatte ja nichts von ihrem Besuch gewußt. Der Feldwebel gab ihm den Urlaubsschein mit den Worten: »Born, Sie haben heute bis 23 Uhr Ausgang!«

Willi zeigte seiner Frau die Stube, die er mit fünf anderen Soldaten teilte: doppelstöckige Betten, einfache Spinde, sechs Schemel und ein Tisch; alles, was man zum einfachen Leben brauchte. Anna war von der Sauberkeit und Ordnung beeindruckt. Und insgeheim wünschte sie sich, daß ihr Mann daraus für immer lernen möge.

Anna wollte am Abend gleich wieder nach Hause, doch er ließ es nicht zu. Sie gingen durch Potsdam und suchten für sie ein Zimmer. Dabei fiel Anna wohltuend auf, wie sehr sich ihr Mann wieder als richtiger Kavalier zeigte – wie in der ersten Zeit ihrer Liebe. Sie fanden ein schönes Zimmer bei einer älteren Dame, deren Mann als Offizier am Westwall eingesetzt war. Die Frau war sehr nett; deshalb nahm Anna auch bei späteren Besuchen bei ihr Quartier.

Als Willi und Anna endlich allein im Zimmer waren, überschüttete er sie mit heißen Küssen. Und ihre schamhafte Zurückhaltung schmolz vor seinem Verlangen dahin wie das Eis in der Sonne. Zitternd vor Erregung zog er sie aus, und als auch er sich schnell entkleidet hatte, sanken sie ins Bett. Aber ein paar Wochen Enthaltsamkeit und aufgestaute Empfindungen führten dazu, daß Körper und Seele nicht in Einklang zu bringen waren. Das geschah erst nach einem Stadtbummel beim zweiten Mal – wie zu Anfang ihrer großen Liebe.

Wieder daheim, erzählte Anna ihren Schwiegereltern, wie die

Soldaten leben. »Das ist gut so«, meinte der alte Born, »die jungen Männer müssen hart angefaßt werden, um zu bestehen – auch mir hat das nicht geschadet!« Mit »mir« meinte er seine Soldatenzeit im Ersten Weltkrieg.

Arbeitsmäßig wurde es für Anna und ihre Schwiegereltern schwerer, aber so ging es ja allen Bauernfamilien – bis Hilfe von anderer Seite kam.

Die Kriegsgefangenen

Rechtzeitig zur Frühjahrsbestellung kamen die ersten kriegsgefangenen Polen ins Dorf. Sie wurden in einem umzäunten Teil eines verwahrlosten, leerstehenden Bauernhofes untergebracht und von alten Wachsoldaten, den Landesschützen, bewacht. Die Lebensbedingungen waren ziemlich primitiv. Die Gefangenen mußten sich in einem Viehtrog an der Hofpumpe waschen. Sie arbeiteten bei den Bauern, die sie auch verpflegten. Borns bekamen einen Kriegsgefangenen namens Koska. Er war 32 Jahre alt, intelligent und arbeitswillig. Er gab an, daß er mit Pferden umgehen könne, und er übernahm Borns Pferde. Da Anna schon in der Kinderzeit von ihrem Vater etwas Polnisch gelernt hatte, konnte sie sich auch mit Koska recht gut verständigen. Die Zusammenarbeit war gut.

Im Sommer mußte Koska ins Stammlager zurück, weil sich herausgestellt hatte, daß er im polnischen Heer Offizier war, und Offiziere durften nicht arbeiten. Als Koska von Borns Abschied nahm, weinte er. Wenig später kamen auch die anderen polnischen Kriegsgefangenen weg.

Inzwischen war auch Frankreich besiegt. Damit bahnte sich auch für das kleine märkische Dorf etwas Neues an: Das alte Kriegsgefangenenlager wurde ausgebaut und verbessert. Um das ganze Lager wurde ein neuer Zaun errichtet, mit einer eisernen Tür als Einlaß. Als Anna am Lager vorbeikam, dachte sie: Was werden das für Menschen sein, die einen solchen Sicherheitsaufwand erfordern. Dann wurde das Lager mit neuen Kriegsgefangenen belegt – mit Franzosen.

Wilhelm Born bekam den Bescheid, zwei Franzosen vom Lager abzuholen. Gegen Mittag waren die Franzosen aufgeteilt. Als der alte Born mit den Kriegsgefangenen auf den Hof kam, rief er Anna von weitem zu, sie solle Seife und Handtücher bringen, damit sich die Franzosen an der Hofpumpe waschen können.

Als Anna das Geforderte brachte, war sie erstaunt: Vor ihr standen zwei Männer in sauberen französischen Armeeuniformen – ein großer und ein kleiner –, und sie sahen wahrlich nicht wie Schwerverbrecher aus, was man aus der neuen Sicherung des Gefangenenlagers vermuten konnte. Die Männer waren gepflegt, und sie bedankten sich freundlich, als Anna ihnen Seife und Handtücher zureichte.

Um zwölf Uhr gab es in der Küche das Mittagessen. Die Franzosen rochen nach Creme. So einen angenehmen Duft hatte Anna bisher nicht wahrgenommen; sie war darüber erstaunt, daß die Franzosen solche guten Sachen auch als Kriegsgefangene noch besaßen. Ihre zweijährige Marga schloß gleich mit den neuen »Onkeln« Freundschaft. Sie kletterte dem Großen auf den Schoß. Und gleich sahen sich alle mit freundlichen Augen an. Was Kinder doch so vermögen!

Nach dem Essen wurden die Franzosen mit Gesten und Zeichensprache in ihre Arbeit eingewiesen. Schnell begriffen sie, was sie zu tun hatten. Jean, der große Franzose, war Bauer und kannte alle Feld- und Hofarbeiten. Und wenn die Verständigung nicht klappen wollte, nahm er sein Wörterbuch zu Hilfe, das er stets in der Brusttasche seiner Feldbluse trug. Annas Leben wurde dadurch viel leichter, und die Getreideernte wurde viel besser und schneller bewältigt, als Borns angenommen hatten.

Reiter Born

Im Herbst war die militärische Ausbildung zu Ende. Reiter Born bekam das erste Mal Heimaturlaub, weil er nun zu einem Feldtruppenteil versetzt werden sollte. Das Angebot des Stabswachtmeisters, der gute Beziehungen mit einem Bauern pflegen wollte, bei ihm Putzer zu werden, lehnte Willi Born mit der Begründung ab, daß er zu Hause kaum Schuhe geputzt habe und das für andere auch nicht tun werde. Er brannte darauf, bald zum Kriegseinsatz zu kommen. Als er das zu Hause erzählte, waren Anna und die Alten ärgerlich, denn er hätte die »Heimatstellung« auf unabsehbare Zeit halten können.

Die vier Tage Heimaturlaub waren schnell vorbei. Anna und die Kinder weinten beim Abschied – und ihr Mann und Vater war mit seinen Gedanken schon im Kriegseinsatz. Die Frauen hatten ihm wieder Lebensmittel mitgegeben, die er zu großzügig unter die Kameraden verteilte; in Anspielung darauf sagte der alte Born einmal: »Wenn der Junge nicht bald an die Front kommt, macht er uns noch arm!«

Und so war es auch! Als Anna einmal in Potsdam war, erlebte sie, wie der Unteroffizier schrie: »Wo ist der Reiter Born? Ich brauche wieder was für die Pfanne!« Das fand Anna unverschämt, und sie ließ es ihn merken, wenn sie sich begegneten. Später sagte der Unteroffizier zu Willi Born: »Ich glaube, Ihre Frau kann mich nicht leiden; wenn ich grüße, dankt sie kaum. Ich habe doch sonst Chancen bei den Frauen!«

Als sie darüber diskutierten, sagte Anna: »Dein Unteroffizier muß nicht glauben, daß er alle scheuchen und dann auch noch haben kann – mich eingeschlossen!« – »Bist du verrückt!« erwiderte er: »Was glaubst du, was der alles kann? Wie der einem das Leben schwermachen kann!«

Willi Borns Erwartungsfreude, nun endlich zur Feldtruppe zu kommen, schlug durch Unerwartetes in tiefe Niedergeschlagenheit um: Sein Unteroffizier stürzte vom Pferd und kam ins Lazarett. Willi Born mußte das Pferd des Unteroffiziers mitbetreuen, und dabei passierte das Malheur: Der Gaul schlug aus, und Willi Born landete – hart »angeschlagen« – im Pferdemist. Nun lag er friedlich neben seinem Unteroffizier im Lazarett. Als Anna das im nächsten Brief von ihrem Ehemann erfuhr, sagte sie zu ihren Schwiegereltern: »Die sind im Bett gut aufgehoben!« und meldete sich nicht.

Nach acht Tagen kam wieder ein Brief; Willi Born schrieb verärgert und fordernd zugleich, daß seine »liebe Anna« unbedingt nach Potsdam kommen müsse, weil sie die Frau des Stabsfeldwebels und ihre zwei Kinder mit ins Heimatdorf mitnehmen solle, die ihre Wohnung durch einen Bombenangriff verloren hatten. Anna ärgerte sich, weil nun schon über ihren Kopf hinweg bestimmt wurde und ihre persönliche Freiheiten noch mehr eingeengt wurden, als sie ohnehin schon waren. Als Anna auch darauf nicht reagierte, kam ein Eilbrief mit der festen Anweisung, daß Frau und Kinder des Feldwebels am Freitag, 12.35 Uhr, vom Großbahnhof abzuholen seien. Anna sah damit noch mehr Arbeit auf sich zukommen, und in ihrer Phantasie entstand das Bild von verwöhnten Städtern, die sich hinten und vorn bedienen lassen. Mürrisch richtete sie das Fremdenzimmer her. Und Marie Born, die so genau, fast geizig war, hatte gegen den Besuch nichts einzuwenden, denn sie sah darin nur Vorteile für ihren Sohn.

Besuch aus Potsdam

Am Freitag spannte Anna Born die Rappstute Lotte vor den zweirädrigen gummibereiften Wagen – hierzulande Dogcart genannt – und fuhr zum Großbahnhof, um den Besuch abzuholen. Da das Pferd leicht scheute, ließ sie das Gefährt an der etwas abgelegenen Gaststätte stehen und band die Stute dort an. Dann ging sie zum Bahnhof und wartete am Ausgang.

Der Zug lief mit etwas Verspätung ein. Reisende stiegen aus und gingen an Anna vorbei. Dann kamen zwei Jungen und eine Frau, die zum Ausgang schauten. Das sind sie, fuhr es Anna durch den Kopf, mit diesen feinen Städtern soll ich fertig werden? – Sie sprach die fremde Frau an: »Sind Sie Frau Müller aus Potsdam?«

»Ja, das bin ich«, erwiderte die Angesprochene, »und das sind meine Jungen!«

Die Frauen begrüßten sich freundlich; die Jungen sagten artig: »Guten Tag, Frau Born!«

Anna war erleichtert, denn diese Frau, die vor ihr stand, war gar nicht kompliziert und eingebildet.

Frau Müller glaubte, nun lange laufen zu müssen, und befahl ihren Jungen: »Hans, Peter – nehmt die Koffer …!«, doch Anna zeigte auf das Gefährt und sagte: »Damit fahren wir nach Hause!« Die Jungen stürmten zum Dogcart, und bald konnte es losgehen.

Das Gefährt hatte nur eine Sitzbank, die die Frauen einnahmen. Die Jungen saßen dahinter auf einem Ballen Stroh, doch lange konnten sie nicht stillsitzen … Bald wippten sie auf und nieder, und der Dogcart folgte den Bewegungen wie ein Schiff in stürmischer See, so daß Anna sie ermahnen mußte: »Jungs, ihr müßt stillsitzen, sonst geht das Pferd durch!«

»Was ist durchgehen?« kam prompt die Frage.

»Wenn ein Pferd sich erschreckt und davonläuft, ohne daß der Kutscher daran etwas machen kann!«

»Dann scheut das Pferd wohl? – Papa sagt, daß sich sein Pferd auch leicht erschreckt!«

Lotte zockelte im gemächlichen Trab nach Hause. Das Gleis der Kleinbahn verlief hier direkt neben der Straße – und von hinten schnaufte ein Zug heran ... Als das Pferd die pustende und qualmende Lokomotive bemerkte, lief es im gestreckten Galopp davon. Die Jungen verloren die Sprache, und Frau Müller hielt sich angstvoll am Kutschbock fest, während Anna mit aller Kraft das Pferd zügelte ... Lange rannte die Stute, wie von Furien getrieben, neben der Schmalspurbahn her. Der Dogcart bollerte und schlingerte ... konnte jeden Moment umkippen ... Als dann »Pollo«, die Kleinbahnlok, auf der abschüssigen Strecke mit immer schnelleren Schnaufern das »Rennen« siegreich beendete und Anna die völlig verausgabte Lotte mit sanften Worten beruhigt hatte, fanden die Jungen auch ihre Sprache wieder. Und auch Frau Müller sprach erleichtert: »Wenn ich das gewußt hätte ..., wäre ich zu Fuß gegangen!«

Als sie auf Borns Hof angekommen waren, sprangen die Jungen vom Dogcart und rannten durch das offenstehende Tor in die Scheune. Günter Born, ein für sein Alter schon kräftiger Junge, spannte die Stute aus und lief gleich zu den zwei anderen Pferden, die bereits vor den großen Wagen gespannt waren. Jean, der Franzose, sollte mit den drei Pferden Hafer mähen. Die Frauen nahmen die Koffer vom Dogcart und brachten sie ins Haus. Frau Müller rief die Jungen, und als sie sich nicht meldeten, sagte Anna: »Da muß doch was passiert sein?«

Die Frauen gingen zur Scheune. Frau Müller rief: »Hans – Peter!« Darauf wie von weit her die Antwort: »Hier Mutti!«

Erst jetzt bemerkte Anna, daß der große Strohhaufen, den sie so schön aufgestapelt hatte, umgekippt war. Sie war böse und räumte mit Frau Müller die schweren Strohballen weg, bis die Jungen endlich zum Vorschein kamen, die sich aus dem umgefallenen Strohhaufen nicht selbst befreien konnten. »Wie seht ihr nur aus!?« schimpfte Frau Müller, doch dann lachten alle erleichtert. Die schönen Matrosenanzüge waren voller Spinnweben und Strohhalme.

Als alle wenig später am Kaffeetisch saßen und Frau Müller noch einzelne Strohhalme von Peters Anzug »absuchte«, war die »Entdeckungsreise« noch lange Gesprächsstoff. Die Jungen ließen sich indessen Annas Streuselkuchen schmecken und stopften davon Berge in sich hinein. »Die Jungen essen zu gerne Kuchen«, entschuldigte sich Frau Müller, »und ich konnte schon lange keinen mehr backen, weil die Zutaten fehlten ... Die Lebensmittelkarten zwingen zur Einschränkung ...«

Anna konnte sich nicht lange um Müllers kümmern; sie hatte ja »ihre« Arbeit, die sie jeden Tag schaffen *mußte*! Indessen hatte Frau Müller auch »ihre Arbeit«; ihre »Wildfänge« zu zügeln, was ihr selten gelang.

Als Anna Born am nächsten Tag von der Feldarbeit nach Hause kam, wurde sie von Frau Müller bereits erwartet. Sie hatte ein hübsches, helles Kleid an. Nachdem sich die Frauen freundlich begrüßt hatten, sagte Frau Müller: »Frau Born, haben Sie eine Schürze für mich? Ich helfe Ihnen!« Anna wehrte ab: »Nein, nein, ich mach's schon allein!« Frau Müller ließ nicht »locker«, bis Anna ihrem Verlangen nachkam.

Fortan hatte Anna in Frau Müller eine große Hilfe, die keine Arbeit scheute. Sie half beim Kartoffelschälen, spülte das Geschirr und hielt Ordnung in der Küche. Sie fütterte auch die Hühner, Enten und Gänse. Anna mußte ihr Vorurteil gegenüber dieser »feinen Städterin« gründlich revidieren; schon bald waren sie Freundinnen und auf Du und Du.

Am Sonntag gingen die Frauen zum Friedhof, um die Blumen auf den Gräbern von Borns Verstorbenen zu gießen. Auf dem Heimweg setzten sie sich an einem ruhigen Plätzchen – noch außerhalb des Dorfes – ins Gras und plauderten. Ellen Müller hatte schon in den paar Tagen ihres Hierseins erkannt, wie schwer Anna arbeiten mußte und was für Sorgen ein Bauernhof bereitete. Sie kam sich dagegen klein vor; in Potsdam hatte sie nichts weiter zu tun, als sich um Mann und Kinder zu kümmern und die Wohnung in Ordnung zu halten. Etwas bedrückt klagte sie über ihren Mann, der gerne fremden Schürzen nachlief, und zog Vergleiche. Die Freundschaft der Frauen wurde durch dieses Gespräch, das die innersten Winkel ihrer Seelen berührte, noch inniger.

Hans und Peter Müller entdeckten jeden Tag etwas Neues auf dem Bauernhof, und manchmal trieben sie auch Unfug. Das ärgerte Oma Born. Deshalb fuhr sie zu ihrer Tochter ins Nachbardorf. Sie glaubte, daß ohne ihre Anwesenheit die Wirtschaft nicht laufen würde und die Müllers abreisen müßten, aber sie reisten nicht ab.

Anna Born und Ellen Müller lagen auf »gleicher Wellenlänge«. Und sie hatten zueinander volles Vertrauen. Abends saßen sie auf der Gartenbank und erzählten sich, was sich nur echte Freundinnen erzählen. Zu den Wiesen hin lag ein kleiner Teich, ein Paradies der Frösche, die immer bei anbrechender Dunkelheit ein Quak-Konzert anstimmten. Diese Abendstimmung, das Dämmerlicht des schlafengehenden Tages, ließ dann immer die Seelen der Freundinnen ganz aufgehen. Minutenlang saßen sie schweigend nebeneinander, und ihre Empfindungen waren eins. Und wenn sie dann wieder leise von vergangenen Tagen erzählten, wurden schöne Erinnerungen geweckt. Am letzten Abend sagte Ellen zu ihrer Freundin voller Wehmut: »Ach Anna – ich käme gerne wieder – nur um diese Abendstimmung neu zu erleben … Bei euch ist es wunderschön …«

Das alles trug dazu bei, daß Müllers, die anfangs nur acht Tage bleiben wollten, vierzehn Tage blieben. Und sie wären noch länger geblieben, wenn die Jungen nicht wieder zur Schule hätten gehen müssen, weil die Ferien zu Ende gingen.

Einen Tag vor ihrer Abreise wurden fünf junge Hähnchen geschlachtet: Zwei für Willi Born, zwei für Müllers und eines für Frau Herling, Annas Quartierwirtin in Potsdam. Die Hähnchen für Annas Mann wurden gebraten, und das für Frau Herling tat Anna in ein Päckchen, falls Müllers Frau Herling nicht zu Hause antreffen sollten.

Potsdam

Anna wurde von Müllers überredet, nach Potsdam mitzukommen. Sie fuhren am Sonnabend. Als sie in Potsdam angekommen waren, gingen Frau Müller und ihre beiden Jungen gleich nach Hause. Anna wollte erst Frau Herling das Hähnchen bringen und dann nachkommen.

Frau Herling war zu Hause, und so geriet Annas Besuchsplan durcheinander. »Ohne daß ich Ihnen erst einen guten Bohnenkaffee gemacht habe, kommen Sie mir nicht weg!« Frau Herling wußte viele Neuigkeiten, die Anna gar nicht interessierten, doch sie blieb taktvoll und hörte sich die Erzählungen der alten Dame geduldig an. Sie vereinbarten einen Besuch der Potsdamer Schlösser für morgen, Sonntag, neun Uhr. Gegen 16 Uhr kam Anna endlich von Frau Herling weg.

Gegen Abend kam Anna ins Lazarett. Ihr Mann war erstaunt, denn sie hatte ja nicht geschrieben und ihr Kommen angekündigt. Als Anna die Lebensmittel auspackte, guckten die anderen fünf Kranken verlangend zu; sie schnitt das halbe Blech Streuselkuchen auf und gab jedem ein Stück. Die Soldaten bedankten sich und lobten Annas guten Streuselkuchen.

Als die Besuchszeit zu Ende war, humpelte Willi Born mit seiner Frau bis zur Treppe, gab ihr einen flüchtigen Abschiedskuß und sagte: »Dann bis morgen um zehn Uhr!«

Erst gegen 20 Uhr war Anna bei Müllers in ihrer wieder hergerichteten Wohnung. Da es kein Fensterglas gab, waren die Scheiben durch Pappe ersetzt. Dennoch wurde es noch ein gemütlicher Abend. Die Frauen sprachen auch über den nächsten Tag, und Ellen Müller war enttäuscht, daß Freundin Anna schon so früh aufbrechen wollte. Sie sollte sich erst einmal richtig ausschlafen und dann noch zusammen zu Mittag essen, aber dazu ließ sich Anna nicht überreden; sie wollte auch nicht Müllers Lebensmittel in Anspruch nehmen, die schon kriegsrationiert waren.

Sonntagmorgen, um 8.30 Uhr, war Anna an der verabredeten Stelle im Park von Sanssouci. Frau Herling wartete bereits. Sie schlenderten los, zum Besuch der Potsdamer Schlösser.

Frau Herling war mit ihren 64 Jahren noch flink wie ein Wiesel und auch geistig noch auf der Höhe. Sie wußte vieles und sogar Einzelheiten von Königen und Kaisern. So verging die Zeit beim Laufen und Erzählen – und sie kamen beim Neuen Palais an, als die erste Führung durch das Schloß begann. Nach dem Neuen Palais folgte Schloß Sanssouci. Anna war von dem Glanz und der Pracht der Schlösser beeindruckt; so etwas hatte sie noch nie gesehen.

Als sie die Führung von Sanssouci hinter sich hatten, war es 13 Uhr; und um 11 Uhr wollte sie bei ihrem Mann im Lazarett sein. Und nun mußte sie auch noch mit Frau Herling im Schloßgartencafé einen Kaffee trinken.

Am Spätnachmittag verabschiedeten sich die Frauen. Anna folgte dem Weg, den ihr Frau Herling beschrieben hatte. Als sie unsicher war, fragte sie einen daherkommenden Soldaten, und wie es der Zufall wollte: Diesen Kameraden hatte ihr Willi losgeschickt, um sie zu suchen. Der fremde Soldat machte Anna freundliche Komplimente; sie fand darin die Bestätigung, daß sie noch schön und begehrenswert war.

Im Lazarett angekommen, ging – nach einer verhaltenen Begrüßung der Borns – das Witzeln unter den Männern gleich los. »Ich hätte Ihre Frau eher gefunden«, sagte der Unteroffizier, »aber Sie haben mir ja nicht getraut.« Nach dem hintergründigen, lustigen Wortgefecht der Männer war Willi Born immer noch böse darüber, daß sein Kamerad Hermann drei Stunden gebraucht hatte, um seine Frau zu finden; als ihm Anna alles erklärt hatte, beruhigte er sich und trauerte nur noch der verlorenen Zeit nach, die er nun weniger mit seiner Anna zusammensein konnte.

Die zwei verbliebenen Stunden gingen schnell dahin. Sie saßen in der Vorhalle des Krankenhauses, das jetzt Lazarett war, und sprachen über die Kinder, die Arbeit und den Hof. Als die Zeit des Abschieds kam, erfaßte er zärtlich ihre Hände und sah ihr tief in die Augen, die nun ganz ihre Seele widerspiegelten. Auf Anna konnte er sich in jeder Beziehung verlassen! Er begleitete seine Anna über den langen Flur, und als sie sich unbeobachtet fühlten, drückte und küßte er sie zum Abschied sehr zärtlich … Und Anna schien es wie ein Abschied für lange Zeit … Nach ein paar Tagen schrieb ihr lieber Mann, daß er aus dem Lazarett entlassen war und nun zur Fronteinheit kommen werde.

Die Franzosen

Der alte Born konnte nicht gut mit den französischen Kriegsgefangenen umgehen; sie stritten sich oft. Beide Franzosen wollten fort. Anna sorgte sich, wie dann die Arbeit geschafft werden sollte.

Als der Wachmann kam, um das mit den Franzosen zu klären, waren Borns gerade beim Mittagessen. Als er sah, was auf dem Tisch stand, sagte er: »Überlegt es euch gut – solch ein Essen bekommt ihr woanders nicht!« Der kleine Franzose, von Beruf Musiker, blieb bei seinem Entschluß. Der große Franzose war Bauer; er wäre doch wieder zu einem Bauern gekommen. Als ihm das der Wachmann noch einmal erklärt hatte, zog er sein Versetzungsgesuch zurück. So sind denn Borns mit einem Franzosen ganz gut durch den Winter gekommen.

Wilhelm Born wurde immer klappriger auf den Beinen und konnte so gut wie nichts mehr machen, aber an dem Franzosen Jean nörgelte er immer noch herum, keine Arbeit konnte der ihm recht machen; doch der reagierte schon lange nicht mehr darauf, nur noch auf Anna.

Mit dem aufgestallten Vieh gab es im Winter viel Mehrarbeit. Wenn Jean um sieben Uhr auf den Hof kam, gab er den Pferden das letzte Futter und tränkte sie aus dem Eimer, denn eine Selbsttränke hatten Borns noch nicht. Dann half er Anna im Kuhstall. Zehn Kühe und fünfzehn Kopf Jungvieh mußten versorgt werden; dazu das Rübenmahlen von Hand. Dann die vielen Schweine. Das Kochen der Futterkartoffeln im großen Dämpfer. Das Ausbringen und Quetschen der Kartoffeln. Das Ausmisten der Ställe. Erst wenn das Vieh versorgt war, konnten die Menschen an sich denken.

Wenn es Wetter und Schneeverhältnisse zuließen, wurde vom Misthaufen oder aus dem Jungviehstall Mist gefahren; eine Knochenarbeit, die niemand gerne tat, die meistens für Jean und Anna blieb. Als einmal der Wachmann dazukam und sah, wie sich

Anna beim Aufladen abplagte, sagte er: »Frau Born, diese Arbeit ist doch für Sie viel zu schwer!« Am nächsten Tag halfen Franzosen von anderen Bauern beim Mistfahren; einer blieb dann ständig bei Borns.

Wenn Schneetreiben und große Kälte keine Außenarbeiten zuließen, pusselten die Männer in den Ställen oder im Maschinenschuppen herum. Manchmal kamen auch die Franzosen von nebenan zum Schwatzen. Darüber konnte Marie Born sehr böse werden, und sie rief ihrer Schwiegertochter zu: »Anna, sieh doch mal nach, was die Faulenzer machen. Die stehen doch wieder in den Ecken herum und tun nichts!« Wenn die alte Born dann wieder einmal bei ihrer Tochter im Nachbardorf weilte, pfiffen und sangen die Franzosen. »Anna, auch die Gefangenen leben richtig auf, wenn der Drachen fort ist«, sagte einmal der alte Born dazu. »Wenn sie doch nur für immer bei Erna bleiben würde!«

Die Franzosen und Anna verstanden sich gut; sie nahmen ihr ungebeten viele Arbeiten ab und trugen sogar Holz und Wasser für die Küche heran.

Anna liebte Blumen. Im Sommer standen immer frische Blumen auf den Tischen und im Winter schöne Gestecke. Laut Vorschrift durften die Kriegsgefangenen mit den Deutschen nicht an einem Tisch sitzen; deshalb standen in den Bauernküchen zwei Tische, einer für die Deutschen und einer für die Gefangenen, doch das Essen kam aus einem Topf.

Eines Tages standen auf beiden Tischen Sträußchen mit Schneeglöckchen, den ersten Frühlingsboten. Als nach dem Essen Anna sich am Herd beschäftigte und alle anderen bereits gegangen waren, kam Emil, der neue Franzose, und ergriff Annas Hand: »Frau, diese Blumen für uns?«

»Ja!« sagte Anna gerührt.

»Nicht verboten?«

»Das stört mich nicht!«

Emil drückte Anna ganz fest die Hände und sah ihr in die Augen: »Ich weiß nicht, was mach…« Verlegen gab er sie frei und ging. Mit dieser kleinen Geste wurde gegenseitige Achtung sichtbar – vielleicht war es beim Franzosen mehr, was er als Gefangener nicht wagte, auszusprechen.

Charaktere sind unterschiedlich. So war es auch bei den beiden Franzosen Jean und Emil. Obwohl sie das gleiche Los zu tragen hatten – die Unfreiheit –, stritten sie sich immer öfter. Jean, der das älteste Vorrecht zu haben glaubte, wollte nur mit den Pferden arbeiten, so daß für den kleinen und schwächeren Emil die schwere Handarbeit blieb. Anna griff ein in den Streit und befahl: »Ihr wechselt euch jede Woche ab!«

Wenn Jean nun mit Handarbeit dran war, war er krank. Beim vierten Mal ging Anna mit dem Wachmann ins Lager. Sie stellten Jean zur Rede, doch zur Arbeit konnten sie ihn nicht zwingen; er zählte vieles auf, was ihm weh tun würde. Anna konnte jedoch Jeans »Krankheit« richtig einschätzen und sagte: »Jean, wenn du dich um die Handarbeit herumdrückst und nur mit den Pferden arbeiten willst, muß ich mich von dir trennen!« Ärgerlich verließ sie das Lager.

In diesem Frühjahr hatten Borns beide Stuten Fohlen. Um die Stuten zu schonen, sollte ein zweijähriges Pferd zum Ziehen angelernt werden. Nicht jeder Pferdekutscher war dazu geeignet, da es Ruhe und viel Geduld erforderte. Jean war dazu der richtige Mann, doch Anna war zu stolz, um noch einmal ins Lager zu gehen und ihn darum zu bitten. Sie wartete, bis er wieder zur Arbeit erschien.

Jean tat so, als sei nichts gewesen. Selbstbewußt ging er ans Werk und spannte das junge Pferd als drittes zum Gespann. Anna half ihm; sie sprachen kein Wort dabei. Es ging dann ganz gut; neben seiner Mutter lernte das junge Pferd schnell das Ziehen.

Die Spannungen zwischen den beiden Franzosen wuchsen. Einer beschuldigte den anderen, daß er die Arbeit nicht gut oder richtig machte, und Anna dachte: Das nimmt kein gutes Ende.

Dann kam die Heuernte. Zuerst mußten die Wiesen gemäht werden. Um die Arbeit besser zu verteilen, wurde zwischendurch auf einer Wiese das Gras gewendet, gehäuft und das trockene Heu abgefahren.

Beim ersten Schnitt im Juni war das Gras in vollster Entwicklung. Drei Pferde mußten vor den Grasmäher gespannt werden. Die erste Wiese mähte Jean – das ging ganz gut. Die zweite Wiese mähte Emil – das ging nicht gut. Da das Gras sehr dicht stand, mußte Emil immerzu vom Grasmäher absteigen und das mit Gras zugesetzte Messer freimachen. Drei Tage mähte er schon, trieb die Pferde dabei an und hatte dennoch erst die halbe Wiese abgemäht – und dann hatte er den Grasmäher heißgefahren, so daß die Maschine weder vor- noch rückwärts zu bewegen war. Das sah der alte Born und kam herbei. Zähneknirschend versuchte er den Grasmäher wieder in Gang zu setzen. Es gelang ihm nicht, und er tobte: »Du dummer Franzmann, taugst nur zum Fressen ...« Als die Schimpfkanonade abrollte, kam Anna dazu und versuchte zu schlichten. Aber Wilhelm Born beruhigte sich nicht und rief Jean herbei: »Sieh dir das an«, keifte er, »was der blöde Hund angestellt hat!? Zu faul zum Ölen ... Nur herumkutschen ... Das Messer ist vollkommen fest ... Jean, du nimmst jetzt die Pferde und behältst sie für immer ... Was ich sage, das wird gemacht!« Das hörte Jean allzu gerne. Bald hatte er den Grasmäher wieder in Gang gesetzt und mähte weiter – nur mit halber Schnittbreite.

Emil war sehr deprimiert, wurde von Tag zu Tag stiller. Ihn bedrückte noch etwas anderes. Als er einmal mit Anna allein war, schüttete er sein Herz aus: »Frau, sprechen mit Wachmann – ich sehr krank!« Umständlich erklärte er ihr seine Krankheit, die er sich schon beim Militär in Frankreich zugezogen hatte. Als Anna darüber mit dem Wachmann sprach, sagte der gleich: »Der Emil hat eine Geschlechtskrankheit!« Am nächsten Tag bestätigte sich der Verdacht beim Arzt. Emil kam weg.

Nun stand Anna mit Jean wieder allein da. Bei der Getreideernte ging es noch, aber die Kartoffelernte machte ihr Sorgen. Doch es ging dann besser, als sie geglaubt hatte: Wieder einmal stand die Solidarität der Dorfgemeinschaft zu ihr; von überall kam Hilfe ... Es halfen auch Frauen, mit denen Anna nie engeren Kontakt hatte. Am letzten Tag der Kartoffelernte gab es zum

Vesper Streusel- und Pflaumenkuchen. Die Kartoffeln lagen in langen Mieten und waren mit Stroh und Erde frostsicher zugedeckt. Die Rübenernte bildete den Abschluß der Feldarbeiten. Borns waren froh. Nun konnte der Winter kommen.

Tod des alten Born

Wie fast alle Bauern waren auch Borns nicht in der Krankenkasse und mußten den Arzt selbst bezahlen; der stellte die Höhe der Rechnung nach dem Besitz des Bauern aus, nach der Anzahl der Pferde und Rinder.

Der Hausarzt kam jede Woche vorbei und besuchte den alten Born. Seine Frau sah das nicht gern, denn das kostete ja Geld. Ihre Maxime war: »Die Krankheiten kommen allein und müssen auch wieder allein weggehen.«

Im Dezember lag Wilhelm Born im Sterben. Anna rief den Hausarzt. Der kam auch gleich und schrieb ein Rezept, das Wilhelm Born das Sterben erleichtern sollte. Als er das Rezept Anna übergab, kam Marie Born dazu und fuhr den Arzt böse an: »Was wollen Sie schon wieder hier?!«

Der Arzt sagte ernst und betont: »Frau Born, Ihrem Mann geht es sehr schlecht, es wird wohl zu Ende gehen!«

»Das weiß ich! Deshalb hätten Sie nicht zu kommen brauchen, um mir das zu sagen!« Der Arzt und Anna waren entsetzt.

»Ich habe ihm noch eine gute Medizin verschrieben, die ihm das Sterben erleichtern wird. Geben Sie ihm so viele Tropfen, wie auf der Packung steht!« Er gab Anna die Anweisung und ging.

Marie Born verlangte das Rezept. Anna zögerte, es herzugeben, und sagte: »Günter und sein Freund Dietrich werden mit dem Fahrrad zur Apotheke fahren ...«

»Ach was, dafür noch so viel Geld ausgeben, wo er doch stirbt!« Sie riß Anna das Rezept aus der Hand und warf es in den Küchenherd. Einmal mehr mußte sie erkennen, daß ihre Schwiegermutter kalt und herzlos war. Die Wirtschaft, der Bauernhof, ging ihr über das Leben ihres Mannes.

Am Abend fing Wilhelm Born an zu phantasieren. Gegen 23 Uhr rief Marie Born: »Anna, komm schnell – Opa liegt unter dem Bett ... Ich kriege ihn da allein nicht hervor!« Als Anna ihren

Schwiegervater dann wie ein Häufchen Elend zusammengekrümmt unter dem Bett sah, erschrak sie entsetzt. Die Alte lag davor und schrie sie an: »Nun faß endlich an, sonst stirbt er uns noch unter dem Bett!«

Anna Born war beim Anblick ihres Schwiegervaters restlos fertig; sie lief davon und schloß sich in ihrem Schlafzimmer ein. Als sie auch dort noch das Stöhnen hörte, zog sie das Zudeck über den Kopf und weinte.

Eine Weile war es still. Dann klopfte es. Anna hörte die verhaltene Stimme der Alten: »Du dummes Mädel, ich habe ihn wieder im Bett … er stirbt noch lange nicht.«

Kurz nach Mitternacht dann plötzlich wieder ein Geschrei und heftiges Pochen an ihrer Tür: »Anna, Anna – komm schnell! Nun ist er hinter den Kachelofen gekrochen!«

Was Anna dann sah, war entsetzlich: Der alte Born steckte mit dem Kopf zwischen der Zimmerwand und dem Kachelofen, wo gewöhnlich die Holzscheite gestapelt sind. Marie Born bemühte sich, ihren Mann da herauszuziehen und schrie nun Anna an: »Hilf doch ziehen – wenn er kalt ist (damit meinte sie: tot und die Totenstarre eingetreten ist), kriegen wir ihn da nicht mehr heraus.« Sie zogen, bis er endlich heraus war.

Wilhelm Born sah furchtbar aus. Eine Seite des Gesichtes war von den Kachelfugen entsetzlich zerschrammt. Kurz danach – um vier Uhr morgens – starb er.

Um fünf Uhr lief Marie Born zu ihrer Tochter. Sie ließ ihren toten Mann im Bett liegen und kümmerte sich um nichts. Als sie fortging, sagte sie zu Anna in gehässigem Ton: »Nun bist du der Herr hier!«

Am Morgen ging Anna zu Frau Bäcker, der Totenfrau des Dorfes, und bat sie, ihren Schwiegervater zu waschen und das Totenhemd anzuziehen. Als diese den Toten sah, sprach sie entsetzt: »Was hat die Alte nur mit dem Mann gemacht?!« Anna weinte und gab keine Antwort.

Anna kümmerte sich um die Beerdigung. Sie suchte den Sarg aus, bestellte Kränze und veranlaßte, daß Kuchen gebacken wurde, denn im Dorf war es Sitte, daß nach der Beerdigung der Pastor, die Leichenträger und die Verwandten und engeren Freunde mit Kaffee und Kuchen im Gasthaus des Dorfes bewirtet wurden.

Der Gemeindediener wies Anna den Platz für die Gruft an. Um das Ausheben mußte sich die Familie kümmern. Jean sollte das Grab ausheben, doch er war dazu nicht zu bewegen; zwei andere Männer taten es.

Wilhelm Born war in Borns »guter Stube« aufgebahrt. Familie und Freunde nahmen still Abschied vom Toten. Ein langer Zug bewegte sich unter dem Geläut der Kirchenglocken zum Friedhof außerhalb des Dorfes. Der Pastor sprach am Grab trostreiche Worte und am Schluß ein Gebet. Die Angehörigen weinten. Die Trauergemeinde verharrte in Schweigen. Dann Blumensträuße und ein paar Hände voll Erde ins offene Grab. Die Menge verteilte sich über den Friedhof, besuchte eigene Gräber und ging nach Hause. Inzwischen Zuschaufeln und Zudecken des frischen Erdhügels mit den Kränzen ... Das war der Abschluß eines arbeitsreichen Lebens.

Am Tag nach der Beerdigung kam der Fischmann aus der kleinen Stadt. Nach altem Brauch gab es freitags in den Häusern Fisch. Der Fischmann gehörte sozusagen zum »Inventar« des Dorfes. Auf den Gepäckträgern seines robusten Fahrrades standen hinten und vorn die zwei großen Weidenkörbe mit den Havelfischen. Der Fischmann war ein scharfsinniger Beobachter der dörflichen Szene. Da er viel herumkam, vertrat er auch die »Meinung des Volkes«. Dieser einfache Flußfischer schimpfte die alte Born aus, wie es Anna bisher nie erlebt hatte. Und Marie Born schwieg betreten und fand kein einziges Wort der Erwiderung, der Rechtfertigung.

Ein arbeitsreicher Sommer

Zwei Tage nach der Beerdigung von Wilhelm Born ging seine Witwe wieder zu ihrer Tochter ins Nachbardorf. Am selben Abend kam Willi Born von der Ostfront auf Urlaub. Trotz Trauer wurden es für die junge Familie ein paar schöne Tage.

Nach vier Tagen kam Marie Born zurück. Sie war überrascht, daß ihr Sohn da war und schimpfte, daß man sie nicht benachrichtigt hatte. Der Urlaub ging viel zu schnell zu Ende. Willi Born mußte wieder fort. Nun waren Anna und Marie Born wieder allein – und direkte Kontrahenten.

Der Winter war vorbei. Im Frühjahr wurden die Felder bestellt. Als Borns beim Rübenhacken waren, gab es schon schöne Sonnentage. Unter guten Bedingungen wurde dann auch das Heu eingefahren. In Jean hatten Borns eine große und gute Hilfe. Die Arbeit ging Hand in Hand, doch ab und zu glaubte die alte Born eingreifen zu müssen; dann gab es immer Krach. Die Getreideernte machte Anna große Sorgen, weil diese mehr fleißige Hände benötigte, als sie zur Verfügung hatte. Zum Glück kam zur richtigen Zeit Annas Bruder, ein Matrose der Kriegsmarine, auf Urlaub, der in der Scheune das Regiment übernehmen wollte.

Seit Tagen verfolgten die Bauern den Reifeprozeß des Getreides. Immer wieder betrachteten sie ihre Roggenschläge und brachen das Korn über dem Fingernagel, um zu prüfen, ob es reif und trocken war. Wenn dann die ersten ihre Mähmaschine aus den Maschinenschuppen holten und betriebsbereit machten, konnten sich auch die anderen nicht mehr zurückhalten. Es war wie ein Fieber.

Zuerst mußten die Getreideschläge mit der Sense angemäht werden, um Platz für die Mähbinder zu schaffen. Diese Arbeit fiel Anna und Jean zu.

Der Franzose mähte und legte das geschnittene Getreide schwungvoll in sauberem Schwad ab. Anna sammelte es auf und band es zu Garben zusammen. Die Sonne brannte vom Himmel. Alle Augenblicke wischte sich Jean den Schweiß aus dem Gesicht und dengelte die Sense. Es war schon eine elende Plackerei. Wenn Jean eine Seite des Schlages angemäht hatte, half er Anna beim Aufbinden.

Dann war der große Roggenschlag dran. Da der Wetterbericht einen heißen Tag angekündigt hatte, gingen sie früh hinaus. Sie legten das Frühstück am Feldrain ab und begannen den langen Schlag anzumähen. Als eine Seite fertig war, gingen sie zurück, um zu frühstücken. Jean sah auf die Uhr und war erstaunt: »Au, zehn Uhr schon!« Anna lachte und sagte: »Da haben wir doch die Frühstückszeit verpaßt ...«

Eine Viertelstunde war Essenszeit. Sie setzten sich am Feldrain hin und frühstückten. Als sie damit fertig waren, legte sich Anna auf einer Garbe nieder, um auszuruhen und sich auszustrecken, denn das andauernde gebückte Arbeiten spürte man schon im Kreuz. Als sie am Ende der Pause aufstand, bemerkte sie, daß die Kaffeekanne umgekippt und ausgelaufen war: »Oh, dieses Mißgeschick«, sprach Anna ratlos, »und das bei dieser Hitze ...« Und Jean erwiderte lachend: »Egal, wenn bis Mittag nun nichts mehr zu trinken, auch nicht kaputt!« Ein anderer hätte getobt. Als sie vom Kirchturm das Mittagläuten vernahmen, war der große Roggenschlag angemäht.

Sie gingen nach Hause. Dort angekommen, lief Jean gleich zur Hofpumpe und befahl Anna zum Pumpen. Jean ließ sich das Wasser in Mund und Hände laufen und benetzte wohlig prustend damit sein Gesicht. »Nun du, Chefin!« – »Nein, nein, ich mach's drinnen – wie essen ja gleich.«

Nach dem Anmähen wurde das Getreide mit dem Selbstbinder gemäht. Pferde und Kutscher mühten sich ab. Dann wurde das Getreide aufgestellt; die Roggengarben zu Stiegen von 20, Hafer und Gerste zu Mandeln von 16 Stück. Wenn die vielen, vielen Garben zusammengetragen waren und die zahlreichen Garbenhäuser in sauberen Reihen das Feld bedeckten, waren alle froh, wieder eine Arbeit geschafft zu haben.

Die unterschiedliche Reife des Getreides und die damit verbundenen Folgearbeiten ermöglichten es, daß zwischendurch trockenes Getreide in die Scheune eingefahren werden konnte. Wenn irgend möglich, wurde das Getreide gleich vom Wagen gedroschen, denn das ersparte das umständliche Einlagern in der Scheune.

Das meiste Getreide kam jedoch in die Scheune und wurde dort sortenweise in große Fächer gepackt. Hier in der Scheune hatte Annas Bruder in diesem Jahr das Sagen; er stakte vom Wagen ab, eine Frau nahm die Garben an, Günter, der Schulferien hatte, gab sie weiter, und Marie Born packte das Getreide ins Taß.

Draußen, auf dem Felde, stakte Jean auf, und Anna lud die Wagen. Auf Borns gummibereiftem Wagen wurde fünf Lagen hoch gepackt. Dabei wurden die Garben dicht nebeneinander gelegt, mit den Ähren nach innen.

Als Jean und Anna eines Abends beim letzten Fuder des großen Schlages waren, hatte sie vergessen, die Schichten zu zählen, und sie rief Jean zu: »Ist der Wagen nicht schon voll?« Jean, der Anna nicht richtig verstanden hatte, glaubte, daß sie gefragt habe, ob das Fuder gerade geladen sei, gab weiter die Garben hoch … Als Anna von Zweifeln überwältigt wurde, rief sie: »aufhören, aufhören!« und packte zu. Als sie hinten vom Fuder herunterrutschte und sie – wie immer – von Jean aufgegangen wurde, kam er an diesem Abend in die Versuchung, sie zu küssen. Und auch Anna spürte in Jeans Armen ein großes Verlangen, das mehr als nur Freundschaft war, doch da hörte sie die Stimme ihres Bruders: »Wo bleibt ihr nur so lange – ist was passiert?«

Und Anna gab kleinlaut zurück: »Wir wollten den Schlag leer haben – und haben den Feierabend dabei vergessen – nun ist der Wagen auch noch zu voll geworden …« Sorgenvoll gingen sie um das Fuder, das zwar gerade geladen war, aber anstatt fünf neun Schichten zählte.

Nun kam das Problem: Wie vom Feld auf den Weg kommen, ohne dabei in der Grenzfurche umzukippen? Jean nahm die

Pferde im Zügel, und Annas Bruder stützte das hohe Fuder mit der langen Aufstakgabel ab. Die drei Pferde zogen schwer ... Das Fuder schwankte wie ein Schiff in der Brandung – und schlug in der Grenzfurche um. Alle Mühe war umsonst gewesen.

Da Jean ins Lager mußte, fuhren Anna und ihr Bruder mit zwei leeren Wagen noch einmal aufs Feld. Es war eine mißliche Arbeit, die ineinander verhaspelten Garben zu trennen und wieder aufzuladen. Um 22 Uhr waren sie erst zu Hause.

Im Sommer 1941, mitten in der Ernte, kamen zehn junge Ukrainer ins Dorf, die in Rußland von den Deutschen zur Arbeit verpflichtet worden waren. Einen bekamen Borns. Da dem Sechzehnjährigen Feldarbeit nicht behagte, mußte er sich überwiegend um das Rindvieh kümmern.

Mit diesem Ukrainer verstand sich Jean nicht. Er betonte gegenüber Anna bei jeder Gelegenheit, daß der Ukrainer Risko so wenig anzuziehen habe und seine dicke Wattejacke auch bei großer Wärme nicht ausziehen würde, daß er faul sei und Eier stehle, die die Hühner verstreut in den Ställen legten. Bald erkannte Anna, daß Jeans Anschuldigungen stimmten. Wenn die beiden zum Mittagessen am »Ausländertisch« saßen, war Risko schon fertig, bevor Jean angefangen hatte, und stierte habgierig auf dessen Fleisch. Eines Tages brach es dann aus Jean heraus: »Frau, ich nicht mehr sitzen mit ihm am Tisch; er gierig und stinken wie ein Schwein!« Anna griff schlichtend ein und achtete fortan darauf, daß sich der Ukrainer besser wusch.

Es war schon ein Kreuz mit den beiden. Jean war ein im Essen typischer Südfranzose. Einmal kam sein Freund Viktor gerade dazu; es gab Eisbein und Kartoffelbrei. Als Viktor sah, wie Jean im Essen herumstocherte, sagte er: »Du essen wie ein Kind. Du müßtest mal bei uns essen. Einen Tag gibt es Kartoffelsuppe, den anderen Tag Suppekartoffeln.«

Die alten Borns hatten festgelegt, daß gleich nach dem Tod von Wilhelm Born sein Sohn Willi den Hof mit allen Rechten und Pflichten übernehmen sollte; nur der Krieg verhinderte bisher eine ordnungsgemäße Übergabe.

Da ihr Mann im Felde war, war Anna die Chefin, doch ihre Schwiegermutter dachte nicht daran, schon alles aus der Hand zu geben. In allen wichtigen Dingen und bei der Arbeitseinteilung glaubte sie, noch mitreden zu müssen. Als einmal die Einteilung infolge Wetteränderung umgestellt werden mußte und Jean nun beim Anspannen der Pferde war, ging die alte Born dazwischen, um zu erfahren, was er nun vorhabe. Jean antwortete nicht und ließ sich beim Anspannen nicht stören. Da schrie Marie Born den Franzosen an: »Du Döskopp, verstehst du mich nicht?« Jean blieb gelassen und antwortete: »Ich brauch dich nicht verstehen, du nicht meine Chefin!« Dann hagelten Schimpfworte auf den Franzosen nieder, und sie drohte ihm, daß er bei der nächsten Gelegenheit »fliegen« werde.

Danach fuhren Jean und Anna vom Hof – und schwiegen sich lange an, bis Jean das Schweigen brach: »Frau, wie lange du noch Sklavin der Alten? – Wenn du nicht jetzt wirklich meine Chefin, ich gehen!«

»Ich werde mit dem Wachmann reden und ihn vorbereiten ...«

Als der Wachmann bei Borns zum Mittagessen dran war – er ging reihum bei den Bauern –, fragte ihn Marie Born, ob er Jean nicht für einen anderen Franzosen austauschen könne. Der Wachmann, der davon unterrichtet war, erklärte, daß das nicht gehe und sie froh sein sollte, Jean zu haben, der alle Landarbeit verstünde ... »Und übrigens, Sie gehören ins Altenteil! Ich weiß nicht, warum sich die junge Frau von Ihnen alles gefallen läßt, obgleich sie für den Hof verantwortlich ist! Wenn Ihnen was nicht paßt, laufen Sie zu Ihrer Tochter und kümmern sich hier um nichts mehr.« Marie Born schluckte das und verschwand mit den Worten: »Stecken Sie Ihre Nase nicht in Sachen, die Sie nichts angehen!« Anna hatte einen Sieg errungen, aber wie sich später herausstellte, nur einen halben.

Anna ist krank

Als es wieder auf Weihnachten zuging, bekam Anna einen schlimmen Finger. Sie wandte allerlei Hausmittel an und kühlte auch den Finger mit Dickmilch, aber nichts half. Bald tat ihr die ganze Hand weh und wurde blau. In ihrer Not ging sie zu Gerda Helms, der Tochter des Bürgermeisters, die etwas von Heilkunde verstand. Als die ihre Hand sah, sagte sie: »Anna, du mußt sofort zum Arzt, es ist eine schwere Blutvergiftung!«

Anna weinte los: »Und diese Eröffnung heute, am Samstagabend …«

Sie riefen beim Arzt an. Anna wurde für Sonntag um acht Uhr bestellt. Im Krieg hatte der Arzt auch sonntags Sprechstunde.

Jean fuhr seine Chefin mit dem leichten Einspänner zum Arzt. Als sie um acht Uhr dort ankamen, waren schon neun Personen da, und nach ihr kamen noch einige. Dann kam die Arzthelferin ins Wartezimmer und sah sich die Patienten an. Ihr fiel gleich Anna Born auf, die große Schmerzen hatte, und sie sagte: »Um Himmels willen … Kommen Sie sofort mit rein!«

Der Arzt sah Annas Hand an – und sprach entsetzt: »Was haben Sie nur gemacht? Warum haben Sie so lange gewartet? Es ist Knochenfraß!«

Der Arzt sprach eindringlich mit seiner Frau. Dann sagte er zu Anna: »Frau Born, legen Sie sich auf diese Liege!« Und der Arzthelferin befahl er: »Festschnallen!« An den Vorbereitungen, die Arzt und Helferinnen trafen, wurde Anna klar, daß mit Salben und Medikamenten nichts mehr zu machen war. Statt dessen bekam sie nun mehrere Spritzen in die schlimme Hand; schon bei der örtlichen Betäubung schrie Anna vor Schmerzen.

Der Arzt schnitt vom Ringfinger die ganze Haut herunter. Dann riß er den Fingernagel ab und entfernte auch noch teilweise die Fingerkuppe. Als dann alles verbunden war und Anna aufstehen sollte, war sie am Ende ihrer Kraft. Der Arzt führte sie hinaus.

Er gab Jean die Anweisung, auf Anna gut aufzupassen und sorgenvoll sagte er: »Frau Born, Sie müßten eigentlich ins Krankenhaus, aber das ist schon mit verwundeten Soldaten überbelegt. Kommen Sie am Dienstag wieder. Auf Wiedersehen!«

Auf dem Nachhauseweg weinte Anna vor Schmerzen und vor Sorge, wie es mit dem Hof und in der Familie weitergehen sollte. Jean trieb das Pferd an. Er zog seine Chefin an sich heran, wie ein Bräutigam seine Braut. Eng aneinandergeschmiegt, spürte Anna sein Mitfühlen, seine Herzenswärme, und ihr wurde leichter. Auf diesen Menschen konnte sie sich verlassen.

Zu Hause angekommen, kam ihnen Annas Sohn entgegen. Als Günter seine leidende Mutter sah, fing er an zu weinen. Danach kreuzte der Ukrainer Risko auf, aber dessen Sorge galt nur dem Essen: »Frau, wer nun Essen machen?« Jean wurde böse und schimpfte: »Risko, siehst du nicht, daß Frau sehr krank? Erst Frau versorgen und dann Essen machen!«

Weil Marie Born wieder einmal bei ihrer Tochter im Nachbardorf war, nahm Jean alles in die Hand: Mit Günter schälte er Kartoffeln, machte sich dann am Herd zu schaffen – und zauberte ein schmackhaftes Mittagessen auf den Tisch, das man von ihm, einem Manne, nicht erwartet hatte.

Als Anna endlich in der Stube allein war, setzte sie sich aufs Sofa und überdachte, wie es nun weitergehen sollte. Sie konnte nicht mehr arbeiten, nichts mehr anfassen, auch zum An- und Auskleiden brauchte sie jemanden, der ihr dabei half. Als dann die Spritzen wirkungslos und die Schmerzen unerträglich wurden, weinte sie hemmungslos. So fand sie ihre Freundin Erna Glaner, der sie unter Tränen alles erzählte. Erna kochte zunächst einen starken Kaffee und machte etwas Ordnung im Haus. Und dann besprachen sie, wie es weitergehen sollte. Morgens half Günter seiner Mutter beim Ankleiden, und abends kam dann immer Freundin Erna, die Ordnung im Haus machte und Anna beim Auskleiden half.

Am Dienstag sollte Anna wieder zum Arzt kommen, aber da die Schmerzen unerträglich wurden, mußte und wollte sie am

Montag wieder zum Arzt. Als sie in sein Behandlungszimmer eintrat, sagte der Doktor: »Guten Morgen, Frau Born – das habe ich mir gedacht ...« Was er damit meinte, ließ er offen. Er nahm den Verband ab, schüttelte sorgenvoll sein Haupt, und ohne sein Vorhaben näher zu erklären, sagte er: »Legen Sie sich bitte hin!«, und seiner Assistentin befahl er: »Festschnallen!«

»Herr Doktor, nicht wieder schneiden!« flehte Anna ihn an.

»Es wird nicht geschnitten«, versuchte der Arzt sie zu beruhigen. »Es wird nicht geschnitten – Sie müssen jetzt tapfer sein!«

Die Wunde wurde nun Strich für Strich mit einem Höllenstein abgebeizt. Als der Arzt halb fertig war, wurde Anna ohnmächtig. Sie bekam einige Tropfen Medizin, und die Tortur begann von neuem. So ging es dann mehrere Tage weiter, bis der Arzt seiner Patientin erklärte: »Es sieht sehr schlimm aus, Frau Born, ich weiß nicht, ob ich Ihre Hand retten kann! Sie müßten in stationäre Behandlung, aber in keinem Krankenhaus konnte ich Sie bisher unterbringen. So bleibt uns nichts weiter – Sie müssen morgen wiederkommen!«

Als Jean und Anna zu Hause ankamen, war Annas Schwägerin zu Besuch da.

Freundin Erna Glaner hatte am Abend vorher das Mittagessen vorbereitet und vorgekocht, so daß es Günter nur aufzuwärmen brauchte. Sohn Günter und der Franzose Jean brachten das Essen auf den Tisch, machten den Abwasch und Ordnung danach. Da es Winter war, wurde das Mittagessen im geheizten Wohnzimmer eingenommen; Risko und Jean an einem kleinen Extratisch. Auch Marie Born und ihre Tochter aßen mit am großen Tisch.

Anna saß zwar mit am Tisch, aber sie konnte vor Schmerzen nichts essen. Sie stand auf und setzte sich auf die Ofenbank. Als Schwägerin Erna mit dem Essen fertig war, setzte sie sich zu ihr und begann ein Gespräch, das aber bald unflätig wurde: »Es wird schon wieder ... Nun kannst du dich wenigstens einmal richtig ausruhen ... Du mußt nur aufpassen, daß dein Gewicht nicht hochgeht!« Damit zielte sie auf Annas Veranlagung zum Dickwerden. Anna wollte und konnte darauf nicht antworten, nicht reagieren, so daß nach geraumer Zeit ihre Schwägerin sagte: »Du hörst nicht zu!? Ich werde man nun nach Hause fahren!«

»Mit ist nicht nach Erzählen zumute ... Der Arzt sagt, ich müßte ins Krankenhaus, aber in keinem konnte er mich bisher unterbringen!«

»Das überstehst du auch. Du bist ja nicht kaputtzukriegen!«

Der Hausarzt wollte sich weiterhin um eine Aufnahme in einem Krankenhaus bemühen, aber nirgends war ein Bett für Zivilpatienten frei. Die Beizerei ging weiter. Schon beim Abnehmen des Verbandes brach Anna der Angstschweiß aus allen Poren. Um nicht zu schreien, biß sie beim Beizen immer auf ihr Taschentuch. Arzt und Helferin lobten ihr tapferes Verhalten, und die Frau des Arztes fragte ihren Mann: »Wie lange willst du Frau Born noch so behandeln?«

»Mir bleibt ja keine andere Wahl, keine andere Möglichkeit!«

Nach sechs Wochen trat endlich eine spürbare Besserung ein. Um diese Zeit kam Willi Born von der Ostfront auf Sonderurlaub. Er bemühte sich sehr um seine Frau. Marie Born kochte nun auch das Essen und fegte die Stuben aus. Als die jungen Borns eines Tages zur Mittagszeit vom Arzt kamen, kniete Jean vor dem Küchenherd und war dabei, Feuer anzumachen. »Was ist hier los?« entrüstete sich Willi Born. »Warum ist noch kein Essen fertig?«

»Oma schon lange mit Korb weg!« erwiderte Risko, der Ukrainer.

»Sie hat sich beim Einkaufen mal wieder festgeschwatzt!« bemerkte Anna, und sie gab Jean die Anweisung, ein »schnelles« Essen zu bereiten. Milchsuppe und Bratkartoffeln waren schnell fertig. Als alle beim Essen waren, kam Marie vom Einkaufen zurück. Ihr Sohn schimpfte mit ihr, aber sie hatte »taube« Ohren und hörte das nicht.

Die Streitereien zwischen Marie Born und ihrem Sohn nahmen immer mehr zu. Sie gab regelrechte Befehle – die er ignorierte, nicht zur Kenntnis nahm. Wegen jeder Kleinigkeit lagen sie sich in den Haaren. Und wenn die jungen Borns schon im Bett lagen, lief sie noch durch ihr Schlafzimmer. Sogar am letzten Urlaubstag stritten sie sich noch. »Was bin ich froh, wenn ich dich nicht mehr sehe und höre!« war Willi Borns letzte Erwiderung.

»Ich auch!« gab seine Mutter bissig zurück.

Im April konnte Anna mit ihrer Hand wieder ein wenig arbeiten. Der Arzt betrachtete die Heilung als ein Wunder und betonte mehrmals, daß er nicht geglaubt habe, daß die Hand und der Finger wieder in Ordnung kämen. Er hatte sogar mit einer Amputation des Fingers gerechnet.

Als dann der Sommer kam, mußte Anna den Finger nur noch mit einem ledernen Fingerling schützen.

Bei der Ernte war dann alles gut. Als der Roggen bereits abgemäht war, kam Willi Born auf Ernteurlaub. Er war froh über die Genesung seiner Frau und daß sie schon wieder alle Arbeiten verrichten konnte. Mit so vielen fleißigen Händen war die Getreideernte bald eingebracht.

Borns hatten einige Bienenvölker. Davon mußten sie eine bestimmte Menge Honig an die staatliche Erfassungsstelle abliefern. Dafür bekamen sie zur Winterfütterung Zucker zugeteilt. Bei guter Einteilung blieb dadurch immer Zucker zum Kuchenbacken. In jenen Tagen, als ihr Mann da war, buk Anna viel guten Streuselkuchen, den ihr Willi so gerne aß. »Schon wegen des guten Kuchens würde ich meilenweit herkommen!« bemerkte er am letzten Tag seines Urlaubs und nahm seine Anna in die Arme.

Jeans 30. Geburtstag

Im Mai 1942 trat nach dem Abendessen Jean, der Franzose, mit der Bitte an Anna heran, am übernächsten Abend bei Borns seinen 30. Geburtstag mit seinen Soldatenkameraden feiern zu dürfen. Er bat Anna, dazu Kuchen zu backen; er wollte alles dazu Benötigte mitbringen.

Am nächsten Morgen brachte Jean einen Karton voller Dinge, die man zum Backen und zu einer zünftigen Geburtstagsfeier benötigte. Und Anna packte staunend aus: Kakao, Bohnenkaffee, Zucker, Mehl, Mandeln, Schokolade und Makkaroni. Klein Marga sah ihr dabei zu und stellte neugierige Fragen; auch an Jean: wo die Makkaroni herkämen – die sie gerne aß –, und der sagte: »Die wachsen auf den Bäumen!«

»Wenn du nach Frankreich fährst, nimmst du mich dann mit? Ich möchte sehen, wo die Makkaroni wachsen!«

»Ja, ich nehme dich dann mit!« Jean und Marga verstanden sich sehr gut; sie hatte bei ihm allen Willen; er konnte der Kleinen nichts abschlagen.

Anna fragte Jean, wie viele Kameraden kämen. Er zählte sie an den Fingern zusammen und kam auf sechs; und dazu der Wachmann, den Anna einladen sollte. Damit hoffte Jean, den Zapfenstreich zu verlängern.

Als Jean an seinem Geburtstag morgens bei Borns erschien, gratulierte ihm Anna als erste und schenkte ihm einen Strauß schöner Frühlingsblumen. Jeans Augen strahlten vor Freude. Und so verlief auch der ganze Tag, der als wunderschöner Maientag mit Vogelgezwitscher und sprießendem Grün zu Ende ging.

Am Geburtstag blieb Anna zu Hause und traf Vorbereitungen zur Feier am Abend. Sie hatte Streuselkuchen mit guter Butter, Napfkuchen mit Kakao und mehrere Sorten Kekse gebacken. Mit Einwilligung ihrer Schwiegermutter richtete sie deren Wohnzimmer zur Geburtstagsfeier her; deckte den Tisch mit selbstgewebtem Linnen und stellte Tassen, Teller und Blumen darauf.

Am Abend kam Jean mit seinen Kameraden. Sie hatten ihr bestes Zeug an, waren adrett und gepflegt. Doch die Zeit saß ihnen im Nacken, denn um 19 Uhr mußten sie im Lager sein.

Anna hatte mit dem Wachmann eine »geheime« Absprache getroffen: An diesem Abend durften sie länger bleiben. Viktor – zuverlässige Stütze eines Kleinbauern – hatte etwas »läuten« hören und sagte: »Ich denke, daß wir heute nicht um 19 Uhr im Lager sein müssen!« Er zwinkerte dabei Anna verschmitzt zu. Der große, stattliche Viktor war immer voller Humor. Mit ihm konnte man sprichwörtlich Pferde stehlen.

Als alles auf dem Tisch war, setzten sich die Männer dazu. Der Kuchen sah appetitlich aus, der Bohnenkaffee – in Deutschland eine Rarität, die Franzosen bekamen ihn übers Rote Kreuz – duftete herrlich. Alle lobten Annas Backwerk, und ein Franzose bemerkte trocken: »Nun weiß ich auch, warum Jean der Frau so gern in der Küche hilft – er liebt gutes Essen – auch schon in der Vorbereitung!« Viktor, der das in menschlicher Verbindung mit Anna sah, fuhr dazwischen: »Halte deine Zunge im Zaume. Das könnte falsch ausgelegt werden. Wir wollen keinen Ärger!«

Als Anna in die Küche ging, um noch einmal frischen Kaffee aufzubrühen, kam Jean hinterher. Sie glaubte, daß sie etwas falsch gemacht habe, aber Jean sagte nichts; er ging schnurstracks in die Speisekammer und holte eine Flasche Cognac, die er dort versteckt hatte. Anna lachte und sagte: »Wenn ich das gewußt hätte, wäre jetzt die Flasche nicht mehr voll!«

»Eine halbe Flasche hätte für mein Vorhaben auch gereicht!«

Dann goß Jean ein Drittel der Flasche in die Kaffeekanne und sprach: »Nun den Kaffee drauf!« Anna tat es. Jean reichte ihr einen Löffel: »Nun Chefin, probieren!« Anna probierte: »Oje – mir bleibt die Luft weg – so ein starker Kaffee, und dann noch der Cognac ...« Sie mußte stark husten.

Da kam gerade der Wachmann dazu: »Guten Abend allerseits!

– Warum husten Sie, Frau Born, ist Ihnen etwas nicht bekommen?«

»Ich habe öfter Hustenanfälle!«

Als der Wachmann die »gute Stube« betrat, sprangen alle Franzosen von ihren Plätzen auf, aber der winkte ab und bedeutete ihnen, sich wieder zu setzen. Der Wachmann gratulierte Jean zu seinem Geburtstag; er gab dann allen anderen die Hand und wurde zum Mitfeiern eingeladen. Ein Franzose rückte für den Deutschen einen Stuhl zurecht … und der Funke des Verständnisses sprang unvermittelt von Mensch zu Mensch über, obwohl Deutsche und Franzosen ja »Erzfeinde« waren – sein sollten.

Der deutsche Wachsoldat, der schon im Ersten Weltkrieg in Frankreich gekämpft hatte, kannte die Franzosen aus vielen Begegnungen; er hatte sie in guter Erinnerung. Daher kam er zu dem Ergebnis, daß die Franzosen auch Menschen sind wie du und ich, die von den Mächtigen der Länder und Völker gegeneinander gehetzt werden. Die französischen Kriegsgefangenen bedankten sich beim deutschen Wachsoldaten für die Verlängerung des Zapfenstreichs – ja, daß sie überhaupt feiern durften. Der deutsche Wachsoldat sagte dann noch etwas, was er eigentlich nicht sagen durfte, denn was er andeutete, war verboten: »Ihr armen Teufel, wenn ich dürfte und könnte, würde ich euch ein paar nette Mädchen besorgen, aber ihr wißt ja: die Vorschriften …« Und in der Tat waren nicht wenige Mädchen und Frauen des Dorfes in »ihren« Franzosen verliebt; die strengen Kriegsgesetze hielten sie jedoch davon ab, das öffentlich zu bekunden. Was es da an zwischenmenschlichen Beziehungen gab, behielten die Beteiligten für sich.

Jean war ein brillanter Gastgeber. Er bewirtete den deutschen Wachmann zuvorkommend. Als der den starken Cognac-Kaffee trank, mußte er husten – wie Anna zuvor. Alle lachten, als er sein Gesicht verzog und mühsam herausbrachte: »Junge, Junge – da bleibt einem ja die Luft weg!«

Gegen 21 Uhr ging der deutsche Wachsoldat – um im Lager nach dem Rechten zu sehen. In Wahrheit wollte er seine Schützlinge noch ein wenig allein lassen, ungezwungen und ohne Aufsicht. Als er aufbrach, sagte er: »Ihr könnt so lange bleiben, bis ich wiederkomme!«

Als der Deutsche um 23 Uhr wiederkam, sangen »seine Franzosen« zum Abschied ein Lied von der Heimat, von Sehnsucht und von der Liebe. Dabei sagte Jean leise zu Anna: »Schade, Frau, daß du nicht verstehen ...« Und in seinen Augen war ein wunderbares, zärtliches Leuchten.

Der neue Stall

Otto Grabert, Annas Vater, kam oft zu Borns und gab seiner Tochter gute Ratschläge. Er war über den Ausgang des Krieges besorgt und glaubte, daß Deutschland ihn nicht mehr gewinnen könne. Heimlich hörte er englische Sender ab. Aufgrund dessen gab er seiner Tochter den Rat, den französischen Kriegsgefangenen und den ukrainischen Zwangsarbeiter gut zu behandeln. So konnten nur innig verbundene Menschen miteinander sprechen. Als sie Ostern 1943 über den Hof gingen, konnte er seine Tochter dazu überreden, den alten baufälligen Stall abzureißen und einen neuen zu bauen, da das Geld nach dem Kriege verfallen würde. Wenn das Geld dazu nicht reichte, sollte Anna Geld von der Sparkasse aufnehmen. Das war leichter gesagt als getan; besonders fehlte schon Baumaterial, das fast nur noch für Kriegsbauten von den staatlichen Verwaltungen freigegeben wurde. Mit diesem Gespräch hatte Otto Grabert in seiner Tochter Energien und eine Zielstrebigkeit entfacht, die sie sonst nicht entwickelt hätte. Dem kam entgegen, daß sich Borns Spareinlagen in den Kriegsjahren sehr vermehrt hatten. Am selben Abend schrieb Anna an ihren Mann einen langen Brief, in dem sie ihm ihren Plan mitteilte. Am nächsten Tag sprach sie mit Jean darüber; der war Feuer und Flamme und dafür, den alten Kuhstall sofort abzureißen, da später, im Sommer, dazu keine Zeit sei.

Gleich nach Ostern gingen sie ans Werk. Andere Bauern schickten ihre Franzosen zum Helfen. Als der alte Stall abgerissen war, ging Anna erst zum Bauunternehmer, um mit ihm ihr Vorhaben zu besprechen. Als der hörte, daß der alte Stall halb abgerissen war, sagte er: »Um Himmels willen, Frau Born, auch zum Abbruch muß man eine Genehmigung haben – den Abbruch sofort einstellen!«

Anna besuchte Bauern, die in ähnlicher Lage waren, und ließ sich beraten; einer gab ihr den Rat, bei den zuständigen Ämtern selbst vorzusprechen, da in der Kriegszeit viele Briefe unbeantwortet blieben.

Indessen hatte der Maurermeister aus dem Nachbarort schon zweimal wegen der Abbruchgenehmigung ans Ministerium geschrieben. Als immer noch keine Antwort vorlag, fuhr Anna zum Bauministerium nach Berlin. Inzwischen war der alte Stall ein wüstes Durcheinander von Steinen, Balken und Eisen. Wer wollte und konnte nun behaupten, daß der alte Stall nicht allein zusammengefallen war?

Um die Genehmigung zum Abbruch des alten Stalles und um die Zuteilungen von Baumaterial für einen Neubau zu bekommen, wurde Anna in Berlin von einem Amt zum anderen, von einer Behörde zur anderen geschickt, und überall hieß es: »Wir sind dafür nicht zuständig! Versuchen Sie es da oder dort!« Enttäuscht fuhr Anna nach Hause.

Sie klagte anderen Bauern ihre Not, und einer sagte zu ihr, daß sie sich direkt an den Bauminister wenden solle. Wieder fuhr Anna nach Berlin und fragte sich zum Bauministerium durch.

Es war ein großes Gebäude, mit mehreren Schaltern am Eingang. Anna beobachtete eine Zeitlang das rege Treiben und stellte fest, daß man nur mit einem Passierschein in das Haus hineinkam. Sie ging an den Schalter eins. Eine Frau fragte: »Bitte, zu wem wollen Sie?«

»Ich möchte zum Bauminister!«

Die Frau am Schalter glaubte nicht richtig zu hören: »Bitte, zu wem wollen Sie?«

»Zum Bauminister!«

»Zum Herrn Minister kommt niemand – auch Sie nicht!«

Ohne den geringsten Erfolg erzielt zu haben, fuhr Anna tief betrübt wieder nach Hause.

Die Zeit lief davon, und es lag noch immer keine Genehmigung vor. Im März war bereits der alte Stall abgerissen, und nun war schon Anfang Juli. Wieder fuhr Anna zum Bauunternehmer, um ihn von der Berlinfahrt zu unterrichten. »Das hätte ich Ihnen vorher sagen können«, sagte der, »daß auch eine Vorsprache im

Bauministerium nichts bringt ... Wenn ich wenigstens etwas Kalk und Zement hätte, würde ich mit meinen Leuten schon anfangen. Mauersteine hätten wir fürs erste vom alten Stall!«

»Was brauchen Sie denn für den Anfang?«

»Na, so 20 Sack Zement und 20 Zentner Löschkalk!« Sand und Kies wurden immer aus den Sandgruben des Dorfes geholt, die sich in den Wäldern befanden.

Darauf baute Anna einen neuen Plan auf. Zwei Tage nach der Aussprache mit dem Baumeister fuhr sie wieder nach Berlin – in ihrer Tasche ein Hähnchen, ein Pfund Butter und eine Dauerwurst. Da es sehr warm werden sollte, hatte Anna die Lebensmittel in Rhabarberblätter eingewickelt. So blieben sie frisch.

Dieses Mal beobachtete Anna besonders den letzten Schalter. Sie hatte erfahren, daß sie nur über diesen zum zuständigen Staatssekretär kommen konnte. Sie trat an den Schalter heran.

»Zu wem bitte?«

»Zu Herrn Staatssekretär Geschke!«

Die Schalterfrau schrieb einen Passierschein und reichte den Anna: »Herr Staatssekretär Geschke – 2. Stock!«

Sie aber wollte nicht zu Geschke, sondern gleich zum Minister. Als sie seinen Namen auf dem Wegweiser gelesen hatte, betrat sie den Fahrstuhl und drückte: 4. Stock.

Oben angekommen, glaubte Anna in einem Glashaus zu sein. Endlich fand sie den Eingang zur Etage. Sie ging einen langen Gang entlang; eine Seite Glas, die andere Seite viele Türen mit Nummern und Namen. Ein Mann, mit Akten unter dem Arm, kam ihr entgegen. Er blieb stehen und fragte erstaunt: »Wie kommen Sie hier herauf?«

Anna lächelte ihn an und sagte leise: »Der Herr Bauminister ist mein Onkel! Und da ich in Berlin zu tun habe, möchte ich ihn kurz besuchen – es soll eine Überraschung sein.«

Der Mann wurde freundlich und sagte: »Na, dann kommen Sie mit, der Herr Minister sitzt in Zimmer 418!«

»Wie nett von Ihnen, darf ich Ihren Namen erfahren?«

»Mein Name ist Geschke!«

Dann standen sie vor Zimmer 418. Herr Geschke verabschiedete sich freundlich. Anna klopfte an, hörte das: »Herein!« und ging hinein.

Es war ein mittelgroßer Raum mit einem großen Schreibtisch. Dahinter saß ein älterer Herr, in Akten vertieft, zu beiden Seiten Sekretärinnen, mit Schreibarbeiten beschäftigt. Anna trat näher und tat so, als wären ihr Büro und Menschen vertraut. »Sind Sie der Herr Minister?«

»Ja, bitte, was wollen Sie?«

»Ich muß Sie dringend unter vier Augen sprechen!«

Der Herr sah Anna verblüfft an, lächelte dann und sagte seinen zwei Schreibdamen: »Geht bitte so lange raus, bis ich euch wieder rufe!«

Anna war's wie ein Traum. Als die Sekretärinnen das Zimmer verlassen hatten, sagte der Minister: »Was wollen Sie nun?«

»Sie brauchen Lebensmittel, und ich brauche Baumaterial für meinen eingefallenen Stall.« Anna schilderte den ganzen Vorgang – sie log dabei. Der Minister hörte zu und stellte Zwischenfragen. Als eine Sekretärin, der es wohl zu lange gedauert hatte, die Tür öffnete, schickte er sie weg, um bestimmte Akten zu holen. Sie sprachen noch eine halbe Stunde miteinander, dann füllte er die vorgedruckte Baugenehmigung auf den Namen Born aus und sagte zu Anna: »Hiermit können Sie anfangen. Gehen Sie in den 5. Stock, Zimmer 512, da bekommen Sie die Materialscheine; ich werde alles veranlassen!« Anna schob dem Minister die gutverpackten Lebensmittel zu, bedankte sich noch einmal und ging.

Als sie draußen war, hätte sie am liebsten »Hurra!« geschrien, und vor lauter Aufregung und Glas fand sie nicht den Ausgang. Plötzlich kam ein älterer Mann hinter ihr her, der in ihr einen ungebetenen Gast vermutete. »Hallo, hallo!« schrie er: »Wo wollen Sie hin? Was suchen Sie hier?« und zerrte sie in ein Zimmer. Dort fielen unfreundliche Worte, und Annas letzte waren: »Lassen Sie mich gehen, wenn Sie nichts bereuen wollen, – ich will zu Herrn Siebel!« Als dann noch ein anderer Herr ins Zimmer kam, wurde Annas Widerpart sichtlich verlegen, und er entschuldigte sich damit, daß allerlei Leute mit Raffinesse ins Haus gelangten, die nicht hineindürften. Der hinzugekommene Herr brachte Anna zum Fahrstuhl und drückte den 5. Stock. Als sie dort ankam, wartete Herr Siebel bereits an der Tür.

Herr Siebel war für die Ausgabe der Materialscheine zuständig. Er klagte darüber, daß ihm zu wenig Material zugewiesen werde und er somit wenig verteilen könne, und die Ausgebombten gingen vor. Er überreichte Anna die bereits fertiggeschriebenen Materialscheine und versprach, sie bei der nächsten Zuteilung wieder zu berücksichtigen. Sie vereinbarten, daß er dann bei der Gastwirtschaft Bernau im Dorf anrufen sollte, da es sonst kein Telefon im Dorf gab. Glückstrahlend fuhr Anna nach Hause.

Am nächsten Tag fuhr Anna zum Baumeister, dem sie Bericht erstattete, aber sie sagte ihm nicht alles. Der Meister war froh, daß er mit dem Bauen anfangen konnte. Das freigegebene Baumaterial wurde von der Ausgabestelle in der Stadt geholt.

Acht Tage später kam der erste Anruf von Herrn Siebel aus Berlin. Mit dem war abgesprochen, daß nur Anna persönlich seine Bescheide entgegennehmen sollte. Da Anna nicht so schnell erreichbar war, wie Herr Siebel glaubte, und die Frage der Gastwirtsfrau, ob sie Frau Born etwas ausrichten sollte, von ihm abschlägig beantwortet wurde, war das der Anlaß zu wildesten Spekulationen.

Als Anna zu Hause war, ging sie gleich telefonieren. Herr Siebel meldete sich und sagte, daß sie, Anna Born, wieder neue Materialscheine abholen könne. Als Anna auf neugierige Fragen der Gastwirtsfrau nicht einging und geheimnisvoll lächelte, leitete diese hieraus ein Liebesverhältnis ab, was hinter vorgehaltener Hand dann im Dorfe »besprochen« wurde. Solche Gedanken mußten ja aufkommen, denn nach jedem Anruf fuhr Anna nach Berlin ... aber nicht, um sich der Liebe hinzugeben.

Trotz aller Aktivitäten war der Stall noch nicht fertig, als der Winter sich bereits Anfang Oktober ankündigte. Mißgesonnene Bauern spotteten, daß Borns Vieh den Winter über draußen bleiben müsse. Abgerissen sei ein Stall schnell, aber nicht so schnell wieder aufgebaut; besonders unter den erschwerten Bedingungen eines Krieges. Im Wettlauf mit der Zeit und dem Winter legten sich der Polier und die sieben Maurer noch einmal mächtig ins Zeug, und der Stall wuchs zusehends der Vollendung entgegen. Gleichzeitig arbeiteten Zimmerleute im Sägewerk des Nachbardorfes das Gebälk, den Dachstuhl vor, der dann auf das Mauerwerk aufgesetzt wurde und somit eine große Zeiteinsparung erbrachte.

Anna war stolz, als alles soweit gediehen war; auch weil sie es »denen« wieder einmal gezeigt hatte. Diese Spötter wollten jetzt von ihr wissen, wie sie alles »angestellt« habe, doch sie sagte es ihnen nicht. Der neue Stall hatte ihr viele Sorgen bereitet – und sie viele Lebensmittel gekostet, die im Krieg knapp und begehrt waren. Das erzählte sie später nicht einmal ihrem Mann.

In den Feldpostbriefen seiner Frau konnte Willi Born den Bau des neuen Stalles mitverfolgen. Auf Annas ersten Brief, worin sie ihm den Plan zum Neubau »schmackhaft« machte, schrieb er zurück, daß sie wohl »eine blühende Phantasie« habe. Deshalb war Anna sehr beleidigt.

Die Wehrmachtsberichte meldeten schwere Abwehrkämpfe vom Abschnitt der Ostfront, wo Willi Born eingesetzt war. Mit solchen »Nebensorgen« fuhr Anna nach Berlin und holte die letzten Bezugsscheine. Indessen fuhr Jean mit dem Gespann das Dachgebälk heran, und zum Richten und zum Richtfest wurde alles vorbereitet. Jeder Bauer wollte einen oder zwei Männer zum Richten, zum Aufbringen der Balken schicken.

Auf dem Dorf ist ein Richtfest ein besonderes Ereignis, an dem auch der Gaumen beteiligt wird. Sieben Frauen, Nachbarn und Freundinnen, halfen Anna bei den Vorbereitungen. Zehn Hühner und zehn Enten wurden geschlachtet und viel Eingemachtes bereitgestellt. Die 40 Eingeladenen und die fünf Musiker sollten zufrieden sein, sollten sich nicht übers Essen und Trinken beklagen.

Als Anna bei ihrer Nachbarin Hanni war, kam ihr Sohn Günter dazu und rief: »Mutti, Mutti – komm schnell nach Hause, Papa ist da!«

Das traf die ahnungslose Anna wie ein Blitz aus heitrem

Himmel. Sie lief los und bemerkte nicht, daß sie einen Holzpantinen verloren hatte. Sie eilte in die Stube – und in die Arme ihres Mannes ... Als sie nach langem Herzen und Küssen voneinander abließen, waren seine ersten Worte: »Ja, für wen baust du denn noch? Es wird ja doch bald alles zerstört werden!« Und als Anna enttäuscht in seinem Antlitz zu lesen versuchte, nahm er sie noch einmal in seine Arme und sprach wie abwesend: »Anna, der Krieg – es sieht schlecht aus ...« Solche Worte von ihrem Willi zu hören, der sonst immer voller Optimismus war, erschreckte sie sehr. Erst als er ruhiger wurde, sprachen sie sachlich über die Zukunft, die ihm dunkler schien als je zuvor. Sie dachte an Bomben und Granaten, die schon viel Leben ausgelöscht und ganze Städte zerstört hatten. Das Richtfest ließ ihn seine trüben Gedanken vorübergehend vergessen.

Als das Gebälk aufgebracht und nach getaner Arbeit die Richtkrone – ein Buchsbaumkranz mit bunten Bändern – auf dem höchsten Dachsparren angeschlagen war, als Maurer- und Zimmererpolier ihre Richtsprüche vorgetragen hatten, spielte die Musik: »Lobe den Herren ...« Anna hatte dabei die Hände gefaltet und sich still bei ihrem Herrgott dafür bedankt, daß er alles wohl bestellt und ihre Mühe belohnt hatte. Danach wurden Maurer, Zimmerleute, Bauern und Kriegsgefangene ins Haus gebeten, und an langen, weißgedeckten Tafeln begann das Schmausen.

Der Sattlermeister, der bei allen festlichen Anlässen im Dorf immer für Unterhaltung sorgte, hielt eine Rede und machte Witze darüber, wie Anna Born die Neugierigen – die immer alles wissen wollten – hinters Licht geführt hatte. Am Schluß seiner humorvollen Rede rief er ein dreifaches »Hoch!« auf Borns und ihren neuen Stall aus, und alle Anwesenden stimmten mit donnernden »Hochs!« ein. Die Stimmung war ausgezeichnet, und weit nach Mitternacht »schwankten« die letzten vom Richtfest nach Hause, das noch lange im Dorf für Gesprächsstoff sorgte.

Immer wieder gingen Anna die Worte ihres Mannes beim Wiedersehen und seine ablehnende Haltung zum neuen Stall durch den Kopf. Er, der immer ein Optimist gewesen war, sah eine schlimme Zeit voraus. Anna erinnerte sich an einen Fliegeralarm in Berlin – der Zug fuhr auf ein Nebengleis – sie hatte furchtbare Angst … Und nun hörten alle Dorfbewohner fast jede Nacht die feindlichen Bomber einfliegen. Neben Berlin wurden jetzt auch kleinere Städte bombardiert. Und daraus stellte sich die Frage: Wann werden die kleinen stillen Dörfer drankommen? Eine Frage, die niemand beantworten konnte.

Einige Tage nach dem Richtfest hatte Anna im Nachbarort Besorgungen zu machen. Dabei hörte sie beim Schlächter folgendes Gespräch: »Mein Sohn war neulich auf einem Richtfest. Da gab es viel Gutes zum Essen – mein Sohn hat zwei Entenkeulen verdrückt! Ich wäre froh, wenn ich eine für die ganze Familie hätte!«

»Na ja, die Bauern, die haben immer noch stille Reserven«, erwiderte die Metzgersfrau und grinste dabei verschmitzt Anna an. In der Tat machte Anna mit dem Metzgermeister verbotene Geschäfte: Er lieh ihr mehrmals Geld, womit sie die Handwerker bezahlte. Und er bekam dafür Schlachtvieh, das nicht in der Viehzählungsliste der Gemeinde erschien.

Im neuen Stall wurde der Innenausbau fertig. Die Einteilung war gut und praktisch: in der Mitte der Futtergang mit Krippen und Heuraufen. An einer Seite war Platz für zehn Kühe, an der anderen Seite für Jungrinder und Kälber. Das Tränkwasser konnte mit einer kleinen Handpumpe direkt in die Krippen gepumpt werden.

Vor seiner Abreise an die Kriegsfront ging Willi Born noch einmal in den neuen Stall und schaute sich darin lange um. Ihm ging alles noch einmal durch den Kopf: Voll stiller Bewunderung und Anerkennung mußte er sich selbst eingestehen, daß seine Anna etwas vollbracht hatte, was er in der schweren Kriegszeit erst gar nicht angefangen hätte. Und beim Abschiednehmen sagte er: »Ach Anna, meine liebste Anna, so schwer wie dieses Mal ist mir noch kein Abschied geworden!« War es eine Vorahnung!

Als Mitte Oktober sich der Winter mit ersten Nachtfrösten ankündigte, konnte Borns Vieh in den neuen Stall »einziehen«.

Risko, der Ukrainer

Es wurde ein sehr kalter Winter. Der neue Stall erleichterte Borns die Arbeit.

Risko hatte sein Zimmer in Borns Altenteil, zur Straße hin. Das Inventar bestand aus einem Tisch, zwei Stühlen, einem Schrank und einem Bett mit weißblauen Bettzeug und einem Ofen aus Ziegelsteinen, der bei der herrschenden Kälte wohlige Wärme ausstrahlte. Holz gab es genug, vom alten Stall und aus Borns Waldbesitz. Weil Riskos Zimmer immer warm war, hatte er oft Besuch.

Eines Abends hörte Anna aus Riskos Stube noch lautes Stimmengewirr. Da es schon nach 21 Uhr war und sie für Risko die Verantwortung trug, mußte sie nach dem Rechten sehen. Sie klopfte an seine Tür und trat ein. Sechs Burschen und drei Mädchen starrten Anna entgeistert an. Die Mädchen saßen auf Riskos Bett und sprangen erschreckt hoch. Die Burschen hatten sich schnell beruhigt und rauchten ihre Zigaretten weiter – Zigaretten der Marke »Dreherburg« aus eigenem Tabakanbau, mit Hülsen aus gewöhnlichem Zeitungspapier.

Anna schnappte nach Luft und wollte mit Risko schimpfen, doch als sie die verängstigten Ukrainer- und Polenmädchen sah, sagte sie mit ruhiger Stimme auf polnisch: »Wenn ihr zum Aufwärmen herkommt, dann raucht nicht so viel!« Die Mädchen waren erleichtert. Anna ließ auch darüber keinen Zweifel aufkommen, daß solche Zusammenkünfte unterbunden würden, sollten sie sich künftig nicht an die Vorschriften und Annas Anweisungen halten. Und sie hielten sich daran.

Risko war ein »seltenes Exemplar« des Menschengeschlechtes. Frühmorgens beim Wecken klopfte Anna immer an Riskos Tür und wartete, bis er sich meldete. Erst wenn sie sicher war, daß er wach war und aufstehen würde, ging sie. So klopfte sie auch an einem Morgen in diesem Winter an seine Tür. Aber statt eines gähnenden »Ja!« rief Risko mit gequälter Stimme: »Frau – reinkommen – ich so kaputt!« Anna trat ein und sah, was passiert war: Risko hatte seine Füße am Ofen verbrannt, eine Fußsohle sah böse aus.

»Kerl, so fest kann doch kein Mensch schlafen, daß er nicht merkt, wenn er seine eignen Füße verbrennt!«

Risko jammerte und wollte aufstehen – es gelang ihm nicht. Anna traf das hart: Wer sollte nun seine Arbeit tun? Das Rindvieh füttern, ausmisten, die Futterrüben aus der Miete in den Kuhstall tragen? Wer würde ihr nun beim Melken helfen?

Anna ging zum Wachmann. Der gab ihr Puder, Wund- und Brandsalbe. Damit behandelte sie Risko – fünf Wochen lang. Dann war das Schlimmste vorbei. Nun half Risko schon beim Melken der Kühe, wobei er ja sitzen konnte. So schritt seine Genesung voran, bis er schließlich alle seine Arbeiten wieder verrichten konnte.

Das Verhältnis zwischen den Franzosen und den Ukrainern und Polen war vielfach angespannt. Die französischen Kriegsgefangenen waren gut gekleidet, wurden über das Rote Kreuz aus der Heimat mit allem Lebenswerten versorgt und hatten weitgehende persönliche Freiheiten. Nicht so die ukrainischen und polnischen Zwangsarbeiter. Diese beiden Gruppen begegneten sich mit Zurückhaltung und Neid. Anna versuchte, zwischen dem Franzosen Jean und dem Ukrainer Risko immer ausgleichend zu wirken.

Ein paar Wochen vor Weihnachten brachte Jean einen Pullover, der ihm zu eng war. Anna sollte ihn weiter machen. Das ging nur, wenn man ihn aufribbeln und neu stricken würde, aber dann fehlte Wolle. Was nun? Anna schlug vor, einen Zellstoffsack – wie sie die Bauern fürs Getreide gebrauchten – aufzuribbeln und dann mit einem Faden Wolle und einem Faden Zellgarn den Pullover neu zu stricken. Das Stricken mit Zellgarn war groß »in Mode« gekommen, weil es reine Wolle nicht mehr zu kaufen gab. Jean nahm von Borns einen Zellstoffsack mit ins Lager, ribbelte den auf, und Anna strickte einen neuen Pullover – Jeans Weihnachtsgeschenk.

Risko hatte nur Holzschuhe anzuziehen. Für ihn kaufte Anna von der Kleiderkarte ihres Sohnes ein Paar derbe Lederschuhe.

Am Weihnachtsabend beschenkte Anna zuerst Jean und später Risko. So sah der eine nicht, was der andere bekam. Zudem mußte Jean an diesem Tag schon um 17 Uhr im Lager sein. So versuchte Anna stets, den Ausgleich zu halten. Doch nach wie vor beargwöhnten sie sich gegenseitig.

Mehrmals hatte Jean seiner Chefin angedeutet, daß Risko stehlen würde. Zwar sah Anna in diesem Ukrainer einen »gerissenen, schlauen Fuchs«, aber stehlen? Sie wollte ihn beobachten!

Eines Tages sagte Marie Born zu ihrer Schwiegertochter: »Anna, du mußt ja großen Hunger haben, zwei Mettwürste sind mehr verbraucht als sonst!«

Daraus konnte Anna entnehmen, daß die alte Born die Würste zählte, die auf dem Hausboden in der Räucherkammer hingen, obwohl sie das gar nichts anging. Anna war über die bösartige Unterstellung empört, doch dann ging ihr ein Licht auf: »Risko!« Als später auch noch Eier auf dem Heuboden gefunden wurden, wo keine Hühner hinkamen, erhärtete sich ihr Verdacht, und sie überlegte, wie sie Risko eine Falle stellen, wie sie ihn des Diebstahls überführen könnte.

Als Risko am nächsten Tag wieder Kraftfutter für die Kühe vom Hausboden holte, schlich Anna hinter ihm her. Risko glaubte allein zu sein ... Er huschte blitzschnell in die Räucherkammer, so daß ihm Anna nicht mehr folgen konnte. Als er dann wieder zum Vorschein kam und nichtsahnend den Kraftfuttersack aufnehmen wollte, stand plötzlich seine Chefin vor ihm. Risko erstarrte vor Schreck und konnte seine »Beute« nicht mehr sicher verstecken. Eine Mettwurst rutschte aus seiner Steppjacke heraus und kollerte die Treppe herunter. Er war als Dieb überführt, und Anna schrie ihn an: »Risko – was bist du doch für ein schlechter Mensch – du hast doch genug zum Essen! Wenn so was noch mal passiert, werde ich's der Polizei melden, dann kommst du weg!«

»Ich nicht mehr machen, Frau, ich versprechen ... nicht Polizei!« bettelte Risko, als ginge es um sein Leben.

»Hau ab!« sagte Anna voller Verachtung. »Geh an deine Arbeit!«

Wie Anna vermutet hatte und später bestätigt wurde, hatte er den Mädchen und seinen Freunden von den Würsten etwas abgegeben.

Eine böse Anschuldigung

Das Miteinander zwischen der deutschen Anna Born und Jean, dem französischen Kriegsgefangenen, war freundschaftlich, herzlich, weil einer auf den anderen angewiesen war. Viele Arbeiten mußten sie gemeinsam verrichten. Das taten sie mit großer Rücksichtnahme, mit großem Verständnis, doch von einem Liebesverhältnis konnte keine Rede sein. Zwar kamen schon dann und wann Gefühle auf, die sie jedoch aufgrund der Moralvorstellungen nicht ausleben konnten, nicht ausleben durften. Jean, der Franzose, fand in Anna schon ein hübsches, begehrenswertes Geschöpf, dem er unter anderen Verhältnissen heftig den Hof gemacht hätte. Spontane Liebesbezeigungen konnte der Junggeselle jedoch immer im Ansatz unterbinden, so daß Anna nicht erahnen konnte, was in ihm wirklich vorging. Und auch Anna war ein menschliches Wesen von Fleisch und Blut, mit Gefühlen, Hoffnungen und Sehnsüchten. Sie hatte einen Mann, mit dem sie Jahre verheiratet war, den sie zu kennen glaubte, mit dem sie zwei Kinder hatte, mit dem das Leben mitunter langweilig wurde. Und manchmal zog sie Vergleiche zwischen ihrem angetrauten Mann und Jean, die meistens zugunsten des Franzosen ausfielen, der rücksichtsvoller, feinfühlender war. Mit ihm konnte sie sich auch ein Leben in harmonischer Zweisamkeit vorstellen, aber das waren Gedankenspiele, die nicht weiter verfolgt werden durften, denn es war Krieg, mit strengen Gesetzen, die Verbindungen zwischen Deutschen und ihren »Feinden« mit unwürdigen Strafen ahndeten. Es gab Fälle, wo den deutschen Frauen zur Schande die Köpfe kahl geschoren wurden. All dessen waren sich Anna und Jean bewußt. Dennoch blühte in den Köpfen der Neider und Tratschtanten die Phantasie, und ein Feind der Borns suchte hierin einen Anlaß, um Anna und damit Borns »eins auszuwischen«.

Bauer Neuling war Borns größter Widersacher. Es hatte vor

langer Zeit mit kleinen Gehässigkeiten begonnen und sich mit weiteren immer mehr gesteigert. Neuling war Mitglied der Nazipartei. Damit verschaffte er sich ein Mitspracherecht als Gemeindevertreter in örtlichen Angelegenheiten. Jetzt hatte er insgeheim gegen Anna »Beweise« zusammengetragen, die die Borns schwer treffen sollten.

Es war April. Als Anna aus dem Garten kam, wartete bereits ein Polizist auf sie. »Guten Tag, Frau Born!« sagte er im barschen dienstlichen Ton. »Ich habe mehrmals geklopft, niemand hat aufgemacht!«

Anna erwiderte lachend: »Wenn niemand im Haus ist, kann niemand aufmachen!«

»Ihnen wird das Lachen schon vergehen!« sagte er bissig, und Anna wurde stutzig.

»Bitte kommen Sie herein!« Sie vermutete, daß die Jungen wieder einmal Unfug gemacht hatten und er deshalb da sei.

Sie gingen ins Wohnzimmer. Der Polizist setzte sich unaufgefordert an den Tisch, holte eine Akte aus seiner Tasche und verlas eine Anzeige, die darauf hinauslief, daß Anna mit dem französischen Kriegsgefangenen Jean ein Liebesverhältnis habe. Sie war entsetzt und konnte sich denken, wer sie angezeigt hatte. Der Polizist stellte noch einige Fragen, die sie entsprechend beantwortete.

Der Polizist kam auf Annas kranke Hand zurück und stellte Fragen, die im Zusammenhang mit Jean zu sehen waren. Sie gab ihm zu verstehen, daß sie auf den französischen Kriegsgefangenen besonders in dieser Zeit angewiesen sei. Sie wurde richtig böse und fragte den Polizisten, ob er gekommen sei, um ihr zu helfen oder ob er ihr eine Hilfe durch den Pastor vermitteln wolle? So gab ein Wort das andere … Dann brach es aus Anna heraus: »Schickt meinen Mann nach Hause, dann brauche ich keinen Gefangenen! Unsere Männer sind im Krieg, und wir Frauen müssen die ganze Last des Hofes und der Familie allein tragen!« Sie riß sich den ledernen Schutz ab und zeigte ihm den geschädigten Finger, der vom vielen Arbeiten wieder schlimm aussah: »Da, sehen Sie – Soldaten liegen damit im Lazarett!« und fing an zu weinen.

Das rührte den Polizisten. Er steckte die Anklageschrift in seine Aktentasche und sagte beim Hinausgehen: »Sie hören von uns!«

»Das glaube ich!« rief sie ihm verbittert nach. Ein falsches Wort in dieser schlimmen Zeit konnte böse Folgen haben. Anna konnte zwei Nächte nicht schlafen und grübelte über alles nach. Hatte sie zu viel gesagt?

Anna sagte Jean nichts, weil sie befürchtete, daß er aufgrund der schlimmen Anschuldigung gehen müsse, und das wollte sie nicht. Dann erfuhr sie von ihrer Freundin Erna, daß Neuling bei mehreren Leuten im Dorfe war, um diese als Zeugen gegen sie zu gewinnen.

Voller böser Ahnungen wartete Anna jeden Tag auf den Postboten – nichts kam von der Polizei. Sie schrieb auch alles ihrem Mann. Der besprach die Angelegenheit mit seinem Kompaniechef und schrieb ihr, sie solle sich einen Rechtsanwalt nehmen.

Nach vier Wochen kam eine Vorladung zum Gericht in der Kreisstadt: Die Anzeige des Bauern Neuling gegen Anna Born sollte verhandelt werden. Da Jean polizeilich nicht verhört worden war und auch keine Vorladung vom Kreisgericht erhalten hatte, wußte er nichts von der Anzeige.

Dann stand Anna vor Gericht. Das erste Mal in ihrem Leben. Ihr Rechtsanwalt, der eingehend noch einmal die Anzeige studiert hatte, sagte: »Frau Born, es steht schlecht um Sie. Einige Leute im Dorf haben gegen Sie ausgesagt!«

»Ich bin mir im Sinne der Anzeige keiner Schuld bewußt!« erwiderte Anna, doch mit einem unguten Gefühl.

Die Zeugen wurden zur Beweisaufnahme in den Gerichtssaal hereingerufen. Anna wollte sich dazu Antworten überlegen, doch da der Rechtsanwalt ihr eine düstere Prognose gestellt hatte, war sie ganz durcheinander. Sie wollte genau auf die Fragen achten, die man ihr stellen würde und nur mit »ja« oder »nein« antworten.

Die erste Zeugin, die im Gerichtssaal erschien, war eine etwas zwielichtige Landarbeiterfrau, die aussagte, daß sie mehrmals bei Borns geholfen habe. Als es einmal geregnet habe, seien alle, die auf Borns Acker waren, dicht zusammengekrochen und hätten sich mit Säcken vor dem Regen geschützt. Dabei hätte Anna ganz dicht bei dem Franzosen Jean gesessen. Danach befragt, sagte Anna, daß sie nicht mehr wisse, wer neben ihr gesessen habe, sie sehe darin auch keine strafbare Handlung.

Ein anderer »Zeuge«, ein Bauer, der Borns neuen Stall voller Neid mit Berufskollegen »besprach«, sagte aus, daß er beobachtet habe, daß Anna beim Vespern neben Jean gesessen habe. Darauf befragt, antwortete sie: »Ich sitze auch auf dem Wagen neben dem Franzosen, wenn wir aufs Feld fahren – oder glauben Sie, Herr Richter, daß ich hinterherlaufe?«

»Ich ermahne Sie, Frau Born – fassen Sie sich kurz und bleiben Sie bei der Sache!«

Zwölf »Zeugen« wurden vernommen. Immer konnte Anna auf ihre Aussagen plausible Antworten geben. Dann kam als letzte »Zeugin« eine ältere, unverheiratete Dame, die in besonders strengen, mittelalterlichen Moralauffassungen lebte. Sie gab an, daß sie gesehen habe, wie der Franzose Anna auf dem Felde am Heerweg beim Aufladen von Kartoffelsäcken geküßt habe. Annas Anwalt fragte dazwischen, wie weit sie weggewesen sei. Als sie das vage beantwortete, kamen dem Gericht schon Bedenken. Als Anna danach befragt wurde, antwortete sie: »Glauben Sie, daß ich ich so dumm bin, am hellen Tag auf einer belebten Straße einen Kriegsgefangenen zu küssen?« Das war wieder eine freche Antwort, doch ihr war schon alles egal. Sie konnte es nicht fassen, daß es so viel Gemeinheit gab, dazu von Leuten, denen sie nie zu nahe getreten war, mit denen sie kaum eine Berührung hatte. Wieder erhielt Anna Born eine Ermahnung. Zum Schluß las der Richter dann ein Schreiben des Ortsbauernführers vor, das eher entlastend war, allgemeine Dinge der Wirtschaftsführung enthielt und Anna ein gutes Zeugnis ausstellte. Damit war die Beweisaufnahme beendet. Nun mußte das Gericht entscheiden.

Anna hatte das Gefühl, als seien alle Augen auf sie gerichtet, und sie wagte nicht, aufzuschauen. Sie glaubte, alle Anklagepunkte entkräftet zu haben, dennoch hatte sie Angst vor dem Urteil. Nach dem, was der Rechtsanwalt, ihr Verteidiger, vor der Verhandlung gesagt hatte, glaubte sie, von ihm keine Hilfe erwarten zu können.

Nach der Anklage, die sich auf vage Beobachtungen von »Zeugen« stützte, wurde Anna Born mit einer brillanten Rede von ihrem Rechtsanwalt verteidigt. Ins Detail gehend, bat er das hohe Gericht, es möge sich einmal in die Lage seiner Mandantin versetzen: Da hofft ein Mann, der an der Front steht, zu Hause eine tüchtige Frau zu haben, und bekommt plötzlich die Nachricht, daß diese seine Frau mit einem gefangenen Franzosen ein Liebesverhältnis hat und den gemeinsamen Hof und die Kinder vernachlässigt. Er entkräftete die Anklagepunkte und wies nach, wie Bauer Neuling die Zeugen beeinflußt hatte, in seinem Sinne auszusagen. Insbesondere erschütterte er die Aussage des »späten« Fräuleins, die er als »Quatschtante« hinstellte, die nicht müde werde, zur Moral des Dorfes beitragen und darüber wachen zu müssen. Er stellte deren Leben ohne Arbeit und Bürde neben Annas, die sich alle Tage abmühen müsse. Anna war von der Verteidigung durch ihren Rechtsanwalt so beeindruckt, daß sie mit Tränen der Freude kämpfen mußte. Dann drehte er auch noch den Spieß um und sprach: »Hohes Gericht! Ich habe bisher nicht erlebt, daß im Grunde die Zeugen der Anklage für den Angeklagten aussagten, obwohl Kläger Neuling versuchte, alle Zeugen in seinem Sinne zu beeinflussen ... Herr Neuling hat eine regelrechte Verleumdungskampagne gegen Frau Anna Born inszeniert, die um so schwerer wiegt, weil ihr Mann als Soldat an der Front steht und sein Leben für die Heimat einsetzt. Ich bitte das hohe Gericht, für Herrn Neuling die höchste Strafe für die Verleumdung der unbescholtenen Frau Anna Born auszusprechen!«

Das Gericht zog sich zur Beratung zurück. Einige Zuhörer verließen den Saal. Anna blieb still auf ihrem Platz sitzen und wagte nicht, aufzuschauen. Sie glaubte, daß alle Augen auf sie gerichtet waren. Sie spürte eine Welle der Sympathie, die ihr entgegenschlug. Alle warteten gespannt auf das Urteil.

Als das hohe Gericht in den Saal zurückkam, standen alle auf. Der Vorsitzende sagte knapp: »Setzen!« und verkündete das Urteil, das so endete: »... Herr Emil Otto Neuling wird wegen Verleumdung der Frau Anna Born zu acht Wochen Gefängnis verurteilt. Die Haft kann mit 560 Reichsmark abgegolten werden ...«

Anna hatte einen Sieg errungen. Sie wußte aber auch, daß Neuling alles versuchen würde, ihr bei nächster Gelegenheit »eins auszuwischen«.

Die schlimmste Schmach für Neuling war, daß vier Wochen lang im Gemeindekasten ein Aushang hin: »Ich, Emil Otto Neuling, habe Frau Anna Born verleumdet ... und nehme dies mit Bedauern zurück.«

Schwarzschlachtung mit Folgen

Anna Born ahnte, daß Bauer Neuling bei nächster Gelegenheit das Kriegsbeil wieder ausgraben würde. Sie wollte ihm dazu keinen Anlaß geben, doch der war schon vorprogrammiert.

Jeden Morgen gab Anna den Pferden das erste Futter. Danach ging sie durch alle Ställe, knipste das Licht an und sah nach dem Rechten.

Eines Morgens suchte Anna ein Kalb. Sie fand es zwischen den Kühen. Es war über die Box gesprungen und hatte sich ein Bein gebrochen. Da Anna das Kalb nicht allein in die Box zurückbringen konnte, holte sie ihre Schwiegermutter zu Hilfe. Als die das Kalb sah, sagte sie: »Das Kalb wird nicht mehr, das schlachten wir!«

Die Frauen besprachen alles mit Jean und baten ihn, seinen Freund Viktor zu holen, der bei einem anderen Bauern war. Viktor – von Beruf Metzger – sollte das Kalb schlachten. Da zwei Tage vorher eine junge Kuh gekalbt hatte und deren Kalb noch nicht auf dem Gemeindebüro angemeldet war, änderte sich nichts an der Stückzahl, und das kranke Kalb konnte »verschwinden«. Außer Borns Frauen und den zwei Franzosen durfte niemand davon etwas erfahren, auch Risko nicht. Der Ukrainer wunderte sich nur, daß er gleich nach dem Mittagessen allein auf der Wiese Maulwurfhügel einebnen sollte.

Die Frauen hatten alles zur Schlachtung vorbereitet. Gegen 13 Uhr kam Viktor. Er stach das Kalb im Kuhstall ab und stellte fest: »Es hatte Fieber! Ihr dürft das Fleisch nur gekocht oder eingesalzen verwenden!« Jean und Viktor trugen das tote Kalb in einem großen Sack in die hinterste Ecke des Pferdestalles, wo es abgezogen und zerlegt wurde. Dann trugen die Frauen und Jean das Fleisch in den Hauskeller und stellten die Schüsseln und Töpfe in einer dunklen Nische ab. Das Fleisch sollte zwischendurch verarbeitet werden.

Viktor ging, und Jean fuhr mit dem Pferden auf den Acker. Marie Born zerschnitt das Fell und vergrub es mit den Eingeweiden im Garten.

Die »Schwarzschlächter« glaubten alle Spuren beseitigt, an alles gedacht zu haben, doch sie hatten Risko, den krankhaft neugierigen Ukrainer, zu naiv eingeschätzt. Als der am Abend nach Hause kam, hatte er bald herausgefunden, daß ein Kalb fehlte – und er konnte sich zusammenreimen, warum er allein auf die Wiese geschickt worden war, zu der Wiese am Grenzgraben, die am weitesten vom Hof entfernt lag. Marie Born beantwortete seine bohrenden Fragen mit Notlügen, und Anna ahnte Schlimmes. Sie wußte, daß der Ukrainer Risko mit einem Polen befreundet war, der bei Neulings gearbeitet hatte. Bei den Freundesgesprächen erfuhr der Pole von Risko, was auf Borns Hof passierte, und vom Polen erfuhr es Neuling.

Im Frühjahr und Herbst kauften Borns immer sechs Ferkel von einem Bauern im Nachbardorf. In diesem Jahr konnte Anna nur noch fünf Ferkel bekommen, und davon war eins im Wachstum zurückgeblieben. Anna nahm es mit, weil es billig war. Als sie damit zu Hause ankam, sagte Jean gleich: »Frau, es lohnt sich nicht, das kleine Tier zu füttern!«

Als Marie Born die Ferkel in Augenschein nahm, zeigte sie auf das kleine und sagte: »Was bringst du da an, es ist ja schon halb tot!«

»Man kann es versuchen. Es hat nicht viel gekostet!«

Die jungen Schweinchen wuchsen und gediehen, nur das eine nicht, weil es von den anderen immer vom Koben zurückgedrängt wurde. Als eine Freundin bei Anna zu Besuch war und sie durch die Ställe gingen, zeigte die Freundin auf den Kümmerer und sagte: »Das Tier lohne sein Futter nicht, meistens krepieren die dann doch noch.«

Als der Besuch weg war, sagte Marie Born bestimmend: »Den Kümmerling schlachten wir!«

»Das dürfen wir nicht! Auch das würde Risko bemerken. Und über den Polen wird es Neuling erfahren. Dann sind wir geliefert.« Anna wollte das Risiko nicht eingehen, obwohl ihre Fleischreserven durch den neuen Stall fast aufgebraucht waren. Auf »Schwarzschlachtung« gab es hohe Strafen.

Vier Wochen später, als Anna beim morgendlichen Rundgang in den Schweinestall kam, lag der Kümmerer in einer Ecke in den letzten Zügen. Sie lief in den Pferdestall und holte Jean, der sagte: »Frau, wir müssen das Schwein sofort schlachten!«

»Ja, Jean!? Es wäre zu schade ... Es wiegt ja schon fast einen Zentner!« Sie besprachen, wie alles ablaufen sollte.

Anna richtete es so ein, daß Jean die Morgenmilch zur Sammelstelle bringen mußte, was sonst nur selten seine Arbeit war. Dort traf er »zufällig« seinen Freund Viktor und weihte ihn in den Plan ein.

Zuerst mußte Risko vom Hof. Zum Schein fing Anna mit ihrer Schwiegermama einen Streit an, den Risko mithören mußte. Am Ende schrie die alte Born: »Risko, spann Lotte ein. Du fährst mich zu meiner Tochter!« Risko fühlte sich geehrt, zumal auch ein paar Stunden Freizeit heraussprangen. Als die Luft rein war, kam Viktor. Er hatte seiner Chefin gesagt, daß er dringend zur Schmiede müsse.

Die beiden Franzosen trugen das kranke Schwein in den Pferdestall. In einer halben Stunde war es geschlachtet und zerteilt. Das Fleisch wurde in den Keller gebracht. Viktor ging nach Hause und Jean an seine Arbeit.

Jetzt wurde Anna schon von Gewissensbissen geplagt. In ihren Gedanken kam Bauer Neuling wie ein riesenhaftes Untier auf sie zu.

Am nächsten Tag erschien Viktor: »Frau, ist alles in Ordnung?«

»Ja, ich glaube!« erwiderte Anna. »Es ist das letzte Mal gewesen!«

»Ich mach's auch nicht mehr«, entgegnete Viktor. »Ich habe es nur gemacht, weil Jean weiß, daß ich auch bei anderen Bauern verboten geschlachtet habe.«

Das Fleisch befand sich in Steintöpfen und Schüsseln

zwischen anderem, aus legaler Schlachtung. Sollte nun einer feststellen, was vom Kümmerer war ... Aber das war nur ein schwacher Trost.

Obwohl Risko im Schweinestall nicht so genau Bescheid wußte, stellte er Oma Born auf der Fahrt zu ihrer Tochter unangenehme Fragen, die sie lax und unwahr beantwortete. Riskos krankhafte Neugierde behagte Marie Born gar nicht. Als sie auf seine bohrenden Fragen schließlich nicht mehr antwortete, reimte sich seine Phantasie manches zusammen.

Zwei Tage nach der »Schwarzschlachtung« kam Willi Born acht Tage auf Sonderurlaub. Anna war froh, daß sie ihm nun reichlich Fleisch vorsetzen konnte. Er besprach mit Jean die wirtschaftlichen Angelegenheiten wie mit seinem besten Freund. Der junge Born hatte die Gewißheit, daß er sich auf den Franzosen verlassen und ihm voll vertrauen konnte. Sie schmiedeten Pläne für die Zeit nach dem Krieg: »Chef, dann mit Familie uns in Frankreich besuchen – dann acht Tage ›blau‹, so viel Wein ich Chef geben!« Solche Vertrauensverhältnisse bestanden zwischen vielen deutschen Bauern und ihren französischen Kriegsgefangenen.

Als Willi Born drei Tage da war, war schon die Butterzuteilung für sechs Tage alle. Also mußte gebuttert werden – »schwarz«. Sonst machte das Oma Born oder Jean, dieses Mal machte das Willi Born – zur Beschäftigung.

Am letzten Urlaubstag kam mittags ein guter Braten auf den Tisch. Auch am Abend gab es reichlich Fleisch, was Risko mit hintergründiger Miene betrachtete und zur Kenntnis nahm.

Am nächsten Morgen fuhr Anna Born ihren Mann zum Bahnhof. Beim Abschied sagte sie traurig: »Vielleicht haben wir uns das letzte Mal gesehen.« Und er erwiderte lachend: »Unkraut vergeht nicht!« Wie es tatsächlich in seinem Innersten aussah, vermochte Anna nicht zu ergründen. Überspielte er seine Traurigkeit mit Galgenhumor? Als der Zug abfuhr, weinte sie, und er lachte und winkte, bis sie sich nicht mehr sahen.

Anna spürte, daß Böses auf sie zukam, und hatte Angst. Sie zermarterte sich den Kopf mit Gedanken. Ging das Unheimliche von der verbotenen Schlachtung aus? Oder wird ihrem Mann etwas Schreckliches widerfahren? Sie weinte und vertraute ihre dunklen Gedanken und Ahnungen der Schwiegermutter an: »Der kommt wieder«, sagte die, »um ihn brauchst du keine Angst zu haben!« – Dann hängt es mit dem Schlachten zusammen!«

Durch den plötzlichen Urlaub blieb viel Arbeit liegen. Fleisch vom notgeschlachteten Schwein mußte noch eingesalzen und verarbeitet werden. Das konnten die Frauen nur machen, wenn die Männer draußen auf dem Acker waren. Da Willi Born auch drei Pfund Butter mitgenommen hatte, mußte auch wieder heimlich in der dunklen Kammer im Altenteil gebuttert werden. Das war Oma Borns Arbeit. Da sie dieses Mal Anna beim Einsalzen des »schwarzen« Schweins helfen mußte, mußte Jean buttern.

Gerade als Anna ihren Sohn Günter zur Schule verabschiedet hatte, kamen zwei Polizisten und fragten nach Willi Born. »Mein Mann ist heute früh wieder zur Front abgefahren!« sagte Anna, und sie ahnte, daß es um die »Schwarzschlachtung« ging. Ihr nächster Gedanke galt Jean, der beim Buttern war. Er mußte einen »Wink« bekommen ... aber wie? Risko war noch im Kuhstall und Oma Born nicht zu sehen ... Während die Polizisten leise miteinander sprachen, überdachte Anna blitzschnell die Lage und sagte laut und betont: »Ja, meine Herren – da hätten Sie früher kommen müssen. Mein Mann ist wieder weg!« Das hörte Oma Born. Sie »schaltete« schnell und lief zu Jean – und die Buttergeräusche hörten auf.

Anna mußte Zeit gewinnen. Sie verwickelte die Polizisten in belanglose Fragen. Als sich die Ordnungshüter in der Küche umsahen, richtete Anna mit gespielter Verwunderung an sie die Frage: »Was führt Sie zu mir, was wollen Sie eigentlich, meine Herren?«

»Ihren Mann verhaften, er hat ohne Erlaubnis geschlachtet!«

Als Anna aufbegehren wollte, sagte der eine: »Wenn Sie es nicht zugeben, werden wir das ganze Haus auf den Kopf stellen!« Dann sahen sie auf dem Herd den Braten: »Was ist das, Frau Born?«

»Vom Kümmerling, den wir notschlachten mußten!« antwortete sie, und ihre Sorge galt fortan ihren Freunden, die sie nicht in die Sache hineinziehen wollte, und zu ihrer Rechtfertigung lag die Betonung auf »Kümmerling« und »Notschlachtung«.

Die Polizisten suchten zuerst auf dem Hausboden. In dieser Zeit warf Oma Born das Butterfaß mit der Sahne über die Mauer. Es landete in einem Strauch in Nachbars Garten. Dann lief sie in den Keller und warf die fest verschlossene Milchkanne mit »verbotenem« Fleisch in die Jauchegrube. Jetzt hielt Marie Born doch zu ihrer Schwiegertochter und handelte folgerichtig.

Als die Polizisten vom Hausboden kamen – in der Räucherkammer hatten sie keine Beweise gefunden – war Marie Born in der Küche beschäftigt; sie hielt Augen und Ohren offen. Im Vorbeigehen flüsterte Anna ihr zu, daß sie sich aus allem heraushalten sollte.

Anna Born sah ein, daß sie den Polizeibeamten nichts vormachen konnte. Nach weiteren, bohrenden Fragen sagte sie: »Ich gestehe, ich erzähle Ihnen, wie es war!« Aber das genügte denen nicht, und sie suchten weiter nach Beweisen. Dann kamen sie auf Oma Born zu und sagten zu ihr im barschen Ton: »Zeigen Sie uns, wo das Fleisch ist!«

»Meine Schwiegermutter war gar nicht hier«, mischte sich Anna ein, »sie war bei ihrer Tochter im Nachbardorf!«

»Führen Sie uns in den Keller!«

Borns Keller hatte drei dunkle Nischen; in einer lag noch »schwarzes« Fleisch vom »notgeschlachteten« Schwein. Eine schwache Glühbirne gab nur Dämmerlicht her, ließ kaum die Gefäße mit dem Fleisch erkennen, doch sie fanden Fleisch, das vom legal geschlachteten Fleisch stammte, wie Anna beteuerte. Auf Anweisung der Beamten wurde eine Wanne unter die Lampe gestellt, und Marie Born sollte die Fleischstücke einzeln in die Wanne werfen, und Anna sollte jedes Stück erklären.

Die Polizisten paßten genau auf, was da in die Wanne geflogen kam. Und Anna erklärte: »Das ist ein Stück vom Bauch – das ein Rippenstück ...« Dabei nahm Marie Born mit ihrem langen, dunklen Omarock den Polizisten die klare Sicht und ließ einige Stücke in der anderen dunklen Ecke des Kellers verschwinden – dabei vertat sie sich: Die Beamten zählten anstatt vier fünf Schweinebeine, also mußte eins von einem »schwarz« geschlachteten Schwein stammen. Damit hatten sie den Braten vom Herd und eine Schweinepfote als Beweis einer illegalen Schlachtung, die in der Kriegszeit als Sabotage gewertet und hart bestraft wurde.

Sie gingen ins Wohnzimmer. Anna wurde verhört. Ein Polizist schrieb das Vernehmungsprotokoll. Da die Beweise dürftig waren, wollten sie mehr von Anna wissen. Ihre Antworten waren überlegt und knapp. Ein Polizist wurde wütend und lauter. Anna wiederholte die Fragen noch lauter und gab ebenso laute Antworten, damit Marie Born vom Nebenzimmer alles mithören konnte. Immer wieder bohrten sie und immer wieder war ihre Antwort: »Ich kam in den Stall, da lag der Kümmerer in den letzten Zügen und röchelte nur noch. Ich wollte den Schlächter holen, aber ehe der dagewesen wäre, wäre das Schwein bestimmt tot gewesen. Ich lief in die Küche, holte ein Messer und stach es ab.«

»Das konnten Sie nicht allein. Es muß jemand geholfen haben.«

»Der Kümmerer war ja schon halb tot, hat nur noch ein wenig gezappelt!«

Sie wollten es nicht glauben und stellten neue Fangfragen. Und als die Beamten bemerkten, daß Marie Born an der Tür lauschte, verbaten sie sich das mit einer Drohung. Anna wurde immer mehr in die Enge getrieben. Dann kam auch noch das Kalb ins Spiel, von dem sie sogar Alter und Farbe angeben konnten. Am Abend war Anna soweit, die Wahrheit zu sagen, doch dann blieb sie bei ihrer Version, weil sie ihre Schwiegermutter und die Franzosen nicht in die Sache mit hineinziehen wollte. Als die Beamten dann mit der »lauen Tour« kamen, daß ihr nichts passieren werde, wenn sie ihre Schwiegermutter und die Franzosen belaste, blieb sie bei ihrer Aussage.

Gegen 18 Uhr gaben die Polizeibeamten auf. Anna sollte das

Protokoll unterschreiben. Sie tat es nicht. Zerknirscht schlossen sie die Akte und gingen.

Anna war fix und fertig. Sie weinte sich aus. Je mehr sie über alles nachdachte, um so klarer wurde ihr, daß Risko die Schlüsselfigur war. Sicherlich unbewußt hatte er seinem polnischen Freund seine Beobachtungen und Vermutungen mitgeteilt, und von dem erfuhr es Neuling.

Bei Borns flossen an diesem Tage viele Tränen, wuchsen neue Sorgen. Beim Abendessen stocherten alle nur in ihrer Suppe herum und waren bedrückt. Risko sah Anna verstört an und sagte: »Ja, Frau, ich spreche mit polnischen Freund, aber das wollte ich nicht ...«

»Du hättest lieber auf die Zunge gebissen«, fiel ihm Anna ins Wort, »jetzt ist es zu spät!«

Als sie gegessen hatten und Risko fort war, behielt Anna Jean noch da. Sie besprachen alles – und immer wieder hämmerte sie ihm ein: »Wer dich auch fragen sollte: Du weißt von nichts. Ich verrate euch nicht. Der Stein wäre zu groß, der dann ins Rollen käme ...« Dabei dachte sie an den neuen Stall, denn auch der war ja nur mit »Schwarzschlachtungen« und heimlichem Buttern zu erstellen gewesen, was vom Staate verboten war.

Spätabends gingen die beiden Frauen in den Keller, um die letzten »Spuren« zu beseitigen. Marie Born »zauberte« alle fehlenden Ohren- und Schweinebeine herbei, die die Polizisten vergeblich gesucht hatten. So dumm und einfältig die Alte von den Beamten eingeschätzt wurde, war sie nun wirklich nicht.

Anna hatte große Angst. Sie konsultierte einen Rechtsanwalt; der lehnte es ab, ihren »Fall« zu übernehmen. Anna hörte sich weiter um, wie in solchen Fällen die Beschuldigten gehandelt hatten. So erfuhr sie von einem Rechtsanwalt, der in einem ähnlichen Fall das Gerichtsurteil von drei Jahren Gefängnis auf zwei Jahre heruntergerdrückt hatte. Der Jurist sollte – wie man ihr sagte – ihr letzter Retter sein.

Anna fuhr nach Wittenburg und fragte sich zur Anwaltskanzlei Vogel durch. Als sie vor dem Haus mit dem Emailleschild stand, atmete sie noch einmal tief durch und betätigte den Klingelknopf. Er surrte, und sie ging ins Haus hinein.

Im Vorzimmer der Anwaltskanzlei fragte ein Fräulein: »Wen darf ich Herrn Vogel melden? Um was handelt es sich?«

»Das kann ich nur dem Herrn Rechtsanwalt allein sagen!« erwiderte Anna.

Das Fräulein ging und kam bald wieder zurück: »Herr Rechtsanwalt Vogel erwartet Sie, gehen Sie da hinein!«

Sie grüßte, er dankte und fragte: »Um was handelt es sich?«

»Ich habe schwarz geschlachtet!«

»Was?«

»Ein Schwein?«

»Wie groß ist Ihr Betrieb?«

»20 Hektar!«

»Und Sie glauben, daß ich dafür meine Zeit vertue? Nein!« Er ließ sie stehen und ging ins Nebenzimmer. Auch Anna ging fort – hoffnungslos!

Als Anna zu Hause ankam, wurde sie von ihrer Freundin schon erwartet. Und als sie Erna alles erzählt hatte, sagte die: »Ohne Rechtsanwalt bist du verloren!« Sie überlegten und fanden keinen Ansatz zur Lösung von Annas Problem.

Briefträger wissen viel, da sie weit umherkommen. Das fiel Anna ein, als sie ihrem Briefträger ein Einschreiben quittieren mußte. Dem klagte sie ihr Leid. Der gute Mann überlegte – und er kannte einen Rechtsanwalt, der einen ähnlichen Fall durchgeboxt hatte.

Am nächsten Tag fuhr Anna gleich zu diesem Rechtsanwalt nach Hagelberg. Sie fragte eine Frau: »Können Sie mir sagen, wo der Anwalt Bogen wohnt?«

»Da sind Sie hier richtig –, noch ein Stück weiter und dann rechts!« antwortete die Angesprochene, und gleich danach fragte sie entsetzt: »Mein Gott, was wollen Sie bei Bogen? Wenn Sie was mit einem Gefangenen haben – das macht er nicht! Meine Tochter hat er auch nicht vertreten. Die hatte was mit einem Serben – und erhielt dafür sechs Monate!«

»Nein, um so was geht es bei mir nicht«, erwiderte Anna und ging weiter, bis sie das beschriebene Haus mit dem Messingschild erreicht hatte.

Anna verließ der Mut. Sie dachte an die letzte Absage und zögerte, den Klingelknopf zu drücken. Ein älterer Mann hatte Anna beobachtet und rief ihr zu: »Sie müssen fester und länger schellen, Frau Bogen muß dasein!« Sie tat es.

Eine ältere Frau öffnete die Haustür und bat Anna herein. Sie stellten sich vor und begrüßten sich. Die Diele war gediegen ausgestattet, und im Wohnzimmer sagte Anna, von allem beeindruckt: »Sie wohnen ja in einem richtigen Schloß!«

»Meinen Sie?!« Frau Bogens Worte waren kühl, fast abweisend, doch im Verlauf des aufgekommenen zwanglosen Gespräches fand sie Anna nett und sympathisch. Sie zeigte auf eine Schale mit Obst und sagte freundlich: »Darf ich Ihnen etwas anbieten?«

»Nein, nein, danke nein!«

»Nun erzählen Sie mir erst mal, was Sie zu uns führt? Sie wollen doch sicher zu meinem Mann!«

Anna wußte nicht, wo sie zuerst anfangen sollte. Da fiel ihr ihre Tasche ein: »Zunächst, Frau Bogen, ich habe Ihnen etwas mitgebracht ...« Sie packte ein Stück Schinken, Butter und acht Eier aus.

»Mein Gott«, sagte Frau Bogen, »wir haben dafür ja noch nichts getan! Und ich weiß nicht mal, was Sie zu uns führt. Sie wollen sicherlich zu meinem Mann? Der arbeitet in seinem Anwaltsbüro in Bad Wilsburg und kommt erst übermorgen nach Hause!« Als Anna den Anfang ihrer Geschichte erzählt hatte, winkte Frau Bogen ab und sagte: »Fahren Sie am besten gleich morgen zu meinem Mann und tragen Sie dem Ihre Nöte vor. Ich kümmere mich nicht um solche Sachen! Ich gebe Ihnen einen Brief mit!« Sie schrieb schnell ein paar Zeilen, verschloß den Brief und übergab ihm Anna. Die bedankte sich, und Frau Bogen wünschte Anna beim Abschied viel Erfolg.

Als Anna zu Hause ankam, wurde sie von ihrer Schwiegermutter sehnsüchtig erwartet: »Anna, für dich liegt ein Einschreibebrief auf der Post – vom Gericht ...«

»Ich muß morgen gleich zum Rechtsanwalt nach Bad Wilsburg ...«

»Erst den Brief abholen, vielleicht ändert der die ganze Sache. Der Brief kommt aus Berlin, vom Gericht Moabit!«

»Was habe ich mit Berlin zu tun?«

»Der Postbote meint, deine Sache steht schlecht, weil das Kreisgericht übersprungen wird!«

Anna fuhr sofort mit dem Fahrrad zum Postamt ins Nachbardorf und holte das Einschreiben. Zu Hause öffnete sie das Kuvert mit zitternden Händen. Es enthielt eine Vorladung für Frau Anna Born zum Gericht in Berlin.

Am nächsten Tag fuhr Anna mit der Eisenbahn nach Bad Wilsburg. Herr Bogen hatte sein Anwaltsbüro in einem großen Haus. Seine dienenden Geister waren ein Bürovorsteher und vier Schreibkräfte.

Bogen war ein großer, sympathischer Mann. Er grüßte freundlich zurück und fragte Anna nach ihrem Anliegen. Sie übergab ihm den Brief seiner Frau, den er nur überflog. Dann mußte ihm Anna alles erzählen; es wurde eine zusammenhanglose Geschichte.

»So was habe ich noch nicht vertreten ...« In ihrer Angst, abgewiesen zu werden, fuhr ihm Anna dazwischen: »Herr Rechtsanwalt – das Tier war ja schon tot, als ich in den Stall kam ...«

»Beruhigen Sie sich, gute Frau Born, Sie müssen mir alles der Reihe nach erzählen!«

Sie erzählte ihm, was sie im Protokoll angegeben hatte, aber auch er bezweifelte, daß sie das allein gemacht hatte, und er wollte wissen: »Wer kann bezeugen, daß das Schwein krank war?«

»Niemand – niemand war zu dieser Zeit auf dem Hof. Als ich das kleine Schwein abgestochen hatte, dachte ich, warum sollte ich das melden. Um es krepieren zu lassen, war es mir zu schade. Man konnte ja das Fleisch im gekochten Zustand essen. Und als mein Mann nach zwei Tagen auf Urlaub kam, war er auch dafür, das Tier zu verbrauchen. Durch seinen Urlaub konnte das Fleisch nicht gleich verarbeitet werden, sonst hätten die Polizisten ja nichts gefunden.«

»Haben Sie Beweise, daß das Tier ein Kümmerer war?«

»Das kann ich mir vom Verkäufer bescheinigen lassen. Und daß es zuletzt krank war, kann meine Schwiegermutter bezeugen.«

»Das ändert die Sache«, sinnierte er. »Ich nehme den Fall an!«

Anna bedankte sich und gab ihm die Lebensmittel, die sie mitgebracht hatte. Er rief eine Sekretärin und trug ihr auf: »Nehmen Sie die Sachen mit und kommen Sie unauffällig mit einer Schreibmaschine wieder.« Dann diktierte er im Amtsdeutsch Annas Geschichte. Die zahlte 115 Reichsmark und fuhr nach Hause.

In zehn Tagen sollte die Verhandlung in Berlin sein. Je näher der Tag kam, um so nervöser und gereizter wurde Anna. Auch ihre Schwiegermutter war vorgeladen. Irgendwie mußte sie doch ins Polizeiprotokoll hineingekommen sein, obwohl das Anna verhindern wollte.

Jean brachte die beiden Frauen zum Frühzug zum Bahnhof. Kurz nach neun Uhr waren sie schon in Berlin, wo sie am Bahnhof von einer guten Bekannten, einer waschechten Berlinerin, erwartet wurden. Auf dem Weg zum Gericht erörterten sie noch einmal die ganze Geschichte, und die Bekannte ließ anklingen, daß die Sache schlecht aussehe, weil das Kreisgericht übergangen wurde. In Moabit kämen mindestens neun Monate Gefängnis heraus; in machen Fällen hätten sie die Verurteilten gleich dabehalten. Anna war auf das Schlimmste gefaßt.

Sie warteten im Vorraum des Gerichtes wie auf glühenden Kohlen. Kurz vor zehn Uhr kam Borns Rechtsanwalt: »Ich mußte erst noch die Prozeßakte einsehen ...« Und was Herr Bogen dann sagte, traf Anna wie Peitschenhiebe: »Frau Born, ich weiß nicht, wie ich Ihnen helfen soll: Ihre Aussagen und das Protokoll sind widersprüchlich – Sie haben mich belogen!«

»Herr Rechtsanwalt, ich habe Ihnen alles gesagt, wie es war.

Das Protokoll stimmt nicht – ich habe nichts unterschrieben.« Wortlos ging Herr Bogen fort, und Anna sah ihn erst im Gerichtssaal wieder.

Der »Fall Born« wurde aufgerufen. Marie und Anna Born betraten den großen, im Erdgeschoß liegenden Gerichtssaal. Nach Erledigung der Formalitäten wurde Anna verhört: Sie blieb bei ihrer Aussage. Die Richter gingen von den Angaben im Protokoll aus und sahen darin auch die Tatbestände. Daneben wurde Anna angelastet, sie hätte das Fleisch verkauft. Sie bat darum, den Namen des Käufers zu nennen. Das konnten sie nicht. Nach fast zwei Stunden war Anna so »durchgedreht«, daß sie nur noch wirres Zeug redete. Da griff ihr Rechtsanwalt ein: »Meine Herren Richter, Sie sehen doch, daß meine Mandantin nervlich am Ende ist – glauben Sie ihr doch, daß gar nichts zu überlegen war, als sie in den Stall kam und das Schwein schon halb tot war: Sie mußte es abstechen … Ich beantrage eine Verhandlungspause!« Anna ahnte, worauf ihr Rechtsanwalt hinauswollte: unüberlegte Kurzschlußhandlung.

Nach der Pause wurde Marie Born zur Vernehmung in den Gerichtssaal gerufen. Obwohl sie nicht direkt beteiligt war, verstand es Bauer Neuling, sie in seine Anzeige mit hineinzuziehen, hineinzuziehen »ins sinkende Boot«. Und dann kämen auch die beiden Franzosen, Jean und Viktor, mit hinein. Anna folgte der Vernehmung von Marie Born mit großer Sorge, doch dann war sie überrascht, wie ihre Schwiegermutter auf die Fragen der Richter reagierte: »Ick wet dat nich!« beantwortete sie auf plattdeutsch die Fragen, und: »Ick wor nich dabi und kann da to nix seggen!« Und als der Vernehmungsrichter wütend und lauter wurde, ließ die Alte sich nicht aus ihrer »Einfältigkeit« abbringen. Als er wieder ruhiger geworden war, sprach er langsam und betont: »Frau Marie Born, verstehen Sie mich überhaupt? Ist Ihnen bewußt, um was es geht?«

Die Vernehmenden versuchten es auf die laute und auf die sanfte Tour … Immer wieder bekamen sie die Antwort: »Ick wet dat nich …« Auch als ihr gezielte Fragen gestellt wurden, blieb sie bei ihren naiven Sprüchen, bis sie der Richter anfuhr: »Sie sollen ja oder nein sagen!«

Die Richter glaubten, daß die Alte nicht mehr richtig im Kopf war. Als in diesem Zusammenhang auch noch einmal ihr Alter zur Sprache kam, das Neuling in seiner Anzeige falsch angegeben hatte, sagte sie empört: »Herr Richter, dat is falsch, ick bin nein Johr öller!«

»Aber hier steht doch ...«

»Dat hätt woll Neuling, de Swienegel, so angäben – ick bin nein Johr öller, dat is nachwiesbar.«

»Zeigen Sie noch einmal Ihren Ausweis her!« Marie Born tat es. Das Gericht stellte fest, daß Anzeige und Polizeiprotokoll widersprüchlich waren, und es zog sich zur Beratung zurück.

Rechtsanwalt Bogen ging zu den Frauen. Zu Anna sagte er: »Frau Born, Sie sind sehr erschöpft – bitte verhalten Sie sich weiter so.« Dann drückte er Marie Born die Hand: »Oma Born, Sie waren wunderbar. Das macht Ihnen keiner nach. Lassen Sie sich nicht von Ihrer Aussage abbringen!«

Und sie flehte ihn an: »Machen Sie's, dat uns Anna nich wegmuß.«

Nach einer längeren Pause kam das Hohe Gericht in den Saal zurück. Der Vorsitzende hielt die Anklagerede. Eine lange Urteilsbegründung lastete Anna Born an, die Gesetze verletzt und Sabotage getrieben zu haben. Das Urteil lautete: neun Monate Gefängnis!

Anna zitterten die Knie. Sie mußte sich an der Banklehne festhalten. Der Richter stellte ihr noch einige Fragen, aber sie hörte nichts mehr und antwortete nicht. Die Antworten gab Oma Born, und die mußten wohl den Richter erzürnt haben, denn wie aus weiter Ferne hörte Anna ihn sagen: »Das alte, dumme Weib müßte man einsperren!«

Als die Richter den Saal verlassen hatten, trat Rechtsanwalt Bogen ganz dicht an Anna heran und sagte leise: »Frau Born, seien Sie froh, daß Sie die Strafe nicht sofort antreten müssen. Ich werde alles tun, um einen Strafaufschub zu erwirken – vielleicht so lange, bis der Krieg zu Ende ist. Und bitte, unternehmen Sie nichts allein. Ich werde Sie über alle Schritte unterrichten und Sie gegebenenfalls in mein Büro bestellen.«

So kam Anna noch oft in die Villa der Bogens, immer dann, wenn der Herr Rechtsanwalt zu Hause war. Nur zweimal bestellte er sie nach Bad Wilsburg in sein Anwaltsbüro. Und jedesmal nahm Anna Lebensmittel mit. Das lohnte sich, denn Bogen tat alles, um ihre Strafverbüßung bis an das Kriegsende hinauszuschieben. Zweimal holte er dann ein halbes Jahr Strafaufschub heraus.

Indessen behielt Anna ihren Feind im Auge, der ihr alles eingebrockt hatte. Dabei halfen ihr Freunde, auch Fremdarbeiter, die darauf brannten, dem unbeliebten Neuling »eins auszuwischen«. Aber vielen Leuten im Dorf schien der Parteigenosse Neuling unangreifbar, weil er mit vielen Nazigrößen befreundet war, die ihm Rückhalt geben würden.

Als Anna mittags von der Feldarbeit nach Hause kam, wurde sie von ihrer Schwiegermutter erwartet: »Es ist ein Brief vom Gericht gekommen«, sagte sie und fing an zu weinen, »nun ist es wohl soweit!«

»Du hast ihn geöffnet? Was steht da drin?«

Marie Born schluckte und sagte weinend: »In acht Tagen – sollst du ins Gefängnis!« Dieser harten Alten war klargeworden, daß Anna, ihre Schwiegertochter, alle Schuld auf sich genommen hatte, um die anderen Beteiligten nicht in die Sache mit hineinzuziehen.

Am nächsten Tag fuhr Anna mit dem Brief zu Rechtsanwalt Bogen. Der war gar nicht hoffnungslos und sagte: »Wir werden wieder einen Aufschub erreichen. Lassen Sie den Bescheid hier – und Sie fahren nicht, Sie treten die Strafe nicht an. Und Ihrer Schwiegermutter schärfen Sie ein: Wenn Polizei kommt – Sie sind nicht da! Eine Ausrede müssen Sie sich zurechtlegen – sie soll meinetwegen sagen, Sie sind bei mir.«

Der Bumerang

Eines Abends wollte ein polnischer Arbeiter Anna sprechen, aber die war nicht da, und Marie Born wollte er es nicht sagen. »Ich komme morgen wieder. Sagt aber nicht Risko, daß ich hier war.«

Am nächsten Abend kam er wieder und brachte einen Freund mit, der besser Deutsch konnte: »Frau, wir wissen, was Neuling dir angetan hat. Wir ihn auch hassen, weil er schlecht zu uns ist. Gestern haben wir von Neulings Polen erfahren, daß er jeden Morgen um fünf aufsteht und buttert. Frau, du ihn auch anzeigen!«

»Das kann ich nicht! Das muß ja auch erst bewiesen werden!«

»Frau, du dumm – Neuling anzeigen! Er war doch so schlecht zu dir. Wir können das doch nicht machen.«

»Was ihr da sagt, ist doch kein ausreichender Beweis. Er muß überführt werden. Paßt weiter auf, und wenn er was Verbotenes macht, sagt es mir!«

Als die beiden Polen fortgingen, hatte Anna den Eindruck, daß sie sich geärgert hatten, weil sie Neuling nicht anzeigen wollte. Sie erzählte ihrer Schwiegermutter, was ihr zugetragen worden war, und bat sie, niemandem davon zu erzählen, aber Marie Born sagte: »Ich fahre morgen zum Amtsvorsteher und werde ihm einen Tip geben.«

Am nächsten Tag fuhr Marie Born zum Amtsvorsteher ins übernächste Dorf. Vier Dörfer gehörten zu seinem Amtsbezirk. Sie wurde vom Dienstmädchen eingelassen und ins Büro geführt. Als der Amtsvorsteher kam, trug sie dem ihr Wissen über Neuling vor. Der schien davon nicht erbaut und sagte: »Frau Born, das ist doch nur dummes Geschwätz. Sie haben doch gar keine Beweise. Und außerdem traue ich das dem Bauer Neuling nicht zu!« Als Marie Born im Flur wieder ihren Mantel anzog, hörte sie, wie im Büro der Amtsvorsteher zu seiner Frau sagte: »Stell dir vor, so ein schmuddeliges altes Weib wollte unseren Freund Neuling anschwärzen.« Da wußte Marie Born genug. Der Amtsvorsteher und Neuling waren Freunde, die sicherlich auch verbotene Geschäfte machten.

Am selben Abend waren die beiden Polen wieder bei Anna: »Frau, Neuling jetzt viel Butter zusammen. Morgen er Gänse schlachten und übermorgen damit nach Berlin.« Das war ein erfolgversprechender Hinweis.

Am nächsten Morgen, als es noch dunkel war, fuhr Anna mit dem Fahrrad zur Polizeistation. Sie schellte. Nach einigen Minuten ging im Haus das Licht an, ein Fenster wurde geöffnet, und eine Männerstimme rief: »Wer ist da, was ist los?«

»Entschuldigten Sie bitte die frühe Störung, ich muß Sie dringend sprechen!«

Die Haustür ging auf. »Bitte kommen Sie herein, ich muß mich erst anziehen.« Nach kurzer Zeit kam der Mann in Polizeiuniform wieder. Anna erzählte ihm, was sie vom Bauern Neuling wußte.

»Auf den Augenblick habe ich schon lange gewartet«, sagte der Polizist. »Neuling muß endlich sein großes Maul gestopft werden. Daß er verbotene Sachen macht, ist mir schon lange klar. Wir konnten ihm bisher nur nichts beweisen. Es wird auch nicht leicht sein, ihm etwas anzuflicken, denn er hat in der Partei und in den Verwaltungen viele Freunde. Ich, als kleiner Wachtmeister, werde es schwer haben, allein gegen Neuling anzutreten, ich muß mir Unterstützung suchen.« Er rief bei einem befreundeten Oberwachtmeister an und trug dem die Sache vor, doch der sagte darauf: »Bist du verrückt? Das kostet meine Stellung!«

Der Wachtmeister überdachte weitere Möglichkeiten – und sagte zu Anna: »Frau Born, fahren Sie nach Hause. Ich werde jedenfalls gegen Neuling was unternehmen – nur nicht allein. Ich werde schon einen Kollegen finden, der mitmacht ... Morgen früh, sagten Sie, wird er wahrscheinlich mit den Lebensmitteln nach Berlin fahren?«

»Ja, alles spricht dafür!«

»Dann muß die Sache steigen, ehe er zum Bahnhof fährt.

Wenn ich zweimal an Ihrem Fenster klopfe, ist das das Zeichen, daß er gefaßt ist.«

Als Anna Born von der Polizeistation nach Hause fuhr, war ihr schon alles halb leid.

Den nächsten Morgen hatte sie verschlafen. Die Betriebsamkeit des Hofes begann zu spät. Anstatt um fünf hatte Anna erst um sehr Uhr den Pferden das erste Futter gegeben. Als sie gleich danach im Küchenherd Feuer anzündete, klopfte es zweimal – das vereinbarte Zeichen. Anna öffnete die Haustür, ohne jedoch das Flurlicht anzumachen. Vor ihr stand der Wachtmeister und sagte leise: »Frau Born, es hat geklappt. Zwei Kollegen haben mich unterstützt. Wir haben zwei Milchkannen voll Sahne und fünf Pfund Butter gefunden. Schon das reicht aus – damit ist er überführt, daß er heimlich buttert, was ja verboten ist. Wir haben auch drei Gänse gefunden, geschlachtet und bratfertig zubereitet, die er sicherlich nach Berlin verschieben wollte. Er hatte dazu unglaubwürdige Erklärungen. Er kann ja auch mit seinen Gänsen machen, was er will; die unterliegen ja nicht der Abgabepflicht ... Neulings müssen nun zur Bürgermeisterei, zum Verhör. Wir werden sie einzeln vernehmen und ihre Aussagen protokollieren. Ich werde die Sache leiten und dafür sorgen, daß nichts unter den Teppich gekehrt wird.« Der Wachtmeister schlich wie ein Dieb davon.

Die Kunde, daß Bauer Neuling heimlich gebuttert hatte, verbreitete sich im Dorf wie ein Lauffeuer. Selber buttern war im Kriege verboten. Die Zentrifugen und Butterfässer waren eingezogen oder amtlich versiegelt. Auch den Milchlieferanten wurde die Butter, wie allen anderen Bewohnern, pro Kopf zugeteilt und von der Molkerei den Bauern ausgeliefert. Neuling war überführt, und es schien, als habe er dieses Mal – trotz Parteibuch – keine Chance. Was er getan hatte, geschah heimlich bei vielen anderen Bauern, die vorsichtiger wurden oder nun das heimliche Buttern ganz unterließen.

Für Risko den Polen Stachu

Obwohl Anna Born wieder einen Strafaufschub erhalten hatte, lasteten die neun Monate Gefängnis auf ihr wie eine überschwere Bürde. Sie konnte den Ukrainer Risko, der ihr die Strafe eingebrockt hatte, nicht mehr sehen und stellte beim Arbeitsamt den Antrag, Risko gegen einen anderen Fremdarbeiter auszutauschen. Nach ein paar Tagen kam bereits ein positiver Bescheid: Ein hoher Parteimann, der in der Kreisstadt einen Bauernhof hatte, wollte seinen Polen gegen Risko tauschen. Anna sollte mit ihrem Ukrainer kommen und dafür den Polen mitnehmen.

Als sie mit der Kleinbahn zur Stadt fuhren, sprachen sie miteinander kein Wort. Risko war sichtlich bedrückt. Der Bauer begrüßte Anna sehr freundlich und sagte, auf Risko zeigend: »Das ist er?« Als Anna mit »ja« geantwortet hatte, fragte er: »Ist er auch tüchtig, kann er arbeiten?«

»Bei mir hat er alle Arbeiten gemacht – ich kann nicht klagen!«

»Er ist ja auch ein Kerl wie ein Bär!« Dann rief er nach draußen: »Stachu, bist du fertig? Deine Ablösung ist da!«

Ein junger Pole, 19 Jahre alt, kam in den Hausflur. Im kleinen Pappkarton hatte er seine Siebensachen. Er gab Anna zur Begrüßung die Hand, und als beide Hände ineinanderlagen und zwei Augenpaare sich trafen, hatte Anna das Gefühl, daß sie einen guten Tausch gemacht hatte, obwohl ihr neuer Arbeiter sehr schmächtig war.

Nachdem die Formalitäten erledigt waren, sagte der Bauer: »Frau Born, ich möchte Sie zum Mittagessen ins Hotel ›Roter Adler‹ einladen.«

»Ich habe keine Lebensmittelmarken«, erwiderte Anna verlegen.

»Frau Born, wer spricht von Lebensmittelmarken?! Ich lade Sie ein. Sie sind mein Gast!« Dabei kehrte er ein wenig einen Mann heraus, der viel mehr könne als andere.

Sie gingen zum »Roten Adler«, wo nur die »gehobene Gesellschaft« und die Nazigrößen verkehrten. Ein Kellner kam. Der hatte ihnen einen guten Platz angewiesen, und er fragte nach ihren Wünschen. Daran merkte Anna, daß ihr Gönner hier oft verkehrte.

Sie aßen gebratene Tauben mit entsprechenden Beilagen. Als sie fertig waren, fragte er, ob es ihr geschmeckt habe: »Danke, sehr gut! Wie ist das in dieser Zeit nur noch möglich?«

»Man muß Beziehungen haben.« Er strahlte und bestellte noch zwei Gläser Wein. Als sie sich zuprosteten, legte er wie zufällig seine Hand auf ihre Schulter – und ihr ging »ein Licht an«, nämlich das, daß er als reifer, älterer Mann mit ihr den »zweiten Frühling« erleben wollte. Anna wandte sich vorsichtig aus der Sache heraus und drängte zum Aufbruch; die Mittagszeit war lange vorbei, und sie hätte noch Besorgungen zu machen. Er versuchte, ihren Fortgang immer wieder hinauszuschieben, und als Anna dann ihre strenge Schwiegermutter erwähnte, die toben würde, wenn sie nicht alles erledigt hätte, sagte er ärgerlich: »Sie sind doch die Herrin auf dem Hof ...« und bestellte noch zwei Gläser Wein.

Anna hatte Lust, mit dem »Feuer zu spielen«, und schmeichelte ihm: »Der Wein ist gut – man fühlt sich so leicht. Sie sind wohl ein Weinkenner?«

»Ich weiß nicht – daß Ihnen der Wein schmeckt, freut mich sehr.« Er legte seine Hand auf ihre und suchte nach Worten: »Ich glaube, ich fühle – wir verstehen uns. Am Sonntag – am Sonntag haben Sie doch keine Verpflichtungen ... Können wir uns zwischen 15 und 16 Uhr hier wieder treffen? Ich sage dem Kellner Bescheid, Sie können essen und Wein trinken, soviel Sie mögen – selbstverständlich auf meine Rechnung!«

Nun wußte Anna, worauf er hinauswollte: Er glaubte, sie als seine Geliebte gewinnen zu können. Sie sah ihn lächelnd an und zögerte mit der Antwort: Irgendwie war sie von ihm beeindruckt. »Ich muß mir's überlegen – muß sehen, ob es sich machen läßt.«

»Sie müssen kommen, ich warte auf Sie!«

Er rief den Kellner und sprach leise mit ihm. Anna konnte sich denken, um was es ging. Dann drückte er ihm Geld in die Hand – sicherlich mehr, als das Essen gekostet hatte, denn der Kellner steckte es dankend ein, ohne es nachzuzählen. Als sie das Hotel verließen, sagte er betont: »Ober, wenn die Dame am Sonntag kommt – alles geht wieder auf meine Rechnung!«

Draußen drückte er Anna lange die Hand und schaute sie durchdringend an: »Ich weiß nicht, ich weiß nicht, wie ich mich ausdrücken soll – Sie haben etwas Besonderes an sich, etwas Anziehendes ... Mit Ihnen könnte ich den ganzen Tag plaudern.«

»Ich auch. Aber das geht ja nicht. Ich habe zu Hause viel Arbeit: Meine zwei Kinder – die ganze Wirtschaftsführung lastet auf mir.«

»Schalten Sie doch davon einmal ab, vergessen Sie das.« Er suchte ihre Augen und sah sie lange an: »Auf Wiedersehen, bis Sonntag!«

»Ich will sehen – versprechen kann ich nichts!«

Anna machte ihre Besorgungen und kaufte für ihren neuen Arbeiter etwas zum Essen, das es ohne Marken gab. »Frau, du nicht essen?« fragte ihr junger Pole besorgt.

»Ich habe mit deinem früheren Chef gegessen.«

Er lachte. Sie wußte es nicht zu deuten. Freute er sich über den guten Tausch? Lachte er über seinen bisherigen Herrn, diesen Schürzenjäger?

Gegen Abend fuhren sie mit der Kleinbahn nach Hause. Marie Born holte sie mit dem Einspänner vom Bahnhof ab. Unterwegs fragte Stachu: »Frau, was muß ich arbeiten?«

»Die Kühe und das Jungvieh besorgen!«

»Das ist gut, ich Pferde nicht lieben!«

Zu Hause zeigte ihm Anna sein Zimmer. Er sah sich um und stellte seinen Pappkarton ab. »Ich diese Stube allein?«

»Ja, ganz allein!«

»Das ist gut! Ich sonst mit zwei, drei Kamerad zusammen – manchmal viel Streit.«

Als Anna in der Küche das Abendessen zubereitete, ging

Stachu schon in den Stall, ohne daß er dazu von ihr aufgefordert worden war. Daran merkte sie, daß er die Arbeit von allein sah und daß er verläßlich und fleißig war.

Als sie beim Abendessen waren, lachte Stachu über den Tisch zu Jean, dem Franzosen, hinüber: »Ich Riskos Augen jetzt sehen, wenn er bei neuen Herrn am Tisch … Hier Essen viel besser … Da nur Brotsuppe, kein Fleisch. Ich Riskos Augen jetzt sehen …«

Bald war Anna wieder von ihrer Umgebung, ihrer Arbeit und ihren Kindern »eingefangen«. Und damit erstarb auch in ihr die Versuchung, den reichen Bauern im Hotel »Roter Adler« noch einmal wiederzusehen. Sie meldete sich überhaupt nicht mehr.

Stachu war nun schon fast zwei Wochen bei Borns und verrichtete seine Arbeit zu aller Zufriedenheit. Von den anderen Polen im Dorfe hatte er erfahren, warum er gegen Risko ausgetauscht worden war. Er erzählte Anna, daß auch sein früherer Chef »schwarz« geschlachtet habe, aber seine Arbeiter von dem Fleisch nie etwas ins Essen bekommen hätten.

»Hast du davon gewußt?«

»Ja, Frau, ich doch nicht dumm!«

»Und darum mußtest du weg. Dein Herr hatte Angst, daß du alles verraten könntest.«

»So was ich nicht machen, nie machen, auch wenn ich hungern müßte.«

Und so schätzte Anna ihren neuen Arbeiter auch ein. Sie freute sich über den guten Tausch: Stachu ersetzte zwei Riskos, obwohl er viel schmächtiger war. Sie hatte nun zwei tüchtige, zuverlässige Männer auf dem Hof, einen Franzosen und einen Polen, mit denen sie alle Arbeiten bewältigte.

Die Fohlen

In diesem Jahre hatten Borns beide Stuten Fohlen. Die junge Stute hatte ihr erstes Fohlen geboren und nahm es nicht an. Jean wußte sich zu helfen: Er molk die Stute und gab dem verstoßenen Fohlen die Milch aus der Flasche. Das machte viel Arbeit. Als die Stute sich nicht mehr melken lassen wollte, wurde das Fohlen mit Kuhmilch versorgt. Alle fünf Stunden bekam es die Flasche – auch nachts.

Beide Stuten waren mit ihren Fohlen zusammen in einer großen Box. Die Fohlen wurden unzertrennlich. Bald nahm das von der Mutter verstoßene Fohlen auch die Kuhmilch nicht mehr; es entwickelte sich dennoch gut. Eines Tages hatte Jean das Rätsel gefunden: »Frau, die alte Stute läßt auch das andere Fohlen säugen, obwohl es nicht ihr Kind ist.«

Nach vier bis fünf Monaten wurden die Fohlen gewöhnlich abgesetzt, von der Mutter getrennt. Sie fraßen nun schon allein Hartfutter. Da Anna die zwei Fohlen nicht behalten konnte, mußten sie bei der Bauernschaft zum Verkauf angemeldet werden. Das war in der Kriegszeit Vorschrift. Wer ein Fohlen kaufen wollte, mußte eine Dringlichkeitsbescheinigung haben.

Ein im Dorf wohnender Kriegsinvalide, der nach seiner Entlassung aus der Wehrmacht auf einem Gut nahe der Kreisstadt als Inspektor eingestellt worden war, verfolgte schon seit einiger Zeit die Entwicklung der Fohlen. Eines Tages sagte er Anna, daß sein Gutsherr zwei Fohlen kaufen wolle und an ihren Tieren interessiert sei. Sie sprachen über den Preis.

Tage später, als Anna mittags vom Felde kam, wurde sie schon vom Gutsbesitzer erwartet. Marie Born führte ihn ins Wohnzimmer. Indessen wusch sich Anna schnell und zog sich ein gutes Kleid an. »Haben Sie sich aber schnell verändert«, sagte der Gutsherr, als Anna ins Wohnzimmer kam.

Sie sprachen über die Fohlen, handelten um den Preis, und

Anna sagte, daß sie ihre Fohlen allein für den Schätzpreis nicht abgeben werde. Er bot ihr 200 Mark mehr an. Zusätzlich handelte Anna noch zwei Zentner Äpfel, einen Zentner Möhren und drei Zentner Rotkohl aus, die sie nach der Ernte abholen sollte. Damit war der Handel perfekt. Der Käufer wollte sich bei der Kreisbauernschaft um die Berechtigungsscheine bemühen.

Einen Tag bevor die Fohlen in der Kreisstadt taxiert wurden, bürsteten und striegelten Jean und Stachu die Stuten und ihre Fohlen. Die Mähnen wurden geflochten, die Schweifhaare ausgekämmt, die Hufe gesäubert und mit schwarzer Schuhcreme eingecremt. Und auch die Geschirre und der Kutschwagen wurden auf Hochglanz gebracht.

Bis zur Kreisstadt waren es 17 Kilometer. Da um neun Uhr die Schätzung beginnen sollte, mußten sie sehr früh losfahren. Jean durfte ausnahmsweise um sechs Uhr das Gefangenenlager verlassen. Gleich als er mit Anna zusammentraf, nörgelte er: Stachu sollte nicht mitfahren. Das konnte Anna dem nicht antun, wo er doch immer so fleißig war und nun auch mitgeholfen hatte, Pferde und Wagen aufzuputzen. Wieder einmal mußte Anna erfahren, daß trotz guter Zusammenarbeit zwischen den Menschen, insbesondere verschiedener Volkszugehörigkeit, ein gewisser Neid, ein Erfolgsneid, zu spüren war. Das konnte man überall in den Dörfern feststellen: Die einzelnen Volksgruppen hielten zusammen.

Anna setzte sich gegen Jean durch und ordnete an, daß Stachu mit dem Fahrrad hinterherfahren sollte, um die lebhaften Fohlen gegebenenfalls nachzutreiben und zusammenzuhalten.

Anfangs lief jedes Fohlen artig neben seiner Mutter her. Die »Reise« lief gut an. Wieder bohrte Jean; Anna sollte Stachu nach Hause schicken. Und sie fuhr ihn an: »Sei doch nicht so gehässig, Jean. Wir sind ja noch nicht an der Pferdekoppel vorbei. Du wirst sehen, daß wir Stachu noch brauchen werden. Die Fohlen kennen den Weg zur Koppel. Sie werden da sicherlich hinlaufen!«

Kaum hatte es Anna ausgesprochen, trat ihre Vermutung ein. Als sie die Weggabelung erreicht hatten, nahmen die Fohlen prompt den falschen Weg. Stachu sprang vom Fahrrad und trieb die Fohlen zum haltenden Gefährt. So geschah es mehrere Male. Schließlich mußte Anna von Jean die Leine nehmen, und beide Männer jagten mit den Fohlen herum, bis diese endlich durch ein offenes Tor in eine Koppel hineinliefen. Während die Männer die Fohlen herumjagten, hatte Anna große Not, die sich wild gebärdenden Stuten im Zügel zu halten. Nach vielen Hin- und Herjagen waren die Fohlen wieder bei ihren Müttern, und die Fahrt ging weiter. Nun war Jean froh, daß Stachu dabei war, denn bis zur Kreisstadt war es noch weit ... und das mit lebhaften Fohlen.

Aber je länger die Fahrt dauerte, um so müder wurden die Fohlen. Und schließlich liefen sie apathisch neben ihren Müttern hcr, bis sie am Ziel angekommen waren.

Die Schätzung wurde auf einem großen Platz nahe der alten Stadtmauer durchgeführt. Als sie dort ankamen, waren schon fünf Stuten mit ihren Fohlen da. »Frau«, sagte Stachu, auf diese zeigend, »die Pferde schlechtes Essen bekommen!« Er zog damit den Vergleich zu Borns guten Pferden. Dann kam der Gutsinspektor, und da noch etwas Zeit bis zum Beginn der Schätzung war, unterhielt er sich angeregt mit Anna, wobei sie auch andere Fohlen in ihre Beurteilungen einbezogen, aber Borns Fohlen schnitten am besten ab. Darauf war Anna sehr stolz.

In der Nähe standen zwei Bauern, die sich unterhielten und dabei öfter zu Borns Fohlen hinschauten. Dann kam einer, ein Dicker, zu Anna und sagte: »Entschuldigen Sie – gehören die Stuten mit den Fohlen Ihnen?«

»Ja, die gehören mir!«

Der Dicke riß vor Staunen den Mund auf und stotterte: »Ihnen gehören die Pferde und die Fohlen! Ihnen! Wo ist denn Ihr Mann?«

»Der ist in Rußland, an der Ostfront!«

»Und wer pflegt Ihre Pferde?«

»Mein Franzose!«

Der Dicke wollte es nicht glauben, konnte es sich nicht vorstellen, daß ein Kriegsgefangener die Pferde so gut pflegen würde. Das Gespräch wurde beendet, als zwei Offiziere auf den Platz kamen. Die setzten sich an einen bereitstehenden Tisch, nahmen Listen aus ihren Aktentaschen, und die Schätzung begann.

Die Mutterstuten wurden aufgerufen und einzeln mit ihren Fohlen vorgeführt. Die Offiziere taxierten. Die Preise der Fohlen bewegten sich zwischen 250 und 400 Reichsmark. Danach sagten sie zu den Pflegern: »Antraben!« und halfen mit einem leichten Peitschenstreich auf der Hinterhand nach, damit sie den Gang des Pferdes und des Fohlens begutachten konnten.

Nun war Borns Rappstute Grete dran. Als der Offizier diese nur eben mit der Peitsche antippte, ging die Stute auf den Hinterbeinen hoch – und davon. Jean mußte sie loslassen. Der Offizier schrie ihn an: »Kerl, können Sie kein Pferd halten?!« Grete lief aber nur eine »Ehrenrunde« und suchte dann wieder die Gesellschaft ihrer Pferdefamilie. Jean nahm Grete wieder am Zügel.

Da trat Anna an den Offizier heran und sagte leise: »Lassen Sie bitte die Peitsche weg. Die Stute kennt das nicht!«, und dem Pferd rief sie zu: »Grete, hopp!«, und sie trabte – von Jean geführt – an. »Donnerwetter!« sagte der Offizier beeindruckt: »Mit Ihnen möchte ich mich nachher noch unterhalten!«

Gretes Hengstfohlen wurde auf 500 Mark taxiert, den höchsten Preis von allen aufgetriebenen Fohlen. Das andere, ein Stutfohlen, kam auf 450 Mark. Anna war sehr zufrieden, denn sie hatte höchstens mit 400 Mark je Fohlen gerechnet.

Kaum waren die Pferde wieder zur Abfahrt eingespannt, kamen Bauern, die die Fohlen kaufen wollten. Der Gutsinspektor wimmelte diese mit dem Hinweis ab, daß er die Fohlen schon lange gekauft habe. Dann kam noch der Offizier, der Anna um eine Aussprache gebeten hatte, und sprach: »Nun sagen Sie mir mal, gute Frau, wieviel Pfund Hafer bekommen Ihre Pferde am Tag?«

»Was ihnen zusteht – sechs Pfund pro Pferd!«

»Sie meinen wohl je Mahlzeit?!«

»Nein, nein, pro Tag!« Und um glaubwürdiger zu erscheinen,

fügte sie hinzu: »Es liegt aber auch viel an der Pflege – und dann haben meine Pferde viel Weidegang … auf einer Koppel gleich hinter meinem Hof.«

»Sie kluge Frau«, sagte der Offizier etwas böse, »so ein glattes, gutes Fell haben nur Pferde, die viel Hafer bekommen. Schauen Sie sich doch die anderen an, die stechen von Ihren ab.« Das schmeichelte Anna sehr.

Der Gutsinspektor drängte zum Aufbruch. Bis zum Gut waren es noch einmal drei Kilometer. Als sie dort ankamen, wurden die todmüden Fohlen gleich in den Stall gebracht.

Anna wurde zum Essen ins Gutshaus gebeten. Für Jean und Stachu wurde auf der Veranda der Tisch gedeckt.

Es gab Fisch aus dem eigenen Teich. Der Gutsherr und seine Gattin gaben sich unkompliziert und plauderten angeregt. Als die Tafel aufgehoben wurde, war es bereits 15 Uhr. Nun wurde abgerechnet. Der Gutsherr blätterte 1.400 Mark auf den Tisch und sagte: »So, Frau Born, das stimmt so. Die ausgemachten Lebensmittel bekommen Sie gleich nach der Ernte.«

»Ist doch zu viel, Herr …«

»Das stimmt, sagte ich. Ich zahl's gerne für diese Fohlen!«

Dann wollte der Gutsherr Jean 50 Mark geben, das »Schwanzgeld«, aber der nahm es nicht an und ging zu den Pferden, um die Abfahrt vorzubereiten.

Sie verabschiedeten sich und fuhren davon. Die Stuten waren etwas nervös, weil ihre Fohlen nicht mitkamen. Unterwegs fragte Anna Jean, warum er das »Schwanzgeld« nicht angenommen hatte.

»Wenn der Herr gekommen wäre und hätte mit mir ein Glas Wein getrunken, wäre mir das mehr Anerkennung gewesen. Ich Pferde lieben. Kein Geschäft daraus machen!« sagte Jean. Er war sehr feinfühlig. Geachtet zu werden war ihm mehr wert als Geld.

»Jean, du bist dumm, weil du das Geld nicht genommen hast«, sagte Anna. »50 Mark so nebenbei … 30 Mark bekommst du bei mir im ganzen Monat.«

»Egal, Frau – ich auch meinen Stolz!«

Vier Wochen später fuhren sie wieder zum Gut, um die vereinbarten Feldfrüchte abzuholen. Dabei stellten sie fest, daß es die Fohlen gut angetroffen hatten und sich prächtig entwickelten.

Anna muß ins Gefängnis

Auf Borns Hof war alles in bester Ordnung. Anna konnte zufrieden sein, wenn nur nicht die quälende Ungewißheit wegen ihrer Strafe gewesen wäre. Mehrere Male hatte ihr Rechtsanwalt einen Aufschub der Strafverbüßung erwirkt, nun lief der letzte ab. Dann kam der Bescheid, daß sie ihre Gefängnisstrafe am 12.12.1944 in Bützow/Mecklenburg anzutreten habe.

Es kam zu einem herzzerreißenden Abschied, besonders von ihren Kindern. Jean fuhr Anna morgens zum Bahnhof. Sie schwiegen. Dann brach es plötzlich aus ihr heraus – sie weinte, weinte – als wäre es ein Abschied für immer. Als sie sich am Bahnhof verabschiedeten, kämpfte auch Jean mit den Tränen. Anna fuhr mit der Kleinbahn davon und stieg auf der übernächsten Station in die Großbahn der Berlin-Hamburger-Strecke um.

Anna war elend zumute. Sie konnte es nicht ertragen – diese Schande – Gefängnis ... Sie saß im überfüllten Gang auf ihrem Koffer wie ein Haufen Unrat. Vom vielen Grübeln, vom Nachdenken tat ihr der Kopf weh. Dann fiel ihr ein, daß ihr Mann bald Geburtstag hatte. Sie kramte Schreibzeug aus ihrer Handtasche und schrieb eine Geburtstagskarte. Da ihre Gedanken Purzelbäume schlugen, war ihr Schreiben auch so: *Mein geliebter Willi, Du feierst Deinen Geburtstag ... ich bin dann in Bützow, im Gefängnis ... Heute abend soll ich da sein. Ich weiß aber nicht, ob ich da überhaupt ankomme ... Deine Anna.*

Drückte Anna mit diesen Zeilen nicht unsagbare Traurigkeit aus – einen Abschied für immer? Sie war soweit, daß sie aus dem fahrenden Zug springen wollte ... Die Gedanken an ihre Kinder hielten sie davor zurück. Ihre fünfjährige Tochter brauchte doch noch am nötigsten eine Mutter. Was sollte nur aus den Kindern werden, wenn auch ihr Willi aus dem Krieg nicht heimkehren würde?

Am Spätnachmittag, als bereits die Dämmerung hereingebrochen war, mußte Anna noch einmal umsteigen. Wieder war sie soweit, ein Ende zu machen. Sie schlich an einem Bahnbedienstetenhäuschen vorbei, bis ans dunkelste Ende des Bahnsteigs. Sobald ein Zug anrollte, wollte sie sich davor werfen. Doch plötzlich stand ein Eisenbahner neben ihr und sagte mit barscher Stimme: »Ich beobachte Sie schon eine ganze Zeit – was haben Sie vor?« Und als Anna keine Antwort gab, faßte er sie am Arm: »Kommen Sie mit – zur Bahnhofswache, da wird man Sie schon zum Reden bringen.«

Auf der Wache waren mehrere Uniformierte. Einer stellte schneidende Fragen – da brach es aus Anna heraus: »Lassen Sie mich gehen! – Ich muß ins Gefängnis! Ich wollte mich vor den Zug werfen!«

Die Beamten und Soldaten waren schockiert. Einer sagte innerlich bewegt: »Junge Frau, wie können Sie nur solchen Unsinn vorhaben. Alles geht mal vorüber – Ihre Strafe und auch der Krieg. Haben Sie Kinder? – Man darf nicht gleich verzweifeln. – Am Ende wird alles wieder gut.« So redeten auch andere Männer auf Anna ein und richteten sie seelisch auf. Als der Zug kam, begleiteten sie zwei bis ans Abteil, und beruhigter stieg sie in den Zug ein.

Als der Zug in Bützow ankam, war es dunkle Nacht. Anna fragte einen Mann nach dem Weg zum Gefängnis. Es war ein langer Fußweg bis dorthin.

Sie ging durch einen dunklen Park. Der Fußweg wollte kein Ende nehmen. War es der richtige Weg? Jemand kam ihr entgegen. Ihr wurde unheimlich zumute, doch die dunkle Gestalt grüßte schon von weitem: »Guten Abend! Wo wollen Sie zu so später Stunde noch hin?«

Die freundlichen Worte des Fremden waren Balsam für Annas Seele, und sie sagte: »Ich muß zum Gefängnis – meine Strafe antreten – ich habe ein Schwein geschlachtet, ohne Schlachtschein, schwarz, – nun steht meine Schwiegermutter mit den Kindern, einem Franzosen und einem Polen allein da, – auf dem großen Hof. – Mein Mann ist Soldat an der Ostfront.« Anna fing an zu weinen.

»Ich bin der Pfarrer«, sagte der fremde Mann, »ich muß auch das Gefängnis betreuen. – Verzagen Sie nicht! Jesus Christus hat ein viel schwereres Kreuz getragen. – Kommen Sie, ich bringe Sie hin, ich werde mich um Sie kümmern. – Wie heißen Sie?«

»Anna Born!«

Er kannte sich aus. Und bald standen sie vor einem großen, dunklen Bau. Am Tor drückte er auf die Klingel. Als eine Wärterin kam, sagte er: »Ich bringe Ihnen eine neue Patientin!«, und Anna zugewandt: »Kopf hoch, junge Frau! – Guten Abend!«

Hinter Gefängnismauern

Anna Born wurde hereingebeten und mußte in einem langen Flur warten, bis endlich eine Gefängniswärterin kam und mit ihr in ein Büro ging. Dort wurden ihre Personalien aufgenommen und mit den Papieren verglichen, die bereits da waren. Alles stimmte überein.

Eine andere Beamtin kam und forderte Anna in seelenlosem Ton auf, mitzukommen. Sie gingen durch lange Gänge und über einen kleinen Hof bis vor eine große eiserne Tür. Die Beamtin schloß auf; eine andere nahm Anna mit der barschen Aufforderung unter ihre Fittiche: »Da rein mit dir!« Anna kam sich wie ein Stück Vieh vor, das man ins Schlachthaus treibt.

Die mürrische, bärbeißige Wärterin brachte Anna in eine Zelle, die schon mit anderen Frauen belegt war. Drei Strafgefangene musterten Anna, die Neue, von oben bis unten. Sie hatte noch Trauer und ein gutes schwarzes Kleid an. »Ihr schönes Kleid werden Sie bald nicht wiedererkennen«, sagte eine, »und auch Ihr Gesicht wird bald eine andere Farbe bekommen.« Das war ein bissiger Empfang.

Da die Zweierzelle mit vier Personen überbelegt war und die »Alten« die zwei Betten für sich beanspruchten, mußte Anna mit noch einer Neuen auf dem Fußboden schlafen. Eine Decke diente als Unterlage, mit einer zweiten deckten sie sich zu. So hausten vier Frauen drei Tage in der engen Zelle, und am Ende sah Annas schönes Kleid wie ein Kohlensack aus.

Am dritten Tag mußten alle Neuen auf dem langen Gang antreten, insgesamt zwölf Frauen. Die Sträflinge wurden von den Wärterinnen gefilzt. Sie mußten sich völlig entkleiden und wurden auch in den Haaren und zwischen den Beinen abgetastet. Die Aufseherinnen schimpften herum, weil ihnen alles zu langsam ging.

Als fast alle Frauen durchgefilzt waren, wurde Anna, die Neue, von einer »Alten« aufgefordert: »Ziehen Sie sich an und kommen Sie mit!« Als Anna der Aufforderung nicht gleich nachkam, schrie die Oberwärterin: »Guck nicht so dumm, mach, daß du fertig wirst!«

Anna zog sich schnell an und lief hinter der Alteinsitzenden her. Am Ende des langen Ganges stiegen sie eine steile Treppe hoch und befanden sich dann auf einem Podest, wo sie ungestört waren. Nun hatte es die »Alte« nicht mehr so eilig; sie sah Anna an – und fing an zu weinen. Und Anna sah in ein Antlitz, das von den Spuren des Gefängnisses gezeichnet war; sie versuchte, die junge Frau zu beruhigen, und als sie einmal lauter wurde, schluchzte die andere: »Still – leise – wir dürfen nicht sprechen ...« Anna sah sie erschrocken an, sah die tiefen Furchen in ihrem Gesicht, ihren ungesunden Teint – und kein Wort kam mehr über ihre Lippen. Und auch die andere sah in ein Antlitz – und hauchte: »Was sind Sie schön! – Ich bin 19 – und war auch einmal schön. – Ein Jahr Gefängnis haben aus mir eine alte Frau gemacht.«

Sie gingen weiter, über einen Quergang, und betraten die Kleiderkammer. Auch hier herrschte ein rauher Ton. Die Verwalterin tat die Sträflingskleidung für die Neuen in einen großen Wäschekorb, und Anna und ihre Leidensgenossin konnten wieder gehen.

Der Wäschekorb war schwer. Sie schleppten wie die Möbelpacker und mußten den Korb öfter absetzen. Dabei stellte Anna fest, daß die andere eine gute Figur hatte und ein Gesicht wie ein Engel gehabt haben mußte. In einer Verschnaufpause erfuhr Anna ihr Schicksal: Ihr Vater war Förster, der zwei französische Kriegsgefangene beschäftigte. Einer war ein sehr netter und höflicher junger Mann, der nie zu ihr zudringlich wurde, wie sie mehrmals versicherte, der ihr jedoch einmal ein schönes Andenken und öfter Schokolade und Kaffee geschenkt hatte. Daraus drehte man ihr einen Strick: Sie habe etwas mit dem französischen Kriegsgefangenen gehabt und bekam dafür 18 Monate Gefängnis. Obwohl man ihr keine körperliche Liebesbegegnung mit ihm nachweisen konnte, genügte den Richtern, daß sie von einem »Feind«

Geschenke angenommen hatte, welche die deutsche Bevölkerung schon lange entbehren mußte. Anna sagte ihr, daß sie auch das niemals hätte zugeben dürfen.

Als sie mit dem Wäschekorb an Ort und Stelle waren, tobte die leitende Aufseherin: »Von wo habt ihr die Sachen hergeholt?« Die Angesprochenen schwiegen betreten, denn erst jetzt wurde ihnen bewußt, daß die Gefilzten so lange nackt warten mußten, bis sie mit dem Wäschekorb da waren. Den Neuen wurde die Gefängniskleidung zugeworfen, und sie zogen sich an. Ihre Zivilkleider versahen sie mit Namensschildern, legten diese in den Wäschekorb, und die Frauen wurden in die Zellen zurückgeführt.

Anna kam mit den drei anderen Frauen wieder in die alte Zelle. Die Alteinsitzenden behaupteten ihren Bettenplatz. Die zwei Neuen mußten wieder auf dem kalten Steinfußboden schlafen; das sollte aber nur eine Übergangslösung sein.

Am anderen Morgen war Anna sehr früh wach. Sie fror erbärmlich, und das Lager war hart. Sie überdachte ihr Schicksal ... Ihre Gedanken waren auf Wanderschaft ... Und dann bemerkte sie erst den Gestank in der Zelle, als draußen »Aufstehen!« gerufen wurde und Schlüssel rasselten ... Das ging ihr durch Mark und Bein: Niemals mehr konnte sie dieses Schlüsselrasseln vergessen ... Eine »Alte« sagte zu Anna: »Setz dich so lange auf mein Bett, bis ich Licht angemacht habe!« – Und dann sahen sie die Bescherung: Der Notdurfteimer war umgekippt, und darin hatten sich die, die auf dem Boden schliefen, in der Nacht herumgewälzt. Anna ekelte sich, und sie klopfte so lange an die Zellentür, bis sie endlich aufgemacht wurde.

Eine Wärterin fuhr sie an, ob sie nicht warten könne, bis ihre Zelle dran sei. Anna erklärte ihr das Mißgeschick. Die andere machte hämische Bemerkungen von Schweinen und Dreck ... Nach ein paar Minuten kam die Aufseherin mit einem Eimer und einem Aufwischlappen wieder und befahl Anna, die Zelle zu reinigen – Kot und Urin wegzumachen. Gott sei Dank wurde sie im Laufe des Vormittags in eine andere Zelle verlegt.

Hatte der Pfarrer Wort gehalten? In der neuen Zelle beanspruchte eine sehr schlanke alte Dame erststelliges »Wohnrecht«. Sie fühlte sich auch verpflichtet, Anna, der Neuen, die »Geheimnisse« des Gefängnislebens zu vermitteln. Die Alte sah häßlich aus. Anna fürchtete sich ein wenig vor ihr, als ihre Stimme schnarrte: »Sie sind wohl noch nicht lange hier?«

»Vier Tage!« antwortete Anna.

»Dann haben Sie ja noch was vor sich! Ich bin schon länger hier ... Wie alt schätzen Sie mich?«

»Darin besteht doch kein Zusammenhang!«

»Ich glaube doch! – Wie alt schätzen Sie mich?«

Eine Frau möchte immer jünger sein, als sie ist. Eine solche Frage trifft oft bei ihr einen empfindlichen Nerv. »Ich weiß nicht – ich kann schlecht schätzen«, druckste Anna herum, obwohl sie die Frau auf 70 schätzte.

»14 Monate Gefängnis haben aus mir eine Greisin gemacht. Sie haben mich schon beim Verhör ohnmächtig geschlagen. Und wenn ich wieder zu mir kam, fingen sie wieder an. Sie wollten von mir eine bestimmte Aussage erpressen – doch ich habe ihnen den Gefallen nicht getan.«

Anna konnte sich denken, daß sie etwas Verbotenes verschwiegen hatte; daß sie trotz Marter und Qualen nicht ausgesagt hatte. Sie zog eine Parallele; dachte an Jean und Viktor, die sie auch nicht verraten hatte. Anna sah nun diese Frau mit anderen Augen und stellte ihr vorsichtig die Frage, wie alt sie denn nun sei:

»28 Jahre bin ich alt – ein Fräulein. Was ich in 14 Monaten Gefängnis durchmachen mußte, ist nicht zu beschreiben. Sie haben mich geprügelt und gequält, sie haben aus einem blühenden Mädchen ein altes Weib gemacht.«

Anna war erschüttert, suchte nach tröstenden Worten, aber alle klangen hohl und gekünstelt. Sie sah die großen Wunden an den Beinen der anderen: Das Ergebnis von mangelnder, einseitiger Ernährung und fehlendem Sonnenschein. Anna versuchte sie zu ermutigen: »Wenn Ihre Wunden verheilt sind, sieht alles anders aus. – Das Leben liegt noch vor Ihnen. Einmal geht auch diese Zeit zu Ende!« Das war der Anfang einer neuen, aufrichtigen Freundschaft.

Jeden Morgen war auf dem Gefängnishof Antreten zur Arbeitseinteilung. Dabei durften die Sträflinge nicht sprechen. Nur die Wärterinnen schrien herum. Da Annas andauernder Husten der Oberwärterin aufgefallen war, wurde sie ins Krankenrevier geschickt.

Als der Gefängnisarzt Anna Born untersucht hatte, sagte er leise zum Reviersanitäter: »Das ist doch die, der du helfen solltest?!« Anna hatte den Augenaufschlag des Arztes bemerkt und ahnte, daß sich der Pfarrer für sie eingesetzt hatte. Sie wurde zum Innendienst eingeteilt, bekam Hustensaft und konnte gehen.

Auf dem Hausboden mußten die »Innendienstler« die Knoten von Mähbindergarn aufknüpfen. Das war nicht einfach, denn das Material war Sisal und Hanf. Wenn man das einen Tag lang gemacht hatte, spürte man seine Fingerspitzen nicht mehr; oft bluteten sie sogar. Da jede Gefangene ein bestimmtes Tagessoll zu erfüllen hatte, saß ihnen die Zeit immer im Nacken.

So verbrachte Anna Born zwei Wochen in der Frauenstrafanstalt Bützow. Dann hörte sie über den »geheimen Gefängnisnachrichtendienst« von einer Strafgefangenen, die auf der Verwaltung beschäftigt war, daß sie, die »Strafgefangene Anna Born«, in ein Außenlager verlegt werde.

Außenlager Wismar

Nach 14 Tagen Aufenthalt in der Frauenstrafanstalt in Bützow wurde Anna Born ins Außenlager Wismar verlegt. Wie sie hörte, sollte es dort besser sein als in Bützow.

Dann war es soweit. Eine Justizbeamtin hatte die Verantwortung für die Verlegung. Am frühen Morgen liefen sie zum Bahnhof. Im Bahnhofsgebäude gingen sie an einer Schlange Wartender vorbei, gleich zum Schalter. Anna glaubte, daß alle Augen auf sie gerichtet waren, denn man konnte sie ja schon an ihrem blauen Leinenkleid, den grauen Kniestrümpfen und den Holzpantinen als eine Strafgefangene erkennen. Sie schämte sich. Als sie mit der begleitenden Beamtin vorn am Schalter stand, hörte sie einen älteren Mann zu seiner Frau sagen: »Sieh mal, eine Strafgefangene.«

»Sei nicht so laut«, erwiderte die Frau, »die sieht doch gar nicht so aus, als hätte sie Unrechtes getan – ich würde sie nicht so einschätzen.« Als die Beamtin mit Anna zum Bahnsteig ging, drehten sich die Leute nach ihnen um, und Anna glaubte, ihre bohrenden Blicke zu spüren – manche hielten sie sicherlich für eine Verbrecherin. Als der Zug kam, achtete die Beamtin auf die einlaufenden Wagen: Sie stiegen in das Sonderabteil ein, das für solche Verlegungen reserviert worden war.

In diesem Abteil saßen schon ein Polizist und ein Sträfling. Nach kurzer Begrüßung setzte sich die Beamtin zum Polizisten und Anna zum Sträfling. Der Strafgefangene, ein älterer Mann, saß wie abwesend in einer Ecke und sprach während der Fahrt kein einziges Wort. Zu gerne hätte Anna gewußt, was er verbrochen hatte, aber: Strafgefangene dürfen bei einer Verlegung nicht sprechen!

Indessen kamen die beiden Aufsichtspersonen miteinander ins Gespräch. Der Polizist sprach sachlich, human – er schien Anna deprimiert –, und er meinte, um ganz Deutschland sei eine Mauer aufgerichtet – »Eine Mauer des Schweigens« sprach er nicht aus. Er erwartete Zustimmung von seiner Gesprächspartnerin, doch die wurde immer »zugeknöpfter«, je länger er redete. In Wismar stiegen die Frauen aus. Die Männer fuhren weiter.

Die Außenstelle der Frauenstrafanstalt Bützow lag außerhalb der Stadt Wismar. Drei Kilometer Fußweg hatten die beiden Frauen also vor sich. Es war kalt, und es lag Schnee. Die Beamtin ging auf dem vom Schnee befreiten Bürgersteig, und weil dieser für zwei Passanten viel zu schmal war, mußte Anna nebenher auf dem Fahrdamm laufen. Das war schlimm, denn immerzu mußte sie stehenbleiben und Schneestelzen abklopfen, die sich unter ihren Holzpantinen gebildet hatten. Völlig erschöpft erreichte sie das Außenlager.

Übergabe und Übernahme der »Strafgefangenen Anna Born« gingen schnell und förmlich vor sich. Die Einweisung war kurzgefaßt. Wie schon so oft, mußte Anna auch hier wieder hören, was eine Strafgefangene darf und was sie nicht darf: fast nur Verbote, keine Rechte. Nach dieser »Begrüßung« wurde Anna in ihre neue »Wohnung« geführt, in den großen Schlafsaal, der gleichzeitig auch »Wohnzimmer« war. Dort standen 48 Betten, immer drei übereinander und sechs zu einem Block. Anna wurde ein Bett im »dritten Stock« zugewiesen. Über den Kopfenden der Betten befanden sich Bretter, auf denen Wasch- und Putzzeug und die wenigen persönlichen Sachen der Gefangenen abgelegt wurden.

Annas Bettnachbarin im dritten Stock war eine junge Frau aus Berlin. Sie stellten sich gegenseitig vor: Sie hieß Lisa Schulze. Die Frauen mochten sich auf Anhieb und erzählten sich ihre Lebens- und Leidensgeschichten. Lisa war Verwaltungsangestellte und hatte Lebensmittelkarten nicht richtig abgerechnet, was man ihr als Unterschlagung auslegte. Ihr Mann war Soldat, Feldwebel, eingesetzt an der Ostfront, und ihre Kinder waren jetzt bei der Schwiegermutter. Lisa half Anna beim Einleben in ihre neue Umgebung. Sie gab ihr manchen Tip und erklärte ihr an Beispielen, was man durfte und was nicht. Zum Beispiel durfte man nicht klagen: Darauf standen sieben Tage Arrest. 14 Tage Arrest gab es für Diebstahl; auch Diebstahl untereinander … »Was man hier schon stehlen kann«, sagte Anna darauf, »man besitzt ja nichts Wertvolles.«

Am nächsten Morgen mußte Anna mit den anderen Frauen zur Arbeit. Drei Kilometer waren zu laufen, bis sie ihre Arbeitsstelle – eine Produktionshalle der Flugzeugwerke, erreicht hatten. Die Frauen des Außenlagers wurden geschlossen in einer Ecke der großen Halle beschäftigt. Neben den Wärterinnen überwachten einige ältere Männer die Arbeit der Strafgefangenen. Anna wurde von einem 60jährigen in ihre Arbeit eingewiesen: Sie mußte immer zwei Aluminiumteile zusammenfügen und nieten. Das war eine leichte, jedoch eintönige Arbeit.

In Wismar war es viel besser als in Bützow. Dort gab es oft nur gekochte Kartoffelschalen und Wassersuppe; hier fünf/sechs gute Pellkartoffeln und Graupensuppe. In Bützow bestand die Kaltverpflegung pro Tag aus einer Scheibe Brot, einem Löffel Marmelade oder Margarine und lauwarmem Wasser, das sie »Tee« nannten. Hier in Wismar gab es zwei Scheiben Brot, Margarine und Kunsthonig oder Marmelade, richtigen »Wald- und Wiesentee« und abends meistens noch eine Graupen- oder Gemüsesuppe.

Anna war noch nicht so ausgehungert wie die meisten anderen Frauen. Sie befreite noch immer die Pellkartoffeln von den Schalen. Eines Mittags hörte sie, wie eine Frau zu einer anderen sagte: »Die pellt nicht mehr lange – auch die wird bald die Kartoffeln gleich mit der Schale essen.« Dabei war ihr Blick auf Anna gerichtet.

Anna hatte noch »etwas zuzusetzen«, wie man so sagt. Sie war auch noch ein wenig mäklig und gab manchmal ihr Essen ihrer Bettnachbarin oder anderen Frauen, die neben ihr arbeiteten.

Mit den Männern, die die Arbeit beaufsichtigten, kamen die Frauen gut aus. Sie waren fast alle über 60 und damit aus dem wehrpflichtigen Alter heraus. Es gab keine Schwierigkeiten, zumal die Frauen auch immer ihr Tagessoll erfüllten. Manche von ihnen waren zu mitfühlend, weil sie die »Verfehlungen« ihrer Schützlinge kannten, die in normalen Zeiten keine Verfehlungen waren und nicht bestraft wurden.

Anna erfuhr von ihrer Freundin Lisa, daß einige der alten Männer auch Briefe herausschmuggeln würden. Das wollte sie gleich nutzen. Sie meldete sich ab zur Toilette und schrieb dort in aller Eile folgende Zeilen:

Meine Lieben! Ich bin jetzt in Wismar ... aber schreibt nach Bützow, denn die Post wird nachgeschickt .... Erwähnt nicht diesen Brief. Es ist verboten, von hier zu schreiben. Der Brief ist heimlich abgegangen, über eine Zwischenstation. Sagt aber nur Jean und Viktor, daß ich geschrieben habe, sonst niemandem. Sie sollen sich um mich keine Sorgen machen. Hier in Wismar ist das Essen viel besser als in Bützow ... Ich werde schon durchkommen. Schreibt bald, denn ich habe von euch noch keine Post erhalten und mache mir Sorgen, wie es zu Hause geht. – Liebe Grüße und Küsse an Euch alle, Eure Anna.

Lisa, die mit einem Arbeitsleiter ein gutes Verhältnis hatte, gab Annas Brief an diesen weiter; der adressierte zu Hause ein Kuvert und schickte den Brief unter falschem Namen ab. Am nächsten Tag, beim Mittagessen, sagte Lisa zu Anna: »Der Vogel fliegt!«

Mit diesem Brief knüpfte Anna eine innige Verbindung mit der Heimat, mit den Lieben daheim. Nun wartete sie sehnsüchtig auf eine Antwort. Als sie fortmußte, hatte Stachu einen Bescheid zum Schanzen erhalten; irgendwo, im Osten Deutschlands, mußte er Schützengräben ausheben. Ihre Schwiegermutter war alt, und nun lasteten Arbeit und Verantwortung in erster Linie auf Jean. Sie wußte, daß er zuverlässig und gewissenhaft war, daß er jetzt im Winter, wo die Außenarbeit ruhte, die Hof- und Stallarbeit schon allein schaffen würde. Ihre größte Sorge galt ihren Kindern, und sie stellte sich schon das Wiedersehen mit ihnen vor. Jetzt wurde ihr auch erschreckend bewußt, was sie ihnen angetan hätte, wenn sie freiwillig aus dem Leben gegangen wäre. Ihre Kinder gaben ihr den meisten Rückhalt, gaben ihr die Kraft, alles Schwere durchzustehen.

Wenn man Arbeit, Beschäftigung hat, kommt man nicht zum Grübeln. Arbeit ist Medizin für die Seele. Die Arbeit im Außenlager Wismar ließ die Zeit schnell verstreichen, und ehe sich Anna richtig besann, war Weihnachten. Der erste Weihnachtstag war arbeitsfrei. Und das Festessen für jede Strafgefangene: fünf Pellkartoffeln, zwei kleine Schöpfkellen Gulasch und ein Trinkbecher voll Rotkraut; von den Flugzeugwerken dazu: fünf große Weihnachtsplätzchen.

Das Weihnachtsessen nahmen die Frauen an einer langen, weißgedeckten Tafel ein, die mit Tannengrün, Papiersternen und Lametta festlich geschmückt war. Bevor das Essen begann, ging Anna noch einmal zu ihrem Bett, um ein Taschentuch zu holen – und als sie wiederkam, waren ihre Plätzchen weg, geklaut. Sie konnte die Diebin nur vermuten – und sagte in die Runde schauend: »Findet ihr das gut, meine Plätzchen zu klauen?! Hier müssen doch alle mit dem gleichen Essen auskommen! Wenn mir diejenige gesagt hätte, daß sie großen Hunger habe, hätte ich ihr meine Weihnachtsplätzchen geschenkt.«

Trotz angedrohter hoher Strafen bestahlen sich die Frauen mitunter gegenseitig, meistens aus Hunger. Es konnte jedoch nicht viel gestohlen werden, denn die Frauen besaßen ja nichts weiter als das, was sie auf dem Leibe hatten, und ihr Waschzeug. Es gab keinen Schrank, nur über jedem Bett ein Regal, auf dem die wenigen Habseligkeiten lagen. Alle 14 Tage bekamen sie frische Unterwäsche im Austausch gegen die schmutzige.

Die Strafgefangenen glaubten, wenigstens am ersten Feiertag sich ausruhen zu können, sich auszuschlafen, doch auch dafür ließ man ihnen keine Zeit: Am Nachmittag war »geschlossener Ausgang«. Die Lagerleiterin führte die Frauen an. Sie kamen durch ein kleines mecklenburgisches Dorf – die kleineren Häuser, Katen und Ställe gehörten zum großen Rittergut. Im Dorfe war Leben: Kinder machten eine Schneeballschlacht, andere liefen auf dem Dorfteich Schlittschuh.

Als die Frauen im Dorf ankamen, riefen die Kinder: »Die Sträflinge – die Gefangenen kommen!« und liefen in die Häuser. Ein kleines Mädchen wurde von ihrer Mutter böse angeschrien: »Komm schnell ins Haus! Ich habe dir schon öfter gesagt: Wenn die Gefangenen kommen, sollst du ins Haus kommen. Man weiß ja nicht, was das für Frauen sind!«

Anna war schockiert – Freundin Lisa ahnte, was in ihr vorging, und sagte: »Mach dir nichts draus – die kennen uns doch gar nicht.«

Das viele Laufen in Holzpantinen auf schneeglatter Straße machte müde. Auch Anna sah darin keinen praktischen Nutzen, keinen Sinn und schimpfte: »Warum dieser Spaziergang? Wo wir doch jeden Tag sechs Kilometer laufen müssen! Am 1. Weihnachtsfeiertag hätten sie uns in Ruhe lassen können – wenigstens einen Tag mal richtig ausruhen.«

»Sei nicht so laut, sonst hört es die ›Glucke‹. Wir können doch nichts ändern – du bist eine Rechtlose!« sagte leise eine Frau, und eine zweite meinte: »Du sollst keine Ruhe haben, sonst verfällst du ins Grübeln.«

Im Januar 1945 wurde es noch einmal richtig Winter. Es gab viel Schnee, und eisiger Sturm zerrte an den Holzwänden der Baracke; die zwei Kanonenöfen erwärmten nur die nähere Umgebung. Anna fror unter ihren zwei Decken. Sie legte daher noch ihren Unterrock über die Beine – und Lisa mußte sie daran erinnern, daß das verboten ist.

Anna weinte vor Kälte und ohnmächtiger Wut. Da kam vom Nebenbett Lisa an die Weinende heran, und sie wärmten sich gegenseitig. Verfiel Anna wieder in lautes Weinen, hielt ihr Lisa den Mund zu, denn auch auf Weinen und lautes Klagen stand eine Arreststrafe. Aber immer wieder überkam Anna die Sehnsucht nach ihren Kindern, und sie weinte erneut los. So geschah es mehrere Male. Endlich ging diese schreckliche Nacht durch die Rufe: »Aufstehen – aufstehen!« zu Ende.

Jeden Morgen liefen die Frauen zur Arbeitsstelle in der großen Halle der Flugzeugfabrik, und abends kehrten sie von dort in ihre

Baracke zurück – in Reih und Glied, wie eine Kompanie Soldaten. Schlurfende Schritte und das Klappern der Holzpantinen waren die Marschmusik. Wenn die Frauen abends wieder in ihrer Baracke waren, gab es die große Mahlzeit, gab es Mittagessen. Schon während des Essens gingen die ersten zum Waschen, denn für 48 Frauen standen nur drei Waschgelegenheiten zur Verfügung. Und zu einer bestimmten Zeit mußte sich jede gewaschen haben, weil dann das Licht ausgemacht wurde. So spielte sich mit der Zeit der Tagesablauf ein, ein Ablauf in Zeitnot und ständiger Hetzjagd. Nur das Notwendigste wurde gesprochen. Trotzdem ergaben sich Möglichkeiten zu privater Unterhaltung, besonders bei der Arbeit oder wenn man Küchendienst hatte.

Eines Tages wurde Lisa von der Verwaltung mitgeteilt, daß sie vorzeitig entlassen werde, daß ihr sechs Wochen Gefängnis geschenkt wurden. Das hatte ihr Mann über seine Truppe durchgesetzt. Lisa freute sich darüber, und Anna war traurig, eine gute Freundin zu verlieren: sie hatte gerade acht Wochen verbüßt – acht Wochen von sechs Monaten –, und ihr war, als wäre sie schon ein ganzes Jahr in Haft. Die letzte Nacht mit der Freundin weinte sie nur noch. Das ging Lisa sehr nahe, und sie sprach: »Weißt du, Anna, mit dir hätte ich es hier noch lange ertragen. – Ich kann es noch nicht glauben, daß ich morgen rauskomme. Ich freue mich auf meinen Mann, der Heimaturlaub hat, und auf meine Tochter. Wie mag die Kleine wohl aussehen? Als ich fortmußte, war sie ein Jahr alt und konnte noch nicht laufen – nun ist sie zehn Monate älter!« Sie drückte Anna in überschwenglicher Freude, als wäre sie ihr Töchterlein – drückte sie immer wieder –, und es klang wie eine Entschuldigung, als sie sagte: »In Gedanken bleibe ich bei dir!« Als Lisa am nächsten Morgen mit einer Beamtin fortging, blieb Anna traurig zurück. Noch einmal sahen sie sich in die Augen, die voller Freude – und voller Tränen waren.

Anna bekam zwei Tage keinen Bissen herunter. Das Essen schenkte sie zwei Französinnen, die auch hier ihre Strafe verbüßten. Obwohl sie kaum miteinander gesprochen hatten, empfanden sie Sympathie füreinander. Anna taten die beiden

Frauen leid, besonders darum, weil man ihnen alle Diebstähle zuschob und sie zu den »Sündenböcken« des Lagers abstempelte. Eine von diesen – Susanne – war Anna besonders zugetan. Bei Gelegenheiten ohne Aufsichtspersonen lernten sie sich näher kennen – und schätzen. Als Anna eines Tages Brot gestohlen wurde, flüsterten ihr böse Zungen zu: »Das haben die Franzosen getan!« Obwohl sie wußte, daß das nicht stimmte, wagte Anna auch nicht, für die Französinnen einzutreten.

Am nächsten Abend kam die Lagerleiterin bei ihrem Rundgang an Annas Bett und sagte: »Frau Born, Sie bleiben morgen im Lager!« Da sie das nicht weiter erklärte, zerbrach sich Anna darüber den Kopf – und ihr fiel ein, daß sie gewarnt worden war, sich mit den Französinnen abzugeben, von denen man hinter vorgehaltener Hand erzählte, daß sie lesbisch seien. Anna glaubte das nicht, sah dafür keine Anhaltspunkte. Dennoch: Je mehr sie grübelte, um so mehr glaubte sie, daß ihre Order, morgen im Lager zu bleiben, mit den Französinnen zusammenhing, und daß sie deshalb nach Bützow zurückmüsse. Bützow raubte ihr in dieser Nacht den Schlaf.

Strafaussetzung

Am nächsten Morgen blieb Anna im Lager. Als die anderen Frauen gegangen waren, kam eine Aufseherin, reisefertig angezogen. Anna glaubte, daß sich ihre Vermutung mit den Französinnen und Bützow bestätigen würde, aber die Beamtin sagte: »Frau Born, Sie erhalten Strafaussetzung, Ihr Mann ist auf Urlaub da!« Anna war sprachlos – und ehe sie Fragen stellen wollte, predigte ihr die Beamtin Verhaltensregeln: »Solange Sie in meiner Verwahrung sind, dürfen Sie nicht zu Ihrem Mann hingehen und mit ihm sprechen. Spontane Reaktionen haben zu unterbleiben. Haben Sie mich verstanden, Frau Born?«

Das war zu viel auf einmal – Anna nickte nur mit dem Kopf.

»Es ist unverständlich, die Soldaten nach Hause zu lassen«, geiferte die Beamtin, »wo der Feind an Deutschlands Haustür steht. Wo ist Ihr Mann?«

»Er war an der Ostfront!«

»Um so schlimmer!«

Auf dem Bahnhof Wismar war ein unbeschreibliches Durcheinander, so als gehe es mit Deutschland zu Ende. Flüchtlinge und Soldaten bevölkerten die Bahnsteige und Wartesäle. Und die wenigen Züge, die noch fuhren, waren überfüllt. Fahrpläne galten nicht mehr, und es gab auch kein Sonderabteil für Strafgefangene mehr. Auf einem Umsteigebahnhof erhielt sie einen Blechnapf voll Kartoffelsuppe. Als Anna darin herumstocherte, sagte die Beamtin: »Sie haben wohl noch immer nicht essen gelernt.«

»Ich habe Magenschmerzen.«

»Ach so?!« erwiderte die Beamtin hämisch und zweideutig.

Auch das neue Abteil war brechend voll. Dennoch schaffte die energische Beamtin für sich und Anna einen Sitzplatz. Eine Frau stieß ihren Mann an und zischte: »Eine Zumutung, daß man mit so einem Gesindel fahren muß.« Anna mußte sich beherrschen, durfte nichts erwidern; sie war ja rechtlos und vogelfrei.

Am Nachmittag kamen sie in Bützow an und gingen zur Strafanstalt. Annas Augen wanderten hin und her, als suche sie hier schon ihren Mann. Und als er auch an der Anmeldung nicht war, kamen ihr Zweifel. Hatte man sie belogen, ihr eine Falle gestellt? Anna wagte auch nicht, die Beamtin zu fragen, von der sie ohnehin keine Antwort erhalten hätte. Dann wurde sie ins Hauptbüro der Gefängnisverwaltung gerufen. Auch hier war ihr Mann nicht, doch der Ton, mit dem sie angesprochen wurde, war freundlich: »Frau Born, Ihr Mann war hier. Er wollte Sie gleich nach Hause mitnehmen; es hat ihm zu lange gedauert. Sie erhalten Strafaussetzung und dürfen nach Hause, bis wir Sie wieder herbeordern. Ihre Sachen werden gleich gebracht.«

Mit einem Male war Anna wieder ein Mensch, keine rechtlose Gefangene mehr. Ihr schien alles wie ein Traum – und als sie viel zu langsam die Kleidung wechselte, die Anstaltskleider aus- und ihre Zivilsachen anzog, drängte die Bürovorsteherin: »Frau Born, beeilen Sie sich! Sie müssen den Abendzug noch erreichen!« Zwei Schreibkräfte halfen ihr. Als sie dann ihren Mantel auch noch umständlich anzog, war die Bürochefin ungehalten: »Nun werden Sie doch endlich fertig – machen Sie schnell!«

Eine Wärterin brachte Anna zum Tor. Dann das verhaßte Schlüsselgerassel, das Aufschließen der Tür – und als Anna zögerte, zu gehen, hörte sie es wie aus weiter Ferne: »Nun gehen Sie endlich – laufen Sie!«

Anna konnte es noch nicht begreifen, daß sie frei war – und setzte einen Schritt vor den anderen; da rief die Beamtin hinterher: »Nun laufen Sie endlich, laufen Sie, damit Sie den Zug noch erreichen!« Da erst wurde sich Anna ihrer Freiheit bewußt, und sie lief, sie rannte zum Bahnhof.

Im Bahnhof Bützow sah Anna eine Justizbeamtin und vier unter ihrer Obhut stehende Frauen – sie machte einen großen Bogen um diese, löste eine Fahrkarte, hetzte zum Bahnsteig und erwischte in letzter Minute den Zug.

Das Abteil war übervoll. Anna sah sich nach einem Platz um – Aufregung und Hetze forderten Tribut – sie wurde ohnmächtig ...

Und als sie wieder erwachte, saß sie in einer Ecke des Abteils neben einem verwundeten Soldaten: »Sie hatten sicherlich viel Aufregung«, sagte der, »wo wollen Sie hin – wo kommen Sie her?«

Anna war nicht imstande, darauf zu antworten. Ein anderer Soldat, der aus dieser Gegend stammte, antwortete für sie: »Nach meinem Wissen und Ihrem Eindruck zu urteilen, kommen Sie von Bützow!« Anna nickte. »Das dachte ich mir«, sprach er leiser, »die Bande sperrt doch alles ein ...«

Ein anderer Soldat gab Anna eine Schnitte Brot: »Da, essen Sie – damit Sie wieder zu Kräften kommen und nicht noch einmal aus den Latschen kippen!« Die Soldaten waren fürsorglich und bemühten sich, Anna aufzumuntern; seit langer Zeit konnte sie wieder lachen. Als Anna ein letztes Mal umsteigen mußte, trennten sich ihre Wege.

Der Anschlußzug lief ein. Auch dieser Zug war brechend voll. Zum Glück erwischte Anna einen freiwerdenden Sitzplatz. Im Abteil war es laut, wurde es lauter, wenn die Reisenden über die Auslassungen eines Witzboldes lachten. Manches Mal lachte auch Anna wieder. Doch es war kein herzerfrischendes Lachen, ein mehr gequältes, und aufmerksame Beobachter konnten sich denken, daß Anna Schweres hatte durchmachen müssen.

Es war Nacht. Ab und zu huschte spärliches Licht vorbei – Signalanlagen. Manchmal versprühte der Mond fahlblauen Schein auf glitzerndem Schnee, huschten dunkle Umrisse von Häusern und Dörfern vorüber – kein Licht leuchtete, per Gesetz herrschte allgemeine Verdunkelung, um den feindlichen Nachtbombern keine Ziele zu bieten.

Um 23 Uhr traf Anna auf dem Heimatbahnhof ein. Niemand war da, um sie abzuholen. Sie klopfte einen bekannten Geschäftsmann aus dem Bett, wurde freundlich ins Haus gebeten. Man bot ihr Essen an. Sie lehnte es ab – wollte schnellstens nach Hause. Indessen hatte der Mann sein Auto aus der Garage geholt. Anna stieg ein, und sie fuhren ab.

Daheim angekommen, wollte Anna Geld holen, um die Fahrt

zu bezahlen, doch der Geschäftsmann sagte: »Machen Sie, daß Sie zu Ihrer Familie kommen – bezahlen können Sie ein anderes Mal!«

Wieder daheim

Anna stand vor ihrer Haustür und klopfte – es blieb still. Sie trat an das Fenster ihrer Schwiegermutter und klopfte dort, bis sie die Stimme hörte: »Anna, bist du es?«

»Ja, mach auf!« Dann ging auch schon die Haustür auf … Das war ein Wiedersehen! Anna wußte nicht, wem sie sich zuerst zuwenden sollte: ihrem Mann, den Kindern oder Oma Marie. Die Kinder schrien: »Mama – Mutti – unsre Mama – unsere Mutti ist da …« und nahmen sie voll in Anspruch. Auch Anna drückte und herzte ihre Kinder und hielt sie fest umschlungen – bis sich dann Willi Born herandrängte und sein Anrecht forderte: »Nun laßt mich mal an die Mutti heran – schließlich habe ich sie aus dem Gefängnis geholt!« Und als er seine Frau in die Arme nahm, sank die vor Erschöpfung zusammen. Er setzte sie auf das Sofa. Frisch aufgebrühter Kaffee – Bohnenkaffee von Jean – belebte Anna ein wenig. Sie erzählten aber nicht mehr lange und gingen ins Bett. Es war ja auch noch dunkle Nacht.

Am nächsten Tag erwachte Anna – wie immer – sehr früh. An diesem Morgen waren auch ihre Gedanken bei Jean, beim Wiedersehen mit ihm. Dann kam er. Sie hörte seine Schritte, sie kannte seinen Gang. Als er den Pferden das erste Futter in die Krippe geschüttet hatte, kam er zum Frühstücken in die Küche. Willi und Anna lagen noch im Bett. Sie rief vom Schlafzimmer seinen Namen. Er erkannte ihre Stimme und steckte den Kopf durch den Türspalt: »Guten Morgen, Frau! Gut, daß du wieder da bist. Wir haben oft an dich gedacht und von dir erzählt!« Erleichterung und Freude klangen aus seinen Worten.

Anna war in einem nicht zu beschreibenden Glückstaumel, obwohl sie, genau genommen, nur vier Wochen Urlaub vom »Knast« hatte. Aber daran dachte sie jetzt nicht. Sie war nur glücklich, glücklich, bei ihren Lieben zu sein – glücklich und auch zugleich ein wenig stolz darüber, keinen ihrer Getreuen verraten zu haben, als sie wegen »Schwarzschlachtung« vor dem Gericht stand. Und diejenigen, die die Wahrheit kannten, begegneten Anna wie einer Heldin, die alle Last auf sich geladen hatte.

Annas Heimkehr wurde im Dorf schnell bekannt. Von Jean erfuhren es auch Viktor und die anderen französischen Kriegsgefangenen. Mittags kam er mit Viktor zu Borns, und nach einer herzlichen Begrüßung sagte der: »Frau, wir sie viel Angst gehabt – Angst auch um dich ...«

Anna war es, als sei sie Jahre weggewesen, und sie genoß jeden Tag – auch mit ihrem Mann, der ja nur 14 Tage Urlaub hatte. Sie waren froh, daß er überhaupt noch fahren durfte, wo es für Deutschland schlecht aussah. Die Russen standen bereits an der Oder und Briten und Amerikaner am Rhein. Die schönen Tage gingen viel zu schnell zu Ende, und Willi Born mußte wieder fort, fort an die Ostfront, in den Krieg.

Nun galt Annas Liebe und Fürsorge allein ihren Kindern: Sie stopfte, nähte und richtete alle Sachen wieder her, denn Oma Born konnte das nicht mehr. Jean brachte Schokolade, Kekse und Kaffee; vieles auch von Kameraden. Anna freute sich sehr darüber – waren es doch Dankeszeichen und Ausdruck einer breiten Zuneigung. So verging die Zeit viel zu schnell, und Anna dachte betrübt an den Abschied und noch mehr an Bützow.

Ende Februar 1945 mußte Anna wieder fort. Ein herzzerreißender Abschied. Jean brachte sie mit dem Einspänner zum Bahnhof.

Der Zug war sehr voll. Anna fand keinen Sitzplatz und mußte im Gang stehen. Nachdem einige Stationen vorüber waren, stellte sie mit Entsetzen fest, daß sie das wichtigste Schriftstück der Strafanstalt Bützow vergessen hatte. In Wittenburg, wo der Zug längeren Aufenthalt hatte, ging sie zur Bahnhofswache, um sich dort einen Rat zu holen. In der Wachstube hörten sich Soldaten und Eisenbahner ihre Geschichte an, und der befehlsführende ältere Offizier sagte: »Gute Frau, machen Sie, daß Sie nach Hause kommen! Wer weiß, ob die Züge morgen noch fahren! Wenn die in Bützow was wollen, sollen sie zu Ihnen kommen – können die Sie holen!«

Wie sich später herausstellte, war das eine richtige Beurteilung der derzeitigen Lage. Anna fuhr mit dem nächsten Zug zurück und war gegen Abend wieder zu Hause.

Sie schlich über den Hof ins Haus hinein. Jean und Oma Born besorgten in den Ställen das Vieh. Ihre Kinder waren weder zu sehen noch zu hören.

Anna zog sich schnell ein Arbeitskleid an und wollte beim Melken helfen. Auf dem Weg in den Kuhstall kam ihr Jean in die Quere, und da sie ihn überraschen wollte, lief sie in den Pferdestall und versteckte sich hinter einem Mauervorsprung. Jean erschrak, als er sie da entdeckte, und er stotterte: »Du Frau – mein Gott – du Frau – du wieder hier ...?«

Sie faßte ihn an den Schultern und strahlte: »Ja, Jean, ich bin wieder da, wieder zu Hause – die wenigen Züge fahren nur noch für Soldaten und Flüchtlinge!«

Anna ging in den Kuhstall. Auch da die große Überraschung – Marie Born war beim Melken und starrte ihre Schwiegertochter an, als sei sie ein Geist: »Mädel, du? Is' doch nicht wahr – wo kommst du her?!«

»Die Bahn hat keinen Platz mehr für gewöhnliche Leute. Ein Offizier hat mich nach Hause geschickt!«

»Deshalb hat mein linkes Ohr so lange geklungen – nun können die uns den Hintern lecken. Mag kommen, was will – nun schaffen und überstehen wir alles.«

In den folgenden Tagen mußte Anna oft an Bützow denken, an ihre Leidensgefährtinnen, die hinter Gefängnismauern schmachteten – und auch etwas in Angst, daß Justitia sie nach Bützow zurückholen könnte.

Flüchtlinge aus dem Osten

Im Februar/März 1945 kamen Flüchtlinge aus den deutschen Ostprovinzen in das Dorf – viele mit Pferd und Wagen, vollbeladen mit alten Menschen und Kindern, mit Hab und Gut. Andere kamen nur mit Rucksäcken. Die Einheimischen mußten zusammenrücken. Jedes freie Zimmer, jede freie Bodenstube und jeder freie Platz in den Ställen war mit Menschen und Tieren belegt. Borns mußten zwei Flüchtlingsfamilien aufnehmen: eine junge Familie mit zwei Kindern – sogenannte Schwarzmeerdeutsche – und eine große Familie, Deutschstämmige aus Lettland mit Eltern, drei erwachsenen Mädchen, einem Fünfzehnjährigen und zwei kleinen Jungen. Borns Haus war voll. Alle mußten sich einschränken, und bald gab es auch Reibereien zwischen den Familien und den einzelnen Menschen. Anna bemühte sich um den Ausgleich und half, wo sie konnte. Die armen Menschen taten ihr leid. Irgendwie sah sie das im Zusammenhang mit Bützow.

Der Krieg ging in die letzte Runde, trat in die Endphase ein. Zeitungen und Rundfunk berichteten voller Haß von Untaten des bolschewistischen Feindes, von der Roten Armee der Sowjetunion – berichteten voller Haß von Briten und US-Yankees – und tönten immer noch: »Trotz Bombenterror auf unsere Städte werden wir siegen – die neuen Waffen werden uns den Sieg bringen …« Wann ihr Einsatz erfolgen würde, blieb offen. Mit solchen Durchhalteparolen wurden die Deutschen jeden Tag berieselt. Aber nur wenige glaubten noch daran. Jeder ließ sich treiben und hoffte, daß das Ende doch nicht so schlimm sein werde, wie es die deutsche Propaganda darstellte, vorzeichnete. Als die West-Alliierten Anfang März 1945 über den Rhein kamen und dem Vormarsch nach Mitteldeutschland fortsetzten, wurden auch die französischen Kriegsgefangenen unruhig: Freiheit lag in der Luft – das Ende einer fast fünfjährigen Gefangenschaft rückte näher … Obwohl Anna Born volles Verständnis für die Franzosen hatte, die im Dorfe bestes Einvernehmen mit ihren Arbeitgebern hatten, mochte sie Jean doch nicht missen. Was sollte sie ohne ihn machen? Ohne ihn alle Arbeiten bewältigen? Besonders bei der nun beginnenden Frühjahrsbestellung? Zumal das Schicksal ihres Mannes in den Sternen lag! Viele deutsche Soldaten fielen noch in letzter Minute. Und sehr viele kamen für Jahre in Kriegsgefangenschaft. Stachu, Annas Pole, kam vom Schanzen im Osten nicht zurück; dafür bekamen Borns einen zweiten französischen Kriegsgefangenen, der bis zu ihrer Zerstörung in der Nähmaschinenfabrik in der größeren Stadt an der Elbe gearbeitet hatte. Dieser Franzose – namens Juno – mußte in Borns Küche schlafen, weil das Kriegsgefangenenlager im Dorf durch ähnlich liegende Umstände voll belegt war. Anna hatte nun zwei gute Mitarbeiter, mit denen die Feldarbeiten zu schaffen waren.

Mitte April war der Boden frostfrei. Die Frühjahrsbestellung begann, doch alle verrichteten die Arbeiten lustlos, weil die Gedanken woanders waren und manchmal amerikanische Jagdbomber über den stillen märkischen Dörfern »freie Jagd« hatten und auf alles schossen, was sich bewegte: Sie griffen mit Bordwaffen und Splitterbomben einzelne Menschen an, sie machten Jagd auf Pferdegespanne, und die Piloten hatten Spaß dabei, wenn die Pferde durchgingen. Schließlich wurde nur noch in der Dämmerung, in mondhellen Nächten und bei regnerischem Wetter auf den Feldern gearbeitet, wenn die Jagdbomberpiloten blind waren und nicht fliegen konnten. Trotz dieser Erschwernisse brachten die Bauern – dank der zuverlässigen Kriegsgefangenen – die Saaten zeitgerecht in die Erde.

Um den 15. April 1945 erreichten US-Divisionen die Elbe bei Magdeburg. Im Osten hatte die Rote Armee am 16. April die Oder überwunden und befand sich im Angriff auf Berlin. Amerikanische Fernkampfartillerie beschoß ab Ende April die Orte jenseits der Elbe, und alle Einwohner der kleinen Dörfer der Prignitz hofften, daß die »Amis« ihre Heimat besetzen würden, denn deutscherseits gab es keinen ernsthaften Widerstand mehr. Diese Hoffnung wurde dann noch durch Nachrichten – durch »Parolen«

– genährt, als es hieß: »Die Amerikaner stehen beim Mühlenholz auf unserer Seite, ostwärts von Elbe und Havel!« Auch Anna hörte davon, und ein älterer Mann ergänzte diese Hoffnung: »Nun sind es ja nur noch 20 Kilometer bis zu uns her!« Das war eine trügerische Hoffnung: Die Amerikaner waren nur zur Erkundung jenseits des Flusses. Die Masse ihrer Truppen blieb an der Elbe stehen – wie es Amerikaner und Russen vorher ausgemacht hatten. Vom Elbsandsteingebirge (südlich von Dresden) bis Dömitz war die Elbe Trennungslinie zwischen Russen und Westalliierten, und von Dömitz verlief die Demarkationslinie genau nach Norden – über Schwerin und Wismar – bis an die Ostsee.

Und von Osten kamen die Sowjets – sie eroberten Berlin und rückten weiter nach Westen vor. Alle Bewohner der Kleinstädte und stillen Dörfer der Prignitz wurden von einer Unruhe erfaßt, die sich zwischen Hoffen und Bangen bewegte. Viele Flüchtlinge zogen gleich weiter. Und auch Einheimische machten sich auf den Weg nach Westen, denn niemand von ihnen wollte bei den Russen bleiben.

* * *

Während die meisten (bereits) Heimatlosen nach Westen flohen, zogen vier alte Männer des Dorfes – unter ihnen der Parteigenosse Neuling – im »letzten Aufgebot Deutschlands« in einer Volkssturmkompanie dem Feind entgegen. Sie kamen gerade noch bis Berlin, als die Falle zuschnappte.

Beim »letzten Gefecht« war der Volkssturmzugführer Neuling in russische Gefangenschaft geraten. Seine weiße Armbinde mit der Aufschrift: »Deutsche Wehrmacht« hatte er vorsorglich weggeworfen. Obwohl er Zivilzeug trug und immer wieder beteuerte: »Ich nix Soldat!«, wurde er von den Rotarmisten »gefilzt« und zum Haufen der gefangenen deutschen Soldaten gejagt, die dann unter strenger Bewachung in eine Marschkolonne, einem langen Elendszug, über das Sammellager Rüdersdorf und dann weiter nach Osten abtransportiert worden waren. Neuling kam aber nur bis Frankfurt an der Oder, wo er an Typhus verstarb. Das berichtete zwei Jahre später ein Heimkehrer, der mit Neuling zusammengewesen war.

Das Ende des Zweiten Weltkrieges

Nachdem die Russen Ende April Berlin erobert hatten, drangen sie weiter nach Westen vor. Am 1. Mai 1945 besetzten Verbände der Roten Armee Neuruppin. Einen Tag später fielen die ersten Dörfer der Prignitz kampflos in ihre Hand. Vor ihnen her fluteten die Reste der deutschen Verbände nach Westen in die Gefangenschaft bei den Westalliierten. Die Reichsstraße 5 war in jenen Tagen überbelegt: von den Deutschen auf dem Rückzug und von den Russen bei deren Verfolgung, bei ihrem Vormarsch nach Westen.

Je näher die Russen kamen, desto mehr griffen Mutlosigkeit und Verzweiflung um sich. Nur die notwendigsten Arbeiten wurden verrichtet. Jedermann war in Sorge um die Zukunft – auch die französischen Kriegsgefangenen, denn die Russen waren auch für sie »unbeschriebene Blätter«. Zuviel Schlechtes hatten die Flüchtlinge aus dem Osten von ihnen erzählt, mit ihnen erlebt.

Die Unruhe unter den Franzosen erreichte den Höhepunkt, als bekannt wurde, daß die Russen Berlin erobert hatten. Danach standen sie immer häufiger beisammen und beratschlagten. Der deutsche Wachmann griff überhaupt nicht mehr ein; sie wollten ihn schützen und mitnehmen, wenn sie fortgehen sollten. Schließlich faßten sie den Entschluß, zur Elbe zu gehen, zu den Amerikanern, auf deren Hilfe sie rechneten. Auch Jean und Juno bereiteten ihren Abgang vor und bastelten aus guten Getreidesäcken Rucksäcke.

Einen Tag später wollten die französischen Kriegsgefangenen fort. Anna gab ihren zwei Franzosen reichlich Wegzehrung mit. Juno hatte seinen Rucksack schnell gepackt. Er verabschiedete sich ebenso schnell von Marie und Anna Born und ging zum Sammelplatz an der Kirche.

Jean schien es nicht so eilig zu haben. Oder war es Entschlußlosigkeit zu gehen, wegzugehen von Anna Born? Er packte seine

Sachen in den Rucksack – ein und wieder aus –, weil es ihm immer noch nicht zweckmäßig schien. Schließlich packte er die Wäschestücke so, daß sie an seinem Rücken lagen und der Rucksack nicht drückten konnte.

Als Jean langsam den Rucksack zuschnürte, kamen die ersten russischen Soldaten – zwei junge, stämmige Burschen – vom Garten her über den Hof. Anna und Jean erschraken sehr. Jean ging in den Hausflur und schnürte den Rucksack richtig zu.

Die Rotarmisten kamen in die Küche und trafen da auf Marie und Anna Born und auf die Kinder. Die Russen radebrechten und versuchten mit Zeichensprache deutlich zu machen, was sie wollten. Anna verstand ihre Worte, weil sie Polnisch konnte, aber sie sagte nichts und ging schnell in den Flur, um Jean noch einmal zu sehen – von ihm Abschied zu nehmen.

Sie hatte richtig vermutet: Er stand noch unschlüssig im Hausflur – und Anna sagte: »Jean, du mußt gehen – mach, daß du fortkommst – zu deinen Kameraden!« Anna streckte ihm die Hände entgegen, und voll innerer Erregung sprach sie: »Auf Wiedersehen, Jean – hab Dank für alles, für alles – komm gut nach Hause!«

Jean stand wie angewurzelt – er schaute Anna traurig an ... Und auch ihre Augen liebkosten ihn – so hatte sie ihn noch nie angeschaut – den großen stattlichen Mann in der französischen Soldatenuniform. Und als es in der Küche lauter wurde, erwachte er aus seinen Träumen – riß Anna spontan an sich und küßte sie – küßte sie das erste Mal. Jetzt konnte er offen zeigen, was er immer für Anna empfand, daß er sie liebgewonnen hatte, daß er sie liebte. Auch sie ließ ihren Gefühlen freien Lauf – erwiderte seine Küsse – fühlte sich in seinen Armen geborgen ... Sie liebkosten und drückten sich so, als wollten sie Jahre nachholen, Jahre ihres Lebens, die sie versäumt hatten. Als es dann in der Küche laut polterte, gab er sie voller Freude und Traurigkeit frei. Und als die Russen den Hausflur betraten, sagte er: »Anna, ich schreibe bald!« Das erste Mal hatte er sie mit ihrem Vornamen angeredet – und sie sah ihm nach, bis er durch ihre Tränenschleier verschwand wie im Nebel. Dann mußte sie sich mit den Rotarmisten beschäftigen.

In vielen Häusern des Dorfes gab es ähnliche Abschiedsszenen. Die verfeindeten Staatsmänner hatten ihre Völker in den Krieg hineingezogen und versucht, diesen Wahnsinn vor ihren Völkern mit Haßgesängen gegen die anderen zu rechtfertigen. Doch sie erreichten bei ihren Untertanen das Gegenteil: Die »kleinen Leute« waren sich nähergekommen, hatten voneinander gelernt – sich schätzen und lieben gelernt – und sie gingen nicht als Feinde, sondern als Freunde auseinander.

Die russischen Soldaten suchten Quartiere für ihre nachfolgende Einheit. Aus dem Gespräch mit ihnen erfuhr Anna, daß ihre Hauptkräfte auf der großen Chaussee nach Nordwesten zogen. Sie konnte den Wunsch der Soldaten, auch Borns Haus als Quartier zu belegen, mit dem Hinweis verhindern, daß ihr Haus schon mit Flüchtlingen voll sei. Als sie die Russen abgewimmelt hatte, lief sie auf die Straße, weil sie glaubte, Jean noch einmal nachzuwinken, aber sie sah ihn nicht mehr. Die französischen Kriegsgefangenen waren mit einem Lastwagen weggefahren. Am Sammelplatz bei der Kirche standen nur noch Kinder und Frauen – manche von ihnen hatten Tränen in den Augen.

Gegen Abend kam eine kleine russische Nachschubeinheit ins Dorf. Der schlechte Ruf, der den russischen Soldaten vorauseilte, bestätigte sich nicht – nicht bei den älteren Soldaten, die im Dorf Quartier nahmen.

Natürlich mußten die Dorfbewohner Unannehmlichkeiten hinnehmen, als Recht der Sieger. Man hörte auch, daß Mädchen und Frauen Gewalt angetan wurde. Aber die meisten Unteroffiziere und höheren Chargen hielten ihre Soldaten in Zucht und Ordnung. Anna konnte aufgrund ihrer polnischen Sprachkenntnisse Belastungen von ihrem Hof und seinen Menschen abwenden.

Bald hatte ein russischer Ortskommandant das Sagen. Männer und Frauen des Dorfes wurden zu vielen Arbeiten herangezogen: Zum Ausbessern der Wege, zum Kartoffelschälen, zum Waschen der Soldatenwäsche. Und zur Ernährung der Roten Armee mußten die Bauern Getreide, Lebensmittel und Schlachtvieh abgeben.

Alle Verantwortung für den Hof hatte nun wieder Anna allein zu tragen. Sie machte sich Sorgen um die Zukunft, insbesondere um ihren Mann, der – wie ihr die Russen sagten – erst mit allen deutschen Männern Rußland wieder aufbauen müßte, ehe er nach Hause käme. Dann dachte sie oft an Jean, an seine uneigennützige Hilfe – und immer wieder zogen die Jahre mit ihm an ihr vorüber. Unwillkürlich zog sie Vergleiche, wobei ihr angetrauter Mann schlechter abschnitt. Sie wehrte sich dagegen – aber immer wieder war ihr letzter Gedanke: Jean! Und wiederholt zweifelte sie an sich selbst, und sie mußte sich fragen, ob sie Willi Born aus echter Liebe geheiratet hatte. Ob nicht doch Besitz, Persönlichkeit und Ansehen in der Gesellschaft den Ausschlag zur Heirat gegeben hatten! Sie wußte, daß Jean als einziger Sohn den Bauernhof seiner Eltern übernehmen würde. Daraus entstanden Gedanken, die sie vergeblich zu verdrängen suchte, die immer mehr Gestalt annahmen. Sie erinnerte sich: Wenn sie ihre kleine Tochter Marga sonntags angezogen hatte, ging sie zu Jean und stellte sich bei ihm vor. Jean verstand es, mit der Kleinen umzugehen – sie hatten sich gegenseitig ins Herz geschlossen. Wenn Marga ihm ein neues Kleid vorstellte, das Mutti genäht hatte, hatte er meistens an der Machart etwas auszusetzen: daß die Taille zu hoch angesetzt ist, daß hier und da noch eine Rüsche oder eine Schleife fehlte. Anna Born wurde von ihren Gefühlen hin- und hergerissen, und manches Mal sah sie sich mit ihren Kindern in Südfrankreich – bei Jean.

Briefwechsel

Drei Wochen lang war es im Dorf etwas unruhig. Kleinere Einheiten der Roten Armee kamen, nahmen für zwei, drei Tage Quartier und gingen wieder. Mehrmals waren es bespannte Nachschubkolonnen mit den kleinen Pferden, die zäh und anspruchslos waren. Als die letzten wegfuhren, blieben ein Leutnant als Ortskommandant und ein paar Soldaten zurück, die in der Schule die Ortskommandantur errichteten. Vier Wochen lang wurde das »öffentliche Leben« von der Ortskommandantur beeinflußt und überwacht, daß die Anordnungen und Befehle der Besatzungsmacht durchgeführt wurden. Danach wurde die Ortskommandantur abgezogen und deren Aufgaben von einer größeren Kommandantur übernommen, die in der Kreisstadt errichtet wurde. Die Kreiskommandantur und neue deutsche Verwaltungen beeinflußten, ja bestimmten das Leben der Deutschen. Die Anordnungen und »Befehle« der neuen Verwaltungen bestanden meistens aus Verboten und strikten Forderungen: für die Bauern Abgabe von Getreide, Eiern, Milch und Schlachtvieh. Manche Forderungen waren hart und schwer zu erfüllen, doch das Geforderte wurde für die Versorgung der russischen Truppen und dann auch für die deutsche Bevölkerung gebraucht. Manche Bauern wurden wegen »Sabotage« eingesperrt, wenn sie den Forderungen nicht nachkommen konnten oder nicht nachkommen wollten.

Einen Monat nach Kriegsende nahm die Post wieder ihre Arbeit auf. Wenig später kam auch der Auslandsverkehr wieder in Gang. Mit den ersten Postsäcken aus Frankreich traf auch ein Brief von Jean bei Borns ein.

Als der Postbote den Brief an Anna mit der Bemerkung: »Aus Frankreich!« übergab, war sie zunächst überrascht – doch dann öffnete sie voller Freude den Brief und überflog die in holprigem Deutsch geschriebenen Zeilen einmal, zweimal, dreimal. Als sie dann Jeans Brief Oma Born und den Kindern vorlesen mußte, hingen deren Augen an Annas Lippen, um ja alles mitzukriegen, und ab und zu kommentierten diese die Sätze mit freudigen Bemerkungen. Bald war im Dorfe »Ortsgespräch«: »Borns haben von ihrem Franzosen Post aus Frankreich bekommen!« Anna war ein wenig stolz auf den Brief, weil er auch ausdrückte, daß sie ihre Leute gut behandelte, daß sie gut und verständnisvoll zusammengearbeitet hatten.

Jean schrieb, daß er mit allen seinen Sachen gut nach Hause gekommen sei. Daß viele seiner Kameraden Schwierigkeiten mit den Russen und dann mit Amerikanern und Briten gehabt hätten. Von seiner Familie berichtete er, daß er seine betagte Mutter nach fast fünf Jahren der Trennung endlich wieder in die Arme schließen konnte und die Freude überschwenglich war. Sein Vater war 1943 gestorben, und seine ältere Schwester war kurz vor seiner Heimkehr verstorben. Anna beantwortete umgehend Jeans Brief, und so kam es zu einem ständigen Briefwechsel zwischen Deutschland und Frankreich.

Im nächsten Brief zog Jean Vergleiche zwischen Borns Bauernhof und seinem Hof, der ihm jetzt als Erbteil zugefallen war. Er schrieb, daß bei ihm alles heruntergewirtschaftet sei und daß er mit Ochsen ackern müßte. Zu sehr fehlten ihm Borns flotte Pferde und das alte Arbeitsteam – mit »altes Arbeitsteam« meinte er sicherlich die Zusammenarbeit mit Anna. Für Jean war das eine Umstellung, ein Rückschritt, mit dem er sich schwer abfinden konnte.

Sechs Wochen später kam wieder ein Brief von Jean, in dem er den Tod seiner Mutter beklagte. Er war sehr traurig. Sie hing sehr an ihm, ihrem jüngsten Kind. Kurz vor ihrem Tode habe sie noch eine Frau für ihn ausgesucht, sie wollte auch noch die Hochzeit ihres Sohnes erleben, doch das Schicksal sei dazwischengetreten. Mit diesem Brief war zu erkennen, daß sich Jean behutsam von Anna lösen wollte. Zwischen den Zeilen war auch zu lesen, daß sich Jean noch nicht mit einer Heirat abfinden wollte, zumal ihm die Frau von der Mutter »zugewiesen« war. Dachte er noch zu sehr an Anna?

Kurze Zeit später kam wieder ein Brief von Jean, aus dessen Zeilen – vielmehr zwischen den Zeilen – Traurigkeit herauszulesen war. Jean teilte mit, daß er demnächst heiraten und daß er nicht mehr so oft schreiben werde. Er begründete das mit »viel Arbeit«, aber Anna konnte sich denken, daß er notgedrungen heiraten mußte, weil er seinen Hof mit Feldern und Weinbergen allein nicht besorgen, nicht bearbeiten konnte. Es seien ja auch nicht so viele Maschinen und so gute Arbeitsgeräte vorhanden wie auf den Höfen in Deutschland. Für Anna war alles ein »Wink mit dem Zaunpfahl«. Sicherlich steckte seine Braut dahinter. Vielleicht war sie eifersüchtig.

Dieser Brief machte Anna sehr traurig, doch sie ließ sich nichts anmerken. Tagelang verrichtete sie ihre Arbeit wie im Traum. Und wenn sie allein war, wischte sie heimliche Tränen aus ihren Augen. Ihre (verbotene) Liebe, ihre Träume an Jeans Seite – umgaben sie nun wie grauer Nebel. Doch nach einigen Tagen wurde der Nebel vom Sonnenschein verdrängt – und sie sah nur noch strahlende Kinder – und ihren Mann, auf den sie nun sehnsüchtig wartete. Als dann ein Brief von Frankreich mit einer Vermählungsanzeige kam, hatte Anna ihren Schmerz überwunden.

Willi Borns Heimkehr

Am 8. September 1945 kam Willi Born aus russischer Kriegsgefangenschaft nach Hause, zwei Tage vor seinem zehnten Hochzeitstag mit Anna. Die Freude war groß. Ansonsten entließen die Russen die deutschen Gefangenen nicht so schnell, weil sie diese zum Wiederaufbau ihres Landes brauchten. Viele mußten noch zehn lange Jahre in Rußland arbeiten.

Willi Born hatte im Gefangenenlager die Ruhr bekommen. Als er bis zum Skelett abgemagert und nicht mehr arbeitsfähig war, wurde er entlassen. Zu Hause angekommen, wog er 74 Pfund und konnte sich knapp auf den Beinen halten. Zerlumpt und in Holzschuhen war er ein Bild des Jammers.

Anna und die Kinder bemühten sich sehr um ihn, pflegten und verwöhnten ihn wie ein junges, wertvolles Fohlen. Es dauerte einige Wochen, bis Magen und Därme die Speisen normal aufnahmen und der Durchfall vorbei war. Da endlich regten sich die Lebensgeister: Willi Borns Körpergewicht nahm zu, und er gewann merklich an Kraft und Stärke.

Bei all der Sorge um ihren Mann war Jeans letzter Brief in Vergessenheit geraten. Ehe Anna ihn beantwortet hatte, kam ein weiterer Brief von Jean, in dem er anfragte, ob bei Borns etwas passiert sei. Jetzt schrieb Anna gleich und teilte ihm die Heimkehr ihres Mannes mit. Sie entschuldigte ihr Schweigen damit, daß ihr Mann sehr abgemagert und krank nach Hause gekommen sei und sie ihn erst pflegen und aufpäppeln müßte. Das war Annas letzter Brief.

Jean schrieb noch mehrere Briefe. Anna beantwortete diese nicht, weil ihr die viele Arbeit und die Wirtschaftsführung, die immer noch auf ihr lasteten – keine Zeit zum Schreiben ließen. Langsam schritt die Genesung ihres Mannes voran, und sie bat ihn nun mehrmals, an Jean zu schreiben, aber der sagte nur immer: »Ja, ja!«, und dabei blieb es. Willi Born war kein Briefeschreiber, nicht einmal kurze Kartengrüße wollte er schreiben.

Der Herbst 1945 wurde für Anna besonders schwer, weil sie auf die Hilfe von ihrem selbst noch hilfsbedürftigen Mann nicht zählen konnte: die Kartoffeln, die Rüben, alles mußte vor dem Einsetzen des Winters aus der Erde sein. Dazu kamen die andauernden Treibereien von seiten der Besatzungsmacht zu Arbeiten, die die Bauern sonst in der arbeitsarmen Zeit im Winter verrichteten. Jetzt mußte am Tage die Feldarbeit bewältigt und nachts Getreide gedroschen werden, weil die Besatzungsverwaltung Brot- und Futtergetreide verlangte. Es war ein Von-der-Hand-in-den-Mund-Leben. Nachts mußte deshalb Getreide gedroschen werden, weil der durch magere Braunkohle erzeugte Strom der reparaturbedürftigen Elektrizitätswerke in der Ostzone zu schwach war und nicht ausreichte, um alle Verbraucher zu versorgen. Und da viele Fabriken für die Besatzer produzieren mußten, floß der am Tage erzeugte Strom in diese Produktionsstätten.

Anna Born war oft am Ende ihrer Kraft. Der Gesundheitszustand ihres Mannes verbesserte sich, doch anstatt nun langsam mitzuhelfen, bestimmte er nur: »Anna, mach dies … Anna, mach das …«, bis es aus ihr herausbrach: »Wir hatten es im Kriege sehr schwer, aber es war besser als jetzt, denn da war jeder für den anderen da – es war eine wirkliche, eine hervorragende Zusammenarbeit, ein echtes Zusammenstehen.« Willi Born mußte ihr recht geben, doch er sprach es nicht aus.

In Borns Altenteil wohnten Flüchtlinge aus Ostpreußen, die Anna bei der Arbeit halfen. Als Willi Born wieder da war, nörgelte er viel an den Flüchtlingen herum. Dadurch wurde das Verhältnis zwischen ihnen getrübt und schließlich so schlecht, daß sie Borns überhaupt nicht mehr halfen. So blieben für Anna wieder die hauptsächlichsten Arbeiten. Und immer wieder zog sie den Vergleich zwischen ihrem jetzigen Los und dem der Kriegszeit, als sie auf Jeans und Stachus Hilfe bauen konnte. Der Unterschied war zu groß.

Borns Kinder halfen bei der Arbeit nach Kräften. Sie standen auf seiten der Mutter und machten dem Vater Vorhaltungen, zogen

Vergleiche … Immer wieder mußte Willi von ihnen hören: »Bei Jean war das so … Jean hat das anders gemacht …« Das ärgerte ihn, und nun wurde schon gar nicht an Jean geschrieben.

Unter neuer Obrigkeit

Als der Frühling kam, war Willi Born soweit gesund und in der Lage, daß er die Wirtschaftsführung wieder übernehmen und mit den Pferden arbeiten konnte. Anna fiel nun wieder mehr die Hausarbeit zu. Die Kinder und Oma Born wurden zu Arbeiten herangezogen, die sie verrichten konnten. In der Hauptarbeitszeit halfen eine Nachbarin und Flüchtlinge, so daß Borns mehr schlecht als recht mit der Arbeit fertig wurden.

Das neue Gesellschaftssystem, die neue Regierung, die von der russischen Besatzungsmacht eingesetzt war und deren Anordnungen strikt befolgte, vertrieb als ersten Schritt zur Umgestaltung des Staatssystems rigoros die Gutsbesitzer, die über 100 Hektar Land besaßen, und teilte deren Besitz in kleine Siedlerstellen von 10 Hektar auf. Als die Phase »Junkerland in Bauernhand« abgeschlossen war, begann der Kampf gegen die Großbauern; dazu zählten solche mit über 20 Hektar Grundbesitz. Der Klassenkampf zwischen Großen und Kleinen wurde von den staatstragenden Parteien und Organen künstlich geschürt. »Abschaffung der Ausbeutung des Menschen durch Menschen« wurde zur Maxime erhoben. Danach waren die Großbauern »Ausbeuter«, weil sie Knechte, Mägde und Landarbeiter beschäftigten. Die Großbauern hatten das höchste Ablieferungssoll an Vieh, Getreide und Feldfrüchten zu erbringen, was oft nicht zu schaffen war. Viele Großbauern, die ihr Ablieferungssoll nicht erfüllen konnten, wurden als »Saboteure« eingesperrt.

Staat, Staatspartei sowie die gleichgeschalteten Medien bejubelten die Planwirtschaft in den höchsten Tönen. Die gesamte Volkswirtschaft war verplant. Für die Landwirtschaft wurden schon im Januar/Februar die Pläne erstellt, wurde festgelegt, was die Erzeuger bis Jahresende an die staatlichen Erfassungsstellen abzuliefern hatten, wobei Mißernten – durch ungünstige Witterung – nicht eingeplant waren. Es gab Anbau- und

Ablieferungspläne, Vieh- und Sauenbedeckungspläne – alles war geplant.

Die Bauern konnten sich mit diesem System nicht anfreunden. Auch Borns bereiteten Planwirtschaft und Ablieferungssoll Kopfzerbrechen. Irgendein Landprodukt konnten sie immer nicht zeit- und plangemäß voll erfüllen, an die Erfassungsstellen abliefern. Dann fuhr Willi Born mit dem Fahrrad herum, um fehlende Mengen bei Kleinbauern und Neusiedlern – die weniger abgeben mußten – gegen hohe Preise zuzukaufen. So wurden sie immer ärmer und gaben ihre letzten Geldreserven dafür her.

Borns hatten sich aus kleinsten Anfängen hochgearbeitet und es zu stattlichem Besitz gebracht. Nun schien alles umsonst gewesen zu sein. Sie verstanden etwas von Wirtschaftsführung. Sie waren flexibel, bauten an, was gefragt war, und nun standen in den Anbauplänen auch Sonnenblumen, Topinambur und andere Pflanzen, die sie nicht kannten. Die Bauern wurden so zugrunde gerichtet, reif gemacht für die »kollektive Landwirtschaft« im »ersten Arbeiter- und Bauernstaat« in Deutschland. Noch hetzte man gegen die geächteten »Großbauern«, und danach waren die Mittel- und schließlich die Kleinbauern und Siedler dran. Die meisten Bauern lebten und planten nur noch von einem Tag zum anderen, hofften aber auf eine Veränderung durch die Wiedervereinigung Deutschlands im Sinne der Westmächte. In Westdeutschland kam die freie Marktwirtschaft auf, die für die ostdeutschen Bauern größere Anziehungskraft hatte als ihre staatlich gelenkte und verordnete Planwirtschaft.

Borns versuchten immer ihre Ablieferungsverpflichtungen gegenüber dem Staat, der Deutschen Demokratischen Republik (DDR), zu erfüllen. In diesem Jahr hatten sie eine gute Rapsernte. Nach Erfüllung des Abgabesolls blieben ihnen noch vier Zentner zur freien Verfügung. Die Kartoffelernte im Herbst war jedoch so schlecht, daß das Soll nicht erfüllt werden konnte. Und wieder war Willi Born mit dem Fahrrad unterwegs, um Raps gegen Kartoffeln einzutauschen. Dazu hatte er vom Nachbarn einen Tip bekommen.

Er fuhr in den kleinen Nachbarort, mit dem sein Dorf wenig Berührungspunkte hatte, da er zu einem anderen Landkreis gehörte. Das abgelegene kleine Dorf war früher ein großes Rittergut mit Schloß, großen Stall- und Wirtschaftsgebäuden und kleinen Häusern und Ställen für die Familien der Melker und Landarbeiter. Nachdem die »Herren« und »Krautjunker« fortgejagt waren, wurde das Gut zersiedelt und bestand nun aus 40 kleinen Gehöften. Auf einem Neusiedlerhof traf Willi Born eine Frau an, mit der er einmal die Schulbank gedrückt hatte. Sie hatten sich lange nicht mehr gesehen, und es gab viel zu erzählen.

Elisabeth Jaglitz hatte ihren Mann im Kriege verloren und bei der Zersiedelung des Rittergutes mit ihren 14- und 15jährigen Söhnen eine Siedlerstelle übernommen. Die Jaglitzens waren fleißig, konnten wirtschaften. In diesem Jahr hatten sie auf ihrem Sandboden eine gute Kartoffelernte, und da das Ablieferungssoll der Kleinbauern am untersten Ende der Ablieferungsskala lag, hatten sie Kartoffeln übrig. Elisabeth Jaglitz und Willi Born wurden sich handelseinig im Tausch: Raps gegen Kartoffeln. Raps hatte einen hohen Schwarzmarktwert. Auf selbstgebauten Ölmühlen wurde daraus Rapsöl gepreßt.

Bei selbstgebranntem Schnaps lebten Jugenderinnerungen wieder auf. Der Alkohol löste die Zungen und machte freier. In Elisabeth Jaglitz – seit längerer Zeit Witwe und ohne Mann – regten sich geheimste Wünsche. Sie wußte, daß Willi Born eine Frau und Kinder hatte, doch das hinderte sie nicht, mit ihm zu flirten. Sie goß die Schnapsgläser zum wiederholten Male voll und erhob das Glas: »Prost, Willichen, auf vergangene Zeiten!«

»Prost, Lisbeth!« Willi Born, der schon ein wenig benebelt war, sah sie lächelnd an und fixierte ihre Gestalt. Elisabeth Jaglitz war Ende 30 und in den besten Jahren. Sie war schon ein wenig rundlich – und klein, aber oho. Unter der engen Bluse wölbten sich pralle Brüste.

Elisabeth spürte, was in Willi Born vorging. Und sie schürte das kleine Flämmchen und funkelte ihn mit verführerischen Augen an. Als sie auf ihn zukam und sich auf seinen Schoß setzen wollte, rief jemand von draußen: »Mutter, Mutter …!« Erschreckt ließ sie von Willi Born ab und ging fort. Nach einer Weile kam sie zurück und sagte: »Schade – ich muß draußen helfen … Unser Tausch gilt! Bring morgen die Säcke. Am Freitag kannst du dann die Kartoffeln holen. Komm aber, wenn es dunkel ist, damit die Nachbarn nichts merken!« Sie schob ihn sachte zur Tür hinaus und gab ihm zum Abschied die Hand. Und er sah in ihren Augen ein unheimliches Feuer.

Die Geliebte

Die Abendkühle machte ihn wieder nüchtern. Auf dem Heimweg waren Willi Borns Gedanken noch immer bei Elisabeth Jaglitz. Sie hatte ihm ganz unverhüllt ihr Begehren gezeigt. Dennoch konnte er sich nicht vorstellen, daß sie seine Ehe auseinanderbringen wollte. Und das wollte auch er nicht. Sie suchte offensichtlich nur ein Liebesabenteuer. Und auch er kam von dem Gedanken nicht los, wie schön und aufregend es sein könnte, eine Geliebte zu haben. Er überdachte sein Verhältnis zu seiner Frau, das in sexueller Hinsicht recht eintönig geworden war. Jetzt kamen ihm auch wieder diese Zweifel, ob ihm seine Anna während seiner langen Soldatenzeit immer treu gewesen war – vielleicht um seinen gedanklichen Ehebruch zu rechtfertigen. Dazu ging ihm vieles durch den Kopf, und er glaubte schließlich, einige Anhaltspunkte für ein Verhältnis zwischen seiner Anna und Jean, dem Franzosen, gefunden zu haben. Je mehr er sich in solche Gedanken vertiefte, je weniger Hemmnisse sah er, sich nun aus »Rache« eine Geliebte zu nehmen.

Zu Hause angekommen, überschüttete ihn seine Frau mit Vorwürfen, wo er so lange gewesen sei. Der Bürgermeister sei dagewesen, wegen der fehlenden Kartoffeln. Jetzt konnte Willi Born mit seinem Geschäft – Raps gegen Kartoffeln – aufwarten. Zwei Tage später sollte das Tauschgeschäft abgewickelt werden. Vier Zentner Raps standen auf dem Hausboden gegen 40 Zentner Kartoffeln bereit.

Am nächsten Abend fuhr Willi Born mit leeren Kartoffelsäcken ins Nachbardorf. Jürgen Jaglitz machte ihm auf. Sie begrüßten sich.

»Wo ist Mutter?«

»Ich werde sie rufen!« Der Junge ging, seine Mutter erschien.

Willi Born und Elisabeth Jaglitz begrüßten sich förmlich. »War gar nicht so leicht mit der schweren Last auf dem Fahrrad«, bemerkte er, »und bei der Dämmerung auf dem schmalen Radfahrweg …« Sie nahmen den schweren Sack vom Gepäckträger.

»Ich glaub's dir«, erwiderte Elisabeth Jaglitz. »Nun gleich damit in die Scheune!«

In der Scheune war es schon ziemlich dunkel. »Habt ihr kein Licht?«

Elisabeth gab keine Antwort und half ihm den Sack von den Schultern zu heben. Dann drängte sie sich an ihn und atmete schwer. Und auch ihn überkam verlangende Leidenschaft. Seine Arme umschlossen ihren Körper, und dann küßten sie sich – sie, wie ein Mensch, der hungrig nach Liebe ist – und nicht ein einziges Mal fiel das Wort »Liebe«. Statt dessen drängte sie sich immer fordernder an ihn heran und zitterte am ganzen Körper. Da erfaßte er ihre runden, festen Brüste. – Ihre Hand wanderte an seine reizempfindliche Stelle, und sie stöhnte: »Komm – ich will's …«

»Hier?«

»Dort auf dem Strohhaufen!« Sie schob ihn in eine Ecke der Scheune. Und wieder verschmolzen Arme und Körper ineinander, als wären sie eins.

Und als sie gerade ins Stroh niedersinken wollten, rief Jürgen vom Hause her: »Mutter – Mutter, wo bleibst du nur – der Bürgermeister will dich sprechen!«

Elisabeth Jaglitz war wie vom Blitz getroffen. Sie sprang auf, zog sich die Schlüpfer hoch und schob Willi Born vor sich her: »Geh, gleich über den Hof!« sagte sie leise. Als der sein Fahrrad genommen hatte, öffnete sie ihm die Hoftür und sprach: »Dann bis morgen abend – alles, wie wir's verabredet haben.«

Am nächsten Tag hatten Elisabeth Jaglitz und ihre beiden Söhne viel Arbeit. Sie füllten die Kartoffeln in Säcke, wogen sie ab und stellten sie in zwei Schichten übereinander zum Abholen bereit. Es war abgemacht, daß Borns mit dem Gespann gleich in die Tenne fahren, dort in aller Heimlichkeit die Säcke aufladen und wieder verschwinden sollten. Solche Tauschgeschäfte waren zwar nicht verboten, wurden aber auch nicht gerne von der Obrigkeit gesehen, weil ihre Aufkaufstellen die Überschüsse als »freie Spitzen« aufkaufen wollten.

Willi Borns Gedanken kamen immer wieder auf den gestrigen Abend zurück, und immer stärker wurde in ihm das Verlangen nach dieser Frau. War es die Raffinesse, die sexuelle Ausstrahlung von Elisabeth Jaglitz, die ihn blind machte – blind machte wie einen Rüden nach einer läufigen Hündin? Umständlich brachte er den Seinen bei, daß Sohn Günter mit dem Pferdegespann allein fahren sollte und er mit dem Fahrrad vorausfahren wollte, damit das Tauschgeschäft ohne Schwierigkeiten abgewickelt werden könne. In Wahrheit wollte er ungebundener sein, um mehr Freiheit für Elisabeth Jaglitz zu haben.

Als die Dämmerung hereingebrochen war, fuhr Günter Born mit dem Gespann vom Hof. Auf dem gummibereiften Wagen lagen unter ein paar Bunden Stroh die fünf Zentner Raps. Willi Born schloß das Hoftor und fuhr mit dem Fahrrad voraus.

Am Ziel angekommen, stellte er sein Fahrrad ab und schlich über den Hof – Elisabeth Jaglitz direkt in die Arme.

»Du – du bist schon da!?« stotterte sie erschrocken.

»Komm' ich zu früh?«

»Nein, nein – es ist alles bereit!«

»Wirklich alles? – Ich konnte es nicht erwarten, dich wiederzusehen!«

»Sehen ist gut«, lachte sie verhalten, »zumal wir nicht einmal das Licht auf dem Hof und in der Scheune angemacht haben.«

»Um so besser!« sagte er und drängte sich an sie.

»Laß das jetzt – die Jungen sind in der Scheune. Siehst du nicht, wie sie mit der Taschenlampe herumleuchten?!«

Er trat einen Schritt zurück und flüsterte: »Wann denn?«

»Morgen gehen die Jungen zum Jugendabend – dann wären wir ungestört.«

»Ich will sehen, ob sich das machen läßt«, sagte Willi Born. »Ich muß noch ein Märchen erfinden, das meinen Fortgang rechtfertigt.«

»Ich bin schon ganz verrückt nach dir!« Und als ihr Sohn

Jürgen von der Scheune auf sie zukam, rief sie verhalten: »Herr Born ist schon hier. Gleich wird sein Gespann ran sein. Mach das Hoftor auf!«

Willi Born gab Elisabeth Jaglitz einen Klaps auf den Hintern und sagte: »Schöne Frau, bei dir vergess' ich noch alles ... Ich muß ja meinem Sohn entgegenfahren und ihn einweisen.« Er schwang sich auf sein Fahrrad und radelte davon.

Wenig später traf er mit seinem Sohn zusammen. Er legte das Fahrrad auf den Wagen und nahm Günter die Pferdeleine aus der Hand, denn er kannte sich hier besser aus. Wenig später hielt das Gespann in der Scheune, wo sie bereits von Elisabeth Jaglitz und ihren Söhnen erwartet wurden.

Binnen einer halben Stunde war der Tausch abgewickelt. Willi Born konnte Elisabeth Jaglitz nicht mehr allein sprechen. Als er sich von ihr und ihren Söhnen verabschiedete, sagte er beiläufig: »Es bleibt dabei!« und drückte ihr fest die Hand.

»Ist in Ordnung!« erwiderte sie und wußte Bescheid.

Spät in der Nacht kamen Borns nach Hause, spannten die Pferde aus und brachten sie in den Stall. Der Wagen mit den Kartoffeln blieb über Nacht in der Scheunentenne, und am nächsten Tag wurde die Fuhre gleich zum Bahnhof gebracht. Die staatliche Erfassungsstelle, die die Verladung der für die Großstadt bestimmten Kartoffeln überwachte, bestätigte dem Bauern Willi Born, daß er für dieses Jahr sein Ablieferungssoll für Kartoffeln voll erfüllt hatte.

Willi Born kam mit seinen Gedanken von Elisabeth Jaglitz nicht los. Er spürte, daß ein besonderes Liebesabenteuer auf ihn zukam. Diese Frau hatte eine erotische Ausstrahlung, wie er sie selbst bei seiner Anna in der Brautzeit nicht gespürt hatte – und damals war das Herz dabei. Jetzt überwog die Neugierde auf ein sexuelles Erlebnis, das nach den althergebrachten dörflichen Moralgesetzen schlicht Ehebruch war. Er kämpfte nicht lange mit sich selbst und rechtfertigte seine Absicht damit, daß das ja auch andere taten. Und immer wieder erhob sich in ihm die Frage, ob seine Anna nicht doch mit Jean, dem Franzosen, ein Verhältnis gehabt hatte. Ihm gingen wieder manche Einzelheiten durch den Kopf, doch Beweise waren das nicht. Auf eine diesbezügliche Frage hatte ihm Anna einmal geantwortet: »Jean und ich – ein Liebesverhältnis? – Wie du nur so etwas denken kannst?!« Seitdem wurde darüber nie wieder gesprochen. Aber nun, wo er selbst im Begriff war, Ehebruch zu begehen, kamen diese Zweifel wieder auf, und er wünschte sich, daß auch sie es getan hatte. Aber der Wunsch war der Vater des Gedankens. Beweise gab es nicht.

Willi Born suchte einen Grund, um seiner Frau zu erklären, warum er heute noch einmal fortmüsse. Als Anna in der Küche war, kam er zu ihr herein und sagte beiläufig: »Ich muß heute abend zur Vorstandssitzung unserer Bauerngenossenschaft ins Nachbardorf.«

Daß er seine Frau erst jetzt davon unterrichtete, überraschte sie: »Davon weiß ich ja gar nichts!«

»Dann weißt du es jetzt!« erwiderte er kurz angebunden mit einem unguten Gefühl.

Gleich nach dem Abendessen ging Willi Born und sagte: »Ich gebe den Pferden das letzte Futter und fahre dann gleich los!«

»Komm nicht so spät nach Hause!« gab ihm seine ahnungslose Frau mit auf den Weg.

»Ich weiß nicht, wie lange es dauern wird!« Er ging schnell aus dem Haus, um unangenehmen Fragen auszuweichen.

Sein Fahrrad holperte auf dem Katzenkopfpflaster durch das Waldgebiet. Er hatte kein Licht angemacht, denn er wollte bei einer eventuellen Begegnung mit Bekannten nicht erkannt werden. Als er vom Steindamm in den Sandweg einbog, war ihm leichter, denn diese Wegstrecke wurde von Passanten wenig benutzt. Die alten Kiefern, die den Weg säumten, kamen ihm in der Dunkelheit riesenhaft vor. Dann endlich tauchte das spärlich erleuchtete kleine Dorf in der Spätherbstnacht auf.

Es war bereits 21 Uhr, als er sein Ziel erreicht hatte. Er klopfte an die Haustür. Es blieb still und dunkel. Er klopfte noch einmal etwas stärker –. Die Tür öffnete sich zu einem schmalen Spalt: »Bist du es, Willi?«

»Ja!«

»Komm über den Hof, ich mach' die Holzpforte auf!«

Er schob sein Fahrrad auf den Hof. Sie schloß die Pforte und sagte: »Das Fahrrad kommt in den Stall!«

Als er eben sein Fahrrad dort abgestellt hatte, fiel sie ihm um den Hals und bedeckte seinen Mund mit heißen Küssen: »Ich wußte – daß du kommst!« Und als sie seine Unsicherheit spürte, sagte sie: »Wir sind allein – die Jungen sind auf dem Jugendabend.«

Jetzt zog Willi Born seine Geliebte fest an sich, und sie küßten sich wie Ertrinkende, die nach dem Strohhalm greifen. Er spürte ihre Zunge in seinem Mund – und ließ auch seiner Zunge freien Lauf. So wurde er noch nie geküßt, so leidenschaftlich und mit solchen Zungenspielen. Ganz außer Atem ließen sie voneinander ab, um nach einer kurzen Pause erneut ineinander zu verschmelzen – mit Lippen und Zunge. Er hatte dazugelernt und war außer sich vor Verlangen.

Sie führte ihn an der Hand ins Haus und sprach: »Magst du noch etwas zum Essen?«

»Nein danke, ich habe Abendbrot gegessen!« Er sah sich im Wohnzimmer um. Die Fensterläden waren geschlossen. An den Wänden helle, freundliche Tapeten. Altdeutsche Möbel. Eine hübsche Stehlampe verbreitete in der nett eingerichteten Wohnstube eine gedämpfte, anheimelnde Atmosphäre.

Elisabeth Jaglitz holte zwei Gläser und eine Flasche selbstgekelterten Johannisbeerwein aus der Schrankbar und schenkte ein: »Prost, Willi, mein Schatz – auf unsere Liebe!«

Willi Born ging das Wort »Liebe« wie ein Stromstoß durch seinen Körper. An aufrichtige Liebe dachte er nicht, nur an sexuelle. Sie tranken und sahen sich verlangend an.

»Sind wir wirklich ungestört?« warf er zweifelnd ein.

»Die Jungen kommen nicht so schnell zurück. Und wenn sie da sind, müssen sie klopfen. Wir haben nur noch einen Haustürschlüssel. Und auch dann kommen sie hier nicht herein – sie haben oben ihre Zimmer.«

Als Willi Born darauf nichts sagte – er war mit den Gedanken schon ganz woanders –, erhob sie abermals das Glas – und verharrte dann in der Bewegung: »Oder kann ich dir sonst noch was anbieten? – Zigaretten, Kekse – lieber einen Schnaps?«

Jetzt stand Willi Born abrupt auf, trat auf sie zu, nahm sie erneut in die Arme und sagte: »Ich möchte nichts weiter – ich will nur dich ganz!«

»Du sollst nicht mehr warten.« Sie ging ins Schlafzimmer, knipste die Nachttischlampe an und kam zurück: »Erst austrinken!«

Sie tranken die Gläser in einem Zuge leer. Elisabeth Jaglitz löschte die Stehlampe im Wohnzimmer, zog ihn hinter sich her ins Schlafzimmer und schloß die Tür ab.

Wieder lagen sie sich in den Armen und küßten sich –. Als sie endlich von ihm loskam, begann sie, sich ganz langsam auszukleiden – Stück für Stück. Er starrte sie an – zog sich hastig aus, und beide waren völlig nackt.

Sie fielen sich abermals in die Arme. Die Berührung ihrer warmen Haut aneinander versetzte Willi Born in eine nie erlebte Erregung. Er wollte in sie eindringen, doch sie entwand sich ihm wie eine Schlange. Liebeserfahren und raffiniert, wollte sie seine Erregung noch steigern und wich ihm immer wieder mit grazilen Bewegungen aus – tobten sie durch das Schlafzimmer. Endlich erwischte er sie und warf sie auf das Bett. Jetzt gab sie sich geschlagen – sie öffnete ihre Schenkel, und sie flossen in einem Liebesakt ineinander, wie ihn Willi Born noch nie erlebt hatte. Diese Frau war ein Teufelsweib. Lange Zeit ohne Mann, schien sie alle Liebesentbehrungen nachholen zu wollen. Als beide den Höhepunkt erreicht hatten, lagen sie sich eine kurze Zeit abgeschlafft in den Armen, um sich dann erneut zu liebkosen.

Es war schon spät. Willi Born dachte an den Aufbruch. Wie sollte er seiner Anna sein spätes Heimkommen erklären? Aber Elisabeth Jaglitz dachte noch nicht daran, ihn freizugeben.

Sie suchte seinen Mund und küßte ihn ganz sacht. Ihre Lippen spielten mit den seinen. Dabei wanderten ihre Hände über die erogenen Zonen seines Körpers und massierten eine ganz bestimmte Stelle. Er keuchte voller Erregung, und sie wurden abermals eins – dieses Mal mit größerer Ausdauer und vielen Varianten. Gerade als sie erschöpft voneinander abließen, klopfte es ans Fenster. Elisabeth zischte: »Die Jungen sind da, verhalte dich ruhig.« Er zog die Bettdecke über den Kopf. Sie schlüpfte in den Morgenrock und ließ die Jungen ins Haus. Nach zehn Minuten war sie wieder da und legte sich zu ihm ins Bett, als sei nichts gewesen.

Willi Born trieb die Unruhe. Er wollte gehen: »Du kannst jetzt noch nicht fort«, sagte Elisabeth Jaglitz, »nicht ehe die Jungen schlafen.« Sie horchten nach oben. – Von dort war bald kein Geräusch mehr zu hören.

Jetzt wollte Willi Born aufbrechen – ihn plagte das Gewissen. Und auch zwei stürmische, ausgiebige Liebesakte hatten an seinen Kräften gezehrt, so daß er für einen dritten keine Lust mehr verspürte.

Aber Elisabeth hatte noch nicht genug. Wieder versuchte sie, ihn mit Massagen und Zungenküssen hochzubringen. Als das keine Wirkung zeigte, warf sie die Bettdecke ab, beugte sich über ihn und nahm sein Geschlecht in den Mund. Auch das war für Willi Born etwas Neues; nie hätte das seine Anna gemacht. Er spürte ihre Lippen, ihre Zunge an jener Stelle, die besonders reizempfindlich war – und es dauerte auch nicht lange, da spürte sie wieder ein vollentwickeltes Glied. Blitzschnell kam sie über ihn und ritt, daß ihm Hören und Sehen verging. Dieses Mal dauerte es bei ihm lange, bis er zum Höhepunkt kam. Sie aber kostete weidlich alle Varianten einer solchen Stellung aus: Zweimal kam sie zum Höhepunkt. Dann gab sie ihn frei. Von dieser Nacht an war Willi Born ihr verfallen. Als er sich anzog, sagte sie: »Es war schön mit dir. Du kannst immer wieder kommen.« Sie begleitete ihn vom Hof und küßte ihn noch einmal flüchtig – wie nach einem abgehandelten Geschäft.

Auf dem Heimweg überlegte Willi Born, wie er sein spätes Heimkommen zu Hause erklären sollte.

Seine Anna empfing ihn im Halbschlaf. Er mimte den treuen

Gatten, der etwas zuviel getrunken hatte, und fiel bald in den Schlaf. Aber er konnte nicht schlafen: Immer wieder zog das Liebesabenteuer mit dem Teufelsweib Elisabeth an ihm vorüber. Und schon am nächsten Morgen waren seine ersten Gedanken wieder bei ihr.

Fortan trafen sie sich zwei-, dreimal im Monat, ohne daß es jemand bemerkte. Anna Born war ahnungslos, und Lisbeth Jaglitz verstand es, ihr Verhältnis mit Willi Born vor den Leuten und ihren Jungen zu verbergen. Aber je öfter sie zusammen waren, um so mehr war ihre sexuelle Neugier gestillt, wurde »die schönste Sache der Welt« zur Routine. Willi Born wollte mehrmals sein Verhältnis mit Elisabeth Jaglitz lösen, doch er kam von dieser Frau nicht los. So ging es zwei Jahre lang.

Flucht in den Westen

In der Deutschen Demokratischen Republik wurden die wirtschaftlichen Verhältnisse der Bauern immer schlechter. Die vom Staat geforderten Landprodukte konnten auch Borns nicht mehr aufbringen. Aus den Nachbardörfern waren schon Bauern über Westberlin in den Westen geflohen – hatten Haus und Hof verlassen. Auch Willi und Anna Born sprachen darüber und überdachten alle Möglichkeiten, die mit einer Flucht in den Westen und einer neuen Existenzgründung verbunden waren. Dazu kamen Gerüchte, daß die DDR um Westberlin eine Mauer errichten wolle; damit wäre dann eine Flucht mit der ganzen Familie aussichtslos. Noch war Westberlin zu erreichen. Die S-Bahn fuhr noch durch ganz Berlin. An den Grenzstationen (z.B. Friedrichstraße) waren zwar scharfe Polizeikontrollen, aber mit etwas Glück und einer Einstellung auf die Kontrollgewohnheiten der Volkspolizisten kam man durch. Man durfte nur nichts bei sich haben, was auf eine Flucht schließen ließ (wie Konfektion, Federbetten usw.), oder durfte nicht mit der ganzen Familie nach Berlin fahren. Die Flucht von einem Deutschland ins andere war voller Erschwernisse und Gefahren. Wurde man gefaßt, drohte Gefängnis wegen Republikflucht oder wegen Beihilfe dazu. Wenn nur der Verdacht einer Flucht vorlag, wurden den Verdächtigen die Personalausweise weggenommen, und ohne diese kam man nicht durch die Polizeikontrollen nach Berlin hinein. Das Durchringen zu dem Entschluß, zu flüchten, war das Schlimmste. Alles, was man sich mühevoll geschaffen oder aufgebaut hatte, plötzlich aufzugeben und mit dem Nichts wieder anzufangen, war schwer und kostete viele Tränen.

Die Bauern standen jetzt oft zusammen, und jede neue Nachricht von der Flucht eines Berufskollegen erschreckte sie.

Anna hatte Verbindung mit Westberlin gesucht und erfahren, daß ihre Freundin vom Straflager Wismar, Lisa Schulze, noch am

Ende des Krieges bei einem Luftangriff durch Bombensplitter ums Leben gekommen war. Und ihre Freundin Ellen Müller, die Frau des Feldwebels ihres Mannes aus der Soldatenzeit, war geschieden und lebte mit ihren beiden Söhnen in Westberlin. Als die Verbindung mit Ellen Müller wieder zustande gekommen war, wollte Frau Müller Borns bei einer Flucht weiterhelfen, soweit das von Westberlin aus möglich war.

Nachdem Borns erste Überlegungen und Möglichkeiten über eine Flucht in den Westen angestellt hatten, hörte Anna von einer Freundin, daß die Leute im Dorfe tuschelten: Ihr Mann Willi habe mit Elisabeth Jaglitz aus dem Nachbardorf ein Liebesverhältnis. Anna Born war geschockt und voller Zweifel. Doch je mehr sie darüber nachdachte, um so klarer schien es ihr, daß an dem Gerücht etwas wahr sei: Sie konnte sich nun manche Veränderungen im Verhalten ihres Mannes erklären. Sie dachte an die vielen Abende, die sie mit ihren Kinder allein gewesen war, wo ihr Mann angeblich auf Vorstandssitzungen war. Erst kürzlich hatte ihr Willi eine »wichtige Sitzung« vom Bauernverband. Darauf eingehend, fragte sie einen anderen Bauern vom Vorstand nach dieser Sitzung. Als der Befragte erklärte, daß die letzte Vorstandssitzung vor drei Monaten war, konnte Anna sich denken, daß ihr Willi auf einer anderen »Sitzung« gewesen war.

Obwohl Anna Born mit ihrer Schwiegermutter nicht recht harmonierte, verbündete sie sich in diesem Fall mit ihr und erzählte ihr, was die Leute im Dorf über ihren Sohn tuschelten. Marie Born war außer sich.

Nichtsahnend kam Willi Born abends vom Felde nach Hause. Er versorgte die Pferde und brachte – wie immer – die Milch zur Sammelstelle. Anna ließ sich ihm gegenüber nichts anmerken, doch innerlich kochte sie.

Nach getaner Arbeit kam Willi Born in die Küche, um sich zu waschen. Seine Mutter, Marie Born, empfing ihn schweigend, jedoch mit einem durchdringenden Blick. Er ahnte nichts Gutes. Seine Mutter kam auf ihn zu und sagte, jedes Wort betonend: »So also – sieht – ein – Ehebrecher – aus!« Ihre Backenknochen mahlten – und das Donnerwetter schlug auf Willi Born nieder: »Du Schweineigel – das hätte ich nie gedacht, daß du deine Frau, deine Familie mit dieser Schlampe betrügst! Schämst du dich denn gar nicht?! – Das ganze Dorf spricht darüber ..«

»Was – was is'n los – wovon sprichst du?«

»Nun auch noch den Unwissenden, den Unschuldigen spielen!« mischte sich Anna weinend ein. »Vorgestern war gar keine Vorstandssitzung! Du warst bei deinem Liebchen!«

»Das, das ist nicht wahr ...«

»Du brauchst nicht zu lügen, wir wissen alles«, schnitt ihm seine Mutter den Satz ab: »Du dösiges Schwein, hast eine gute Frau im Haus, die auch einmal deinen Hof erhalten hat – der du nun solchen Dank abstattest!«

Es fielen noch viele harte Worte. Schließlich versuchte Willi Born nicht einmal mehr, sich zu verteidigen.

Fortan hing bei Borns der »Haussegen schief«. Dies und die zunehmenden Sorgen um ihre Existenz als freie Bauern machten Anna zur treibenden Kraft für eine Flucht in den Westen. Wohlüberlegt plante sie alles. Willi Born ließ sich treiben, bis Anna ihn überzeugt hatte, daß es noch nicht zu spät sei, im Westen noch einmal ganz von vorn anzufangen.

Ein letztes Mal traf er sich mit Elisabeth Jaglitz. Es wurde ein kurzer, schmerzloser Abschied. Von der Flucht sagte er ihr nichts.

Borns verkauften noch an Vieh und Landprodukten, was sie loswerden konnten, ohne in den Verdacht auf »Republikflucht« zu geraten. In jenen Nächten war auf Borns Hof viel heimliche Betriebsamkeit. Vieh wurde weggetrieben, Wagen mit vollen Säcken weggefahren. Die Leute im Dorf erzählten sich hinter vorgehaltener Hand, daß sich bei mehreren Bauern im Dorfe »was tun« würde.

Die Obrigkeit schritt bei den größeren Bauern nicht ein. Bei einigen Fluchtverdächtigen wollte sie nicht einschreiten, weil ihre Höfe und Ländereien für geplante Kollektivwirtschaften vorgesehen waren. Großtönend verkündete der Staatsratsvorsitzender der DDR 1953 bei einsetzender Massenflucht mitteldeutscher

Bauern: »Laßt die Großbauern laufen. Sie müssen uns ja alles hierlassen!« Aber bald wurde »Republikflucht« zum Problem, weil zu viele Arbeitskräfte weggingen.

Als die Massenflucht einsetzte, waren auch Borns soweit. Willi Born fuhr als erster nach Westberlin und kam nicht mehr zurück. Mit dem Abendzug folgte Anna mit Tochter Marga. Am nächsten Morgen versorgte der 16jährige Sohn Günter das letzte Mal das Vieh. Dann brachte er noch die Milch zur Sammelstelle, schloß Haus- und Hoftüren ab und fuhr mit dem Frühzug nach Westberlin. Maria Born war schon seit Tagen bei ihrer Tochter im Nachbardorf und kam nicht mehr zurück.

In Westberlin trafen sich alle bei Ellen Müller, die mit ihren Jungen in einer Notwohnung lebte. Am nächsten Tag gingen Borns in das Notaufnahmelager Berlin-Marienfelde, wo sie die vielen Formalitäten erledigten. Nach 14 Tagen wurden Borns und weitere Flüchtlinge mit der amerikanischen Fluggesellschaft PAM nach Düsseldorf ausgeflogen. Von dort kam die Flüchtlingsfamilie Willi Born in ein kleines Lager bei Rees am Niederrhein. Die alte Heimat lag hinter ihnen, eine neue suchten sie.

Im »goldenen« Westen

Die Flüchtlingswelle war zu groß, die 1953 von Ost- nach Westdeutschland überschwappte. Das kleine Flüchtlingslager am Niederrhein war überfüllt. Die größeren Räume der Gastwirtschaft waren durch Decken und spanische Wände unterteilt. Ein ungestörtes Familienleben gab es nicht; die Nachbarn hörten mit. Das zerrte an den Nerven. Im Keller wurde gekocht. Jede Familie konnte nach Küchenbenutzungsplan auf den dort installierten Kochplatten ihre Mahlzeiten zubereiten. Wenn man nur für kurze Zeit seine Töpfe und Pfannen unbeaufsichtigt ließ, um vergessene Zutaten von oben zu holen, waren die Frikadellen weg. Alles wurde geklaut.

Willi und Anna Born suchten nach Wegen und Möglichkeiten, so schnell wie möglich den Aufenthalt im Flüchtlingslager zu beenden Sie sahen sich nach Arbeit um; als sie bei einem Handwerksmeister nachfragten, erhielten sie die Antwort: »Arbeit und Wohnung?! Hier ist doch schon alles voll! Warum seid ihr überhaupt abgehauen?« Willi Born versuchte, ihm das zu erklären, doch der verstand es nicht oder wollte es nicht verstehen. Ein andermal nach Arbeit und Wohnung gefragt, sagte eine ältere Dame: »Ihr kommt aus dem Osten? So seht ihr doch gar nicht aus!« Anna wußte die Gedanken der Gesprächspartnerin zu deuten und erwiderte: »Ja, glauben Sie, daß wir aus Ostdeutschland wie Hinterwäldler aussehen müssen und in schlechteren Verhältnissen leben als Sie hier?« Und auf den Dunghaufen vor dem Haus anspielend, fügte sie an: »Bei uns gab es keine Misthaufen gleich beim Wohnhaus, bei uns war mehr Ordnung auf dem Hof!« Borns ließen sich nicht entmutigen und suchten weiter.

Da kam ihnen der Zufall zu Hilfe. Der Bauer Schmitz suchte eine fachlich qualifizierte Familie, die sein Rindvieh besorgen konnte. Josef Schmitz erfuhr vom Bürgermeister, daß sich so eine

Flüchtlingsfamilie in seinem Lager befände. Schmitz setzte sich mit Borns in Verbindung.

Josef Schmitz war Mitte 40 und Junggeselle. Mit seiner älteren, ebenfalls unverheirateten Schwester und ein paar Saisonarbeitern bewirtschaftete er recht und schlecht seinen großen Hof. Mit der Feldarbeit wurde er dank der neuen landwirtschaftlichen Maschinen ganz gut fertig, nur der große Viehbestand wurde zum Problem. Als sein Schweizer aufhörte und wegzog, mußten Schmitz und seine Schwester nun selber 30 Milchkühe und 20 Jungrinder versorgen: füttern, melken, den Stall ausmisten. Neben der Arbeit im Haus und auf dem Acker war das eine zu große Belastung.

Schmitz und die Familie Born saßen im Besucherraum des Lagers beisammen und steckten Forderungen und Wünsche gegenseitig ab. Beim Fachsimpeln bekam Josef Schmitz das Gefühl, das richtige Los in Händen zu haben, und er machte gute Angebote. Der Lohn war zwar geringer als der von Industriearbeitern, doch zusätzliche Landprodukte, die es ermöglichten, ein Schwein und Geflügel zu halten, sowie jeden Tag zwei Liter Milch glichen die Lohnminderung aus. Borns baten um einen Tag Bedenkzeit.

Sie besprachen das Angebot mit den Kindern. Sohn Günter war davon sehr eingenommen. Für Willi und Anna Born war es nicht leicht, nun nach den Anordnungen eines Chefs zu arbeiten, auf ihn hören zu müssen. Der Schritt vom Selbständigen zum Lohnabhängigen bedeutete eine tiefgreifende Umstellung. Doch er bedeutete für sie: kein Lager mehr, gleich Arbeit und Wohnung.

Am nächsten Tag kam Bauer Schmitz wieder. Er fuhr mit der ganzen Familie Born zu seinem Hof, der am Ende des Dorfes lag.

Es war ein großer Bauernhof. Wohnhaus, Scheune und Ställe lagen im Karree. Am Ende des langen Kuhstalls befand sich die Wohnung des Melkers – drei Zimmer und Küche.

Sie fuhren mit dem Auto hinaus: Schmitz zeigte ihnen Felder, Wiesen und Koppeln – alles eingebettet in ebenes niederrheinisches Land. Sie zogen Vergleiche mit der alten Heimat, der Mark

Brandenburg, mit ihren sanften Höhen und großen Kiefernwäldern, die es hier nicht gab. Schmitz lud sie am Ende der Besichtigung zu einer Tasse Kaffee und einem Schnaps ein – und Borns nahmen die Stelle an.

Am nächsten Tag brachten Borns ihre fünf Pappkartons und zwei Koffer mit den Habseligkeiten – die sie von drüben gerettet hatten und die aus einer Kleiderspende im Berlinlager stammten – in die neue Wohnung. Bauer Schmitz half mit einem Lohnvorschuß bei der Beschaffung des nötigsten Hausrats. Von der Kirche bekamen sie Betten und Mobiliar, das andere gespendet hatten.

Am folgenden Morgen wurden Borns von Bauer Schmitz in ihre Arbeit eingewiesen. Sie gingen durch die Ställe. Er zeigte ihnen die Futtervorräte und erklärte die Handhabung und Arbeitsweise der Melkmaschine.

Am dritten Tag besorgten Borns schon selbständig das Vieh. Sie kannten die Arbeit, und trotz veränderten Abläufen ging ihnen alles problemlos von der Hand.

Tochter Margarethe (meistens Marga genannt) hatte schnell eine Freundin gefunden, mit deren Hilfe sie sich bald in Schule und neuer Umgebung einlebte.

So vergingen zwei Jahre – zwei Winter, zwei Sommer voller Arbeit. Da das Rindvieh im Sommer auf der Weide war und der größte Teil der Stallarbeit damit wegfiel, übernahmen Borns noch zehn Morgen Rüben in Pflege: hacken, vereinzeln und sauberhalten. Das brachte zusätzliches Geld.

In der Wohnung wurden nach und nach die alten Möbel durch neue ersetzt, und auch ein Fernsehapparat wurde gekauft. Eigentlich konnten Borns zufrieden sein, doch der Vergleich mit dem, was sie »zu Hause« besessen hatten, stachelte immer wieder ihr Streben an, noch mehr zu erreichen. Sie nahmen Verbindung mit Bekannten und Freunden aus der alten Heimat auf und erfuhren, daß einige bereits mehr erreicht hatten als sie.

Sohn Günter – inzwischen ein junger, kräftiger Mann – quittierte zuerst seinen Dienst beim Bauern Schmitz und ging als

Bauhilfsarbeiter ins Ruhrgebiet, weil er dort mehr verdienen konnte. Ein Jahr später war er bereits Baggerführer in einer Vertrauensstellung. Immer, wenn er seine Eltern besuchte, nahm er praktische Geschenke mit, und auch Schwester Marga bekam ihren Teil. Bei jedem Besuch wurde über die Arbeit und besonders über den Verdienst gesprochen. Sie zogen Vergleiche, wobei die Landarbeiterlöhne viel schlechter abschnitten. Und eines Tages zogen sie ernsthaft in Erwägung, die Arbeitsstelle zu wechseln und in der Stadt ein neues Leben anzufangen. Günter wollte sich nach Arbeit und nach einer Wohnung umsehen.

Das Schicksal meinte es gut mit Borns: Bei der Baufirma, wo Günter arbeitete, wurde die Stelle des Lager- und Platzverwalters frei. Günter Born sprach mit seinem Chef. Sein Vater bekam die Stelle und die Familie die kleine Wohnung am Lagerplatz.

Nach Ablauf der Kündigungsfrist bei Bauer Schmitz zogen Borns in die Stadt an der Ruhr. Der Umzug wurde mit einem Lastkraftwagen der Baufirma durchgeführt. Günter hatte für alles gesorgt. Bald war die kleine Wohnung nett eingerichtet. Tochter Marga, die eigentlich noch drei Monate zur Schule mußte, bekam von der Dorfschule am Niederrhein gleich das Entlassungszeugnis.

Willi Born fand sich schnell in seine neue Tätigkeit hinein. Da er das Traktorfahren beherrschte, konnte er auch problemlos mit Frontlader und Gabelstapler umgehen: Er setzte die Paletten mit Steinen, Tonrohren und anderem Baumaterial auf die LKW und verbuchte die Materialausgabe ordnungsgemäß im Ausgabebuch.

Borns lebten sich schnell in die neue Umgebung ein. Das Leben in der Stadt war zwar unpersönlicher, kälter, – sie vermißten die Geborgenheit in der Gemeinschaft, wie in der alten Heimat –, doch die materiellen Vorteile der Gegenwart überdeckten das, wogen es auf.

Der Lagerplatz lag am Rande der Stadt. Mit Straßenbahn und Bussen waren schnell gute Einkaufscenter zu erreichen.

Marga Born hatte eine Lehrstelle als Köchin bekommen. Das große Lokal, in dem sie arbeitete, lag am Rande der Stadt, am

Ufer der Ruhr, das besonders im Sommer von vielen Ausflüglern besucht wurde. Die Arbeit machte ihr Freude. Die Chefköchin und die Kolleginnen waren mit ihr zufrieden, und bald hatte sie viele Freunde.

Tagsüber war Anna allein im Haus, in der Wohnung. Die Hausarbeit war schnell gemacht, fürs Essen gesorgt, und da sie damit nicht »ausgelastet« war, nahm sie im Krankenhaus eine Stelle als Halbtagskraft an und half jeden Nachmittag in der Krankenhausküche.

Anna war fleißig und zuverlässig. Sie besaß dadurch bald das Vertrauen der Oberschwester: Anna Born brachte fortan den Kranken das Abendessen. Dadurch kam sie mit vielen Menschen zusammen, wurde weltgewandter und blühte richtig auf. Sie war bei den Kranken beliebt, denn immer fand sie tröstende und aufmunternde Worte und hatte manchen Spaß mit ihnen.

In dieser Zeit blühte in der Bundesrepublik Deutschland das Wirtschaftswunder in vielen Farben und Formen. Willi und Günter Born machten ihren Führerschein. Bald darauf besaßen sie ein Auto, einen 600er »Lloyd«, den manche Leute »Leukoplastbomber« nannten. Wenn sie sonntags damit Freunde aus der alten Heimat besuchten, konnte man ihnen Besitzerstolz anmerken. Nach einem Jahr verkauften sie den »Lloyd« und kauften sich einen neuen »Ford 12m«. Damit wurde der erste Urlaub in Österreich fällig.

Die Jahre vergingen wie im Fluge. Tochter Marga hatte ausgelernt und war in ein kleineres Lokal übergewechselt, wo sie, als tüchtige Köchin, bald Chefköchin war. Ab und zu hatte Marga schon einen Freund; es kam aber zu keinen ernsten Beziehungen. Günter Born hatte keine Freundin, und es schien, als würde er ewig ledig bleiben. Er war »mädchenscheu«.

Borns hatten in den acht Jahren in Westdeutschland vieles erreicht, sie waren zufrieden. Oma Born war schon zweimal zu Besuch da, und sie brachte jedesmal Neuigkeiten aus der alten Heimat mit. Selbständige Bauern gab es da nicht mehr; sie waren »freiwillig« gezwungen worden, in »Landwirtschaftlichen

Produktions-Genossenschaften« (LPG) zu arbeiten. Borns bereuten nicht, daß sie geflüchtet waren. Hier im Westen hatten sie in den paar Jahren mehr erreicht, als sie im Osten in ihrem ganzen Leben erreicht hätten. Oma Born erzählte, daß die Leute drüben drei Jahre auf einen Kühlschrank und acht Jahre auf ein Auto warten müßten, und hier konnte man alles sofort haben.

Ein halbes Jahr nach dem Besuch in Westdeutschland starb Marie Born. Kein Angehöriger aus dem Westen kam zur Beerdigung. Willi Born stellte gar keinen Antrag auf eine Einreisegenehmigung. Ihm saß noch zu sehr die Angst im Nacken, daß sie ihn einsperren könnten. Borns hatten zwar weiter nichts »verbrochen«, als von einem Deutschland ins andere überzuwechseln, aber das war »Republikflucht«, die strafbar war.

Jedes Jahr – am letzten Wochenende im August – war Heimattreffen in der Patenstadt am Teutoburger Wald. Dort trafen sich die Heimatfreunde mit Kind und Kegel. Erinnerungen lebten auf. Jeder wußte etwas anderes, oft was ganz »Neues« zu berichten. Einige alte Bauern hatten hier im Westen Pachthöfe übernommen und hatten es durch Fleiß und Sparsamkeit zu beachtlichem Wohlstand gebracht. Andere fielen ins »kalte Wasser«. Unter ersteren war ein »Mercedes« *das* Statussympbol, das nun auch Willi Born beeindruckte. Er entschloß sich, einen Hof zu pachten, um wieder freier Bauer auf (pacht-)eigener Scholle zu werden. Nur so würden ihm die Früchte seiner Arbeit und seines Verdienstes ungeschmälert zufließen.

Wenige Tage nach dem Heimattreffen sprach Willi Born bei den Ämtern vor, die mit der Eingliederung der Flüchtlinge befaßt waren. Ihm wurden einige Höfe genannt, die zur Verpachtung anstanden.

Willi und Anna Born nahmen sich ein paar Tage Urlaub und sahen sich die Höfe an. Aber bald wurde ihnen gewiß, daß gute Höfe nur an Geldleute verpachtet wurden und den Flüchtlingen, die Staatskredite benötigten, nur heruntergewirtschaftete Höfe blieben und solche mit schlechten Produktionsvoraussetzungen.

Nach vielem Suchen fanden sie einen Hof an der Wupper.

Dazu gehörten zwölf Hektar Acker- und Grünland. Die wirtschaftlichen Voraussetzungen waren nicht schlecht, doch die Gebäude um so schlechter, das Wohnhaus nur eine baufällige Ruine.

Willi Born ritt der Teufel. Er war besessen davon, den Hof zu pachten. Alle Einwände seiner Frau wischte er vom Tisch. Sohn Günter wurde von ihm überzeugt und stimmte der Verpachtung zu. Anna hingegen blieb voller Unruhe: »Das schlechte Wohnhaus – Vieh muß gekauft werden – und dann die viele Arbeit ...« Willi und Günter Born setzten sich durch – zerstreuten Annas Bedenken. Dann begannen lange Verhandlungen, mit erforderlichen Gutachten und Anträgen auf den zuständigen Ämtern ... Die staatlichen Kredite wurden bewilligt, der Pachtvertrag unterschrieben – mit einer Laufzeit von 18 langen Jahren.

Im Spätherbst zogen Borns um. Die Männer brachten die Wintersaat in die Erde. Günter arbeitete mit dem Traktor, der auf Kredit gekauft war, und sein Vater verrichtete die Hausarbeit. Marga Born nahm in der Nähe eine neue Stelle als Köchin an. Anna machte die Hausarbeit, nähte und stopfte und wusch mit der neuen Waschmaschine die Wäsche für ihre Familie.

Da sich Borns auch Vieh anschaffen mußten, bauten sie sich über Winter gleich eine »Herdbuch«-Herde von acht Milchkühen auf. Im Frühjahr wurde mit dem neuen Traktor die Feldbestellung schnell bewältigt, viel schneller als früher mit den Pferden in der alten Heimat. Bei der Getreideernte hatten Borns bereits einen neuen Mähdrescher – auf Kredit –, und da der bei ihnen nicht ausgelastet war, mähten sie damit auch bei anderen Bauern Getreide. Solche Lohnarbeiten halfen bei der Finanzierung des Mähdreschers, doch schon nach zwei Jahren fielen an Mähdrescher und Traktor kostspielige Reparaturen an.

Die Ausgaben waren zu hoch. Neben den laufenden Einnahmen aus der Milcherzeugung kam das große Geld nur bei der Getreideernte im Sommer und bei der Kartoffelernte im Herbst. Bald mußten Borns erkennen, daß ihnen weniger Geld blieb als vorher. Günter nahm wieder eine Stelle als Baggerfahrer an und arbeitete nach Feierabend und im Urlaub mit Traktor und Mähdrescher. Anna besorgte das Federvieh; die Einnahmen vom Verkauf der Eier und Schlachthähnchen waren ihr Wirtschaftsgeld. Damit konnte sie nur die notwendigsten Lebensmittel kaufen. Für sich selbst – für ein neues Kleid, neue Schuhe – blieb nichts.

Dann erfuhr Anna von einer Bekannten, daß eine Besteckfabrik Packerinnen und Putzerinnen suchte. Anna stellte sich vor und wurde angenommen. Fortan putzte sie Messer, Gabeln und Löffel und verpackte diese in samtausgeschlagene Kästen. Nun war nur noch Willi Born ein Selbständiger. Die anderen der Familie waren Lohnabhängige, die nur noch nebenbei im Haus und auf dem Acker arbeiteten. Das ging so mehrere Jahre.

Marga Born fand den Mann fürs Leben. Es gab eine kleine, bescheidene Hochzeitsfeier. Ein Jahr danach kam eine Tochter an; und wieder ein Jahr danach kam eine zweite Tochter zur Welt und zwei Jahre darauf der ersehnte Junge. Vater und Mutter Born halfen der jungen Familie, so gut sie konnten, denn der Schwiegersohn verdiente als einfacher Arbeiter nur soviel Geld, wie es für ein bescheidenes Familienleben ausreichte. Und Marga konnte wegen der kleinen Kinder nicht mehr als Köchin arbeiten.

Günter Born dachte als frauenscheuer Junggeselle nicht ans Heiraten. Er war ein guter Baggerfahrer und »standesbewußter« Bauarbeiter, der weder Bier noch Schnaps umstieß. Alle Vorhaltungen seiner Eltern fruchteten nicht. Einmal war er seinen Führerschein wegen »Trunkenheit am Steuer« schon losgeworden, und nun lief das zweite Verfahren.

Traktor und Mähdrescher wurden anfälliger, die Reparaturkosten immer höher. Und an beiden waren noch nicht einmal die Kreditschulden getilgt.

Die deutsche Industrie boomte, hatte Hochkonjunktur. Willi Born nahm eine Halbtagsstelle in einer Besteckfabrik an. Die Arbeit wurde zwar gut bezahlt, aber sie war auch gefährlich: In der Härterei wurde mit giftigen Härtesalzen gearbeitet, und die Hitze war manchmal unerträglich. Die Landwirtschaft wurde nur noch als Nebenerwerb betrieben. Borns wurden immer unzufriedener. Sie wollten den Pachtvertrag lösen, aber der Verpächter ging darauf nicht ein. Und Borns mußten sich weiterhin mit der Landwirtschaft abquälen.

So ist das Leben, so der Tod

Der Bauboom war noch im vollen Gange. Überall entstanden neue Häuser, Fabriken und ganz neue Ortsteile. Günter Borns Baufirma war voll in den Aufbauprozeß eingespannt. Er machte seinen Eltern den Vorschlag, selbst ein kleines Haus zu bauen, aber sie kamen aus ihrem Pachtvertrag nicht vorzeitig heraus und mußten sich weiter auf ihrem Pachthof abquälen. Um so überraschter waren sie, als der Verpächter an sie mit der Bitte herantrat, nun doch den Pachtvertrag vorzeitig zu lösen. Er wollte Borns entgegenkommen, wie er betonte. Er sagte ihnen aber nicht, daß eine neue Firma den größten Teil des Ackerlandes für ihr Industriewerk benötigte, das sie auf dem Gelände errichten wollte, denn jetzt hätten Borns der vorzeitigen Lösung des Pachtvertrages nicht zuzustimmen brauchen, der noch sechs Jahre lief. Borns handelten mit dem Verpächter gute Bedingungen aus, und nach ein paar Tagen war die vorzeitige Lösung des Vertrages auch von behördlicher Seite genehmigt. Im Herbst, nach Aberntung der Felder, erlosch der Vertrag.

Borns rechneten ihren Verdienst zusammen, den sie in den zwölf Jahren der Pachtung erübrigt hatten. Vieh und Maschinen hatten sie schon verkaufen können. Nach Tilgung der Hypotheken blieben unter dem Strich 66.000 DM.

Sie träumten von einem kleinen Häuschen mit einem Garten. Nach vielem Suchen fanden sie eins in der Nähe, das sie für 88.000 DM kauften. Als die Kartoffel- und Rübenernte beendet war, zogen Borns um.

Das neue Domizil war ein 80 Jahre alter Fachwerkbau. Es gab am Haus noch viel zu tun, um es schöner zu gestalten und die Räume nach ihren Vorstellungen einzurichten. Der bevorstehende Winter ließ jedoch keine größeren Umbauten mehr zu.

Zu Silvester luden Borns zwei befreundete Familien aus der alten Heimat ein. Sie hatten sich viel zu erzählen. Willi Borns

Füllhorn der Freude war übervoll, daß er dieses Haus, eine neue Heimat, gefunden hatte, wo er in Ruhe seinen Lebensabend verbringen konnte. Noch zwei, drei Jahre wollten er und seine Anna in der Besteckfabrik arbeiten, dann sollte Schluß sein mit der »Arbeiterei«.

22.000 DM Hypothekenbelastung waren für Willi und Anna Born leicht zu schaffen, zumal auch ihr Sohn, der sein schönes Zimmer im Dachgeschoß hatte, seinen Teil beisteuerte.

Die Silvesterfeier war Willi Borns letztes fröhliches Wiedersehen mit lieben Heimatfreunden. Im April fing er stark zu husten an. Im Mai ging er zu seinem Hausarzt. Der verschrieb ihm Medizin. Als es nicht besser wurde, schickte ihn der Doktor zum Röntgen. – Die Diagnose: Lungenkrebs.

Anna und die Kinder kümmerten sich rührend um ihren Mann und Vater, der mehr und mehr abmagerte. Sie sahen und spürten, daß es mit ihm zu Ende ging. Sie verfluchten die Arbeit in der giftgeschwängerten Luft der Härterei und suchten nach einer Erklärung, weil bei der letzten Routinedurchleuchtung vor sechs Monaten noch nichts festgestellt worden war. Anna war voller Sorgen um ihren Mann und um ihre eigene Zukunft, obwohl ihr Sohn sich für sie und das Haus verbürgte.

Willi Born glaubte – wie jeder Todkranke – an seine Besserung. Im August besuchten ihn die Freunde, mit denen er fröhlich Silvester gefeiert hatte. Sie zeigten es nicht, aber sie waren entsetzt über den schnellen Verfall eines Menschen. Sie sprachen ihm Trost und Mut zu, redeten »von bald wieder gesund werden« und wußten, daß er bald sterben würde.

14 Tage später schlief Willi Born still und friedlich für immer ein. Ein Leben voller Arbeit, voller Pläne und Hoffnungen, voller Höhen und Tiefen war zu Ende.

Anna war sehr gefaßt. Der Tod ihres Mannes kam ja nicht plötzlich, er kam langsam und schleichend: Alle Phasen des Zerfalls hatte sie miterlebt.

Es war eine große Beerdigung. Zahlreiche Arbeitskollegen und Freunde gaben ihm das letzte Geleit. Der Pastor sprach trostreiche Worte: »Von Erde bist du gekommen, zu Erde sollst du wieder werden ...« Schluchzen, Tränen, ein Erdhügel voller Kränze – der Schlußpunkt unter einem Leben.

Anna nahm ihren Jahreslaub. Tochter Margarethe blieb mit den Kindern ein paar Tage bei ihr, besorgte die Formalitäten, beantragte die Witwenrente. Freunde und Nachbarn halfen über die schwersten Tage hinweg.

Das Leben ging weiter – auch für Anna Born. Sie arbeitete wieder in der Besteckfabrik, besorgte abends den Haushalt, versorgte Sohn Günter.

Ihr größter Stolz waren ihre Enkelkinder. Wenn die zu Besuch da waren, war Sonne im Haus. Sie nahm Anteil an ihrer Entwicklung und stellte bei jedem Besuch fest, daß sie größer, klüger und verständiger geworden waren.

In stillen Stunden der Besinnung zog ihr ganzes Leben wieder vorüber: als Landarbeiterkind, als Bauernmagd, als Bauersfrau, als Flüchtling in Westdeutschland. Sie überdachte ihre Ehe mit Willi Born – die Höhen, die Tiefen, die Demütigungen. Und es huschte ein Sonnenstrahl über ihr Antlitz, wenn ihre Gedanken bei Gerhard, dem Pferdeknecht, und Jean, dem Franzosen, verweilten. Dann kamen mitunter Zweifel auf, und sie bedauerte sich selbst, in ihrem Leben etwas versäumt zu haben, was sich einmal herausfordernd angeboten hatte. Ihr Mann hatte ein Verhältnis mit Elisabeth Jaglitz gehabt, ohne daß sie es gemerkt hatte. Das war schon zu lange her, um sich darüber noch aufzuregen. Sie hatte ihm vergeben. Doch könnte sie die Zeit noch einmal zurückdrehen, sie täte es. Jetzt, im letzten Abschnitt ihres Lebens, wurde sie in solchen Stunden von einer Unruhe geschüttelt, die sie sich nicht erklären konnte – und besonders wenn ihre Gedanken bei Jean waren: Sie hatte ihn lieb – geliebt. Zwar war sie durch Kirche und Gesetz an Willi Born gebunden, doch ihr Innerstes, ihre Seele war Zeit ihres Lebens mit Jean verbunden.

Als Anna 54 Jahre alt war, bereitete ihr ein altes Leiden neue, große Schmerzen – die Bandscheiben. Eine Operation brachte Linderung. Mit 55 Jahren ging sie vorzeitig in Rente. Zusammen mit der Witwenrente reichte das Geld gerade zum Leben. Da sie aber sehr sparsam war und ihr Sohn für das Haus aufkam, ging es ihr trotzdem nicht schlecht. Sie schloß sich einem Rentnerkreis an, fand neue Freunde und lebte förmlich auf.

Eine schicksalhafte Begegnung

Annas Hausarzt reichte für sie eine Nachsorgekur ein, die vom Versicherungsträger genehmigt wurde. Im Juni fuhr sie in ein kleines Bad bei Heidelberg. Die neuerbaute Klinik hatte 200 Betten. Die Kurgäste waren in hellen Einzelzimmern untergebracht. Im Keller befanden sich die Behandlungsräume für Massagen und Bäder, in einem Nebentrakt ein Soleschwimmbad. Unterkunft, Verpflegung und Anwendungen waren gut.

Anna Born kam mit mehreren Frauen und Männern, die sich bereits im Zug zusammengefunden hatten, gegen Mittag an. Nach der Aufnahme und Einweisung in ihr Einzelzimmer und dem Mittagessen im großen Speisesaal mußte sie gleich zur Eingangsuntersuchung. Dr. Kerner, ein freundlicher älterer Herr, ging weitgehend auf ihre Wünsche ein und machte entsprechende Eintragungen in die Kuranwendungskarte. Nur mit dem Körpergewicht war er nicht zufrieden und setzte sie auf Reduktionskost. Anna war mit ihren 55 Jahren noch eine schöne Frau, nur ein wenig rundlich, und ihr Gewicht belastete Bandscheiben und Gelenke zusätzlich.

Gleich am ersten Abend kam Anna mit ihrer Zimmernachbarin über den Balkon ins Gespräch. Sie lagen auf »gleicher Wellenlänge« und wurden Freundinnen. Erna Kreutzer kam aus Köln und hatte ein ähnliches Leiden. Sie war mit ihren 42 Jahren schon Witwe. Ihr Mann war durch einen Verkehrsunfall ums Leben gekommen. Sie bekam nur eine kleine Rente und arbeitete halbtags in einem Büro. Mit diesem Geld konnten sie und ihre beiden noch schulpflichtigen Kinder ganz gut auskommen.

Die Kurverwaltung tat viel für die Unterhaltung der Kurgäste. Freude und Frohsinn gehörten zu einer erfolgreichen Kur. Fast jeden Abend war in einem Lokal des Ortes Tanz, jede Woche einmal ein Konzert im Freien oder im Kursaal. Experten hielten Vorträge über interessante Themen. Samstags und sonntags konnten Busfahrten nach Heidelberg – mit Führungen durch das Schloß – oder Schiffsfahrten auf dem Neckar gebucht werden.

Erna Kreutzer war schon eine Woche da, und sie war auch schon mit ihrer Freundin Ella Kunze, wie sie Anna lachend erklärte »durch alle Lokale des Ortes getanzt«, doch einen »Kurschatten« habe sie noch nicht gefunden.

Erna Kreutzer und Ella Kunze nahmen sich Annas an. »Deine Frisur paßt doch gar nicht zu dir, Anna«, sagte am zweiten Abend Erna Kreutzer. »Du bist doch noch gar nicht so alt, wie du dich machst!« Am nächsten Tag ging Anna zum Friseur und kam mit einer netten Hochfrisur zurück, die ihren Schwanenhals besonders zur Geltung brachte und ihr Gesicht schmaler erscheinen ließ.

Am folgenden Tag waren die drei Frauen bereits bis zum Mittagessen mit ihren Kuranwendungen fertig. Nachmittags »schleppten« Erna und Ella ihre neue Freundin Anna mit: in ein Konfektions-Center für Herren- und Damen-Oberbekleidung. Das Großhandelshaus auf der grünen Wiese gab seine Waren auch im Direktverkauf ab. Erna und Ella, zwei Großstädterinnen, stöberten in den Kleiderregalen herum, hielten sich schöne Kleider vor und fragten Anna: »Wie steht es mir?« Erna hatte ein hübsches Kleid gefunden und hielt es sich vor, aber es paßte nicht. »Dir müßte es passen, Anna!« und hielt es der vor.

Anna hielt es sich vor, schaute dabei in den Spiegel und fand Gefallen daran: »Es ist schön, aber auch teuer«, sagte sie.

»Zieh's doch mal an!«

»Ich weiß nicht ...«

»Zieh's an«, sagte Erna Kreutzer, »und wenn's paßt, kauf es. Mach dich schön, denn du gehörst doch noch nicht zum alten Eisen!«

»Was glaubst du, was du dann für Chancen bei den Männern hast!« drängte nun auch Ella Kunze. Sie schoben Anna in eine Umkleidekabine und suchten weiter.

Als Anna wieder zum Vorschein kam, erkannten ihre Freundinnen sie nicht wieder. »Na, was sagte ich, nimm's – es steht dir gut. Die Längsstreifen machen dich viel schlanker«, stellte Erna Kreutzer mit Bewunderung fest, und Ella Kunze sagte schmeichelnd: »Du siehst wie eine Weinkönigin aus!«

Anna betrachtete sich von allen Seiten im Spiegel: Dieses Kleid stand ihr gut, es gefiel ihr, veränderte ihr Persönlichkeitsbild. Sie war in sich selbst verliebt. Ein beglückendes Gefühl kam auf – in ihrem Alter noch schön zu sein, mit einer ansprechenden Figur. Das gab ihr ein Stück Selbstsicherheit und auch ihre frauliche Eitelkeit zurück, denen sie lange keine Beachtung mehr beigemessen hatte. Sie kaufte das Kleid.

Die Frauen suchten noch lange und fanden Kleider, Röcke und Blusen, die ihrem Geschmack entsprachen. Anna kaufte noch einen schicken Hosenanzug und mußte dann feststellen, daß ihr Geld erheblich abgenommen hatte. So war es auch bei den anderen Frauen. Ella Kunze – glücklich verheiratet – schrieb gleich am nächsten Tag an ihren Mann einen »Brandbrief«.

Nach dem Abendessen gingen die drei Frauen im Kurpark spazieren. Es war ein warmer Frühsommerabend. Anna hatte ihren neuen Hosenanzug an.

Um die gleiche Zeit gingen auch Werner Friedrich und Gerhard Lamprecht im Park spazieren. Sie hatten sich ebenso wie die Frauen freundschaftlich zusammengefunden, und obwohl beide verheiratet waren, suchten sie die Gesellschaft zum anderen Geschlecht, denn ein »Kurschatten« gehörte ja zum »guten Ton«.

Die drei Frauen trafen im Kurpark mit den beiden Männern zusammen. Erna Kreutzer hatte Gerhard Lamprecht bereits im Zug bei der Herfahrt flüchtig kennengelernt. Sie scherzten und lachten wie alte Freunde. Werner Friedrich sah Anna Born zum ersten Male und stellte an sie die Frage: »Sie sind wohl neu hier – ich habe Sie noch gar nicht gesehen?«

»Ja!« mischte sich Erna Kreutzer ein. »Sie ist am Dienstag gekommen. Wir führen sie hier ein – sie ist noch ein wenig schüchtern und scheu!«

»So sieht sie mir gar nicht aus«, sagte Werner Friedrich und wandte sich Anna zu: »Da sind Sie ja in eine fröhliche Gruppe geraten. Geben Sie acht, daß Sie nicht unter die Räder kommen – mit denen.«

»Ich werd' auf mich aufpassen!« Anna sah Werner Friedrich das erste Mal ins Gesicht: Dieser Mann mit den hellblitzenden Augen und den lustigen Zügen um die Mundwinkel war ihr auf den ersten Blick sympathisch, und der Schelm blitzte aus ihren Augen, als sie zu ihm sagte: »Ich habe gehört, daß die Männerwelt hier nur aus Kavalieren besteht.«

»Täusch dich nicht, Anna«, warf Ella Kunze ein, »manche sind wie ein Wirbelsturm, der übers Land braust. Ich habe so meine Erfahrungen.«

»Nun versink mal nicht in Sentimentalität«, bemühte sich Erna Kreutzer, das Gespräch in andere Bahnen zu lenken. »Wir sind ja schließlich nicht hier, um Trübsal zu blasen.«

»Das meine ich auch«, sagte Gerhard Lamprecht, »ich schlage vor, wir gehen tanzen.«

»Wo ist heute was los?«

»Im ›Kuhstall‹, nicht weit von hier!«

Gerhard Lamprecht ergriff die Initiative. »Auf denn, in den ›Kuhstall‹!« Er hängte sich plötzlich zwischen Erna und Ella ein und »trabte« mit ihnen im Sturmschritt los.

Werner Friedrich und Anna Born gingen Seite an Seite hinter ihnen her. Er wagte nicht, sich bei ihr einzuhängen. Er suchte nach passenden Worten: »Wie lange sind Sie schon hier?« Kaum hatte er's ausgesprochen, fiel ihm ein, daß das Thema schon abgehakt gewesen war, und er wurde unsicher wie ein Pennäler auf Freiersfüßen.

Sie spürte seine Unsicherheit und kam ihm entgegen: »Am Dienstag bin ich gekommen …«

Wieder verschmolzen ihre Blicke ineinander, und Sonnenstrahlen der Zuneigung spiegelten sich in ihren Antlitzen wider. Er fragte, wo sie herkomme, und bemerkte ihre beiden Eheringe an ihrem Finger. Ihre warme Stimme war ihm wie Balsam. Dann waren sie beim ›Kuhstall‹ angelangt.

In einer Ecke des Tanzlokals fanden sie einen Tisch für fünf

Personen. Werner Friedrich wollte seinen »Einstand« geben und sagte: »Darf ich euch zu einem Glas Wein einladen?«

»Wir bestellen allein«, wehrten die Frauen ab.

»Ihr braucht nicht so zimperlich sein«, mischte sich Gerhard Lamprecht ein, »wenn der Werner euch einlädt, könnt ihr das ruhig annehmen ... Es trifft keinen Armen.«

Der Kellner nahm die Bestellung auf. Als die Getränke da waren, prostete Werner Friedrich allen zu, doch seine Augen verweilten länger in Annas – und beiden wurde ganz warm ums Herz.

Drei junge Musiker machten Musik für ein breites Publikum – moderne und auch althergebrachte Musik. Werner und Gerhard tanzten abwechselnd mit den drei Frauen, Werner Friedrich zuletzt mit Anna Born. Die Musik spielte einen Walzer. Werner führte behutsam, und Anna ging auf ihn ein, als errate sie seine Gedanken. Sie tanzten aneinandergeschmiegt, als wären sie eins – in ihren Herzen entzündete sich ein Flämmchen der Liebe.

Sie plauderten immer unbefangener, vertrauter. Bisher hatte Werner nichts über seine Angehörigen, über eine Familie gesagt. Zu gerne hätte Anna erfahren, ob er verheiratet war, aber sie wagte nicht, ihn danach zu fragen. Sie fürchtete, daß die Antwort ihre Hoffnung zerstören könnte. Er trug keinen Ehering am Finger, aber das war kein schlüssiger Beweis, daß er nicht verheiratet war. Und so blieben ihr Hoffnung und Zweifel gleichermaßen.

Ella Kunze und Gerhard Lamprecht waren verheiratet. Trotzdem flirteten sie heftig miteinander. Sie gaben sich ausgelassen und ließen mitunter derbe Witze los.

Die Musik spielte den letzten Tanz: »Guten Abend, gute Nacht ...« Werner und Anna tanzten wie im Traum – hörten, spürten ihre Herzen schlagen.

Um 22.15 Uhr war allgemeiner Aufbruch, um 22.30 Uhr mußten alle in der Klinik sein, wurde das Haus zugeschlossen. Männer und Frauen eilten im Sturmschritt nach Hause, verabschiedeten sich in der Eingangshalle und gingen in ihre Zimmer.

Zum Zapfenstreich war schlagartig Ruhe im Haus. Werner Friedrich und Anna Born konnten in dieser Nacht keinen Schlaf finden; sie schlummerten erst frühmorgens ein.

Am Samstag waren nur vormittags noch verschiedene Anwendungen. Gegen zwölf Uhr versammelten sich – wie alltäglich – Patienten und Gäste in der großen Eingangshalle und warteten auf das Läuten zum Mittagessen. Männer und Frauen saßen in den Sitzgruppen zwanglos durcheinander und unterhielten sich. Werner kam ziemlich spät. Er suchte Anna; die hatte mit Ella, Erna und anderen Frauen alle Plätze in einer Sitzgruppe besetzt. Dann ertönte auch schon der Gong – zweimal kurz: das Zeichen für die Patienten, die auf Reduktionskost gesetzt waren, die in einem anderen Raum das Essen einnahmen. Da Anna zu ihnen gehörte, wurde ihr Platz für Werner Friedrich frei, der mit den Frauen auch gleich ins Gespräch kam. Auf seine gezielte Frage antwortete Erna Kreutzer: »Ich gehe am Nachmittag mit Anna schwimmen, im Nachbarort soll ein schönes Freibad sein!«

»Und heute abend? – Was habt ihr heute abend vor?«

»Wir haben keinen Plan. Mal sehen, wo uns der Wind hintreibt«, war Erna Kreutzers Antwort auf Werners Frage. Er hatte das Gefühl, daß sie darauf bedacht war, Anna von ihm fernzuhalten, denn es war ihr nicht entgangen, was sich da entwickelte. Fortan hatte er eine Abneigung gegen sie. Als der Gong abermals ertönte, gingen die »Normalköstler« in den großen Speisesaal an ihre Plätze und nahmen das Essen ein.

Werner war schnell mit dem Essen fertig, doch so sehr er sich auch beeilte, er traf Anna nicht mehr; sie war schon auf ihr Zimmer gegangen. Als dann Gerhard Lamprecht kam, erfuhr Werner von ihm, daß er mit Ella Kunze nach Bruchsal fahren wolle, »um das Schloß zu besichtigen«. Und dabei blinzelte er Werner vieldeutig an.

Am Nachmittag fuhr Werner Friedrich allein mit seinem Auto los. Er hatte kein bestimmtes Ziel, ließ sich treiben, sah sich die Gegend an. Der Kraichgau glänzte im Sonnenschein und zeigte sich von seiner schönsten Seite: Werner entdeckte verschwiegene

Plätze inmitten von Rebenfeldern, am Waldesrand und an ausgekiesten Baggerlöchern, die er sich merken wollte.

Nach dem Abendessen schwärmten die Patienten und Kurgäste wie ein Ameisenvolk aus. In die sonst stillen Gassen des kleinen Kurortes kam Leben, das – wie immer – gegen 22 Uhr schlagartig erlosch. Die kleinen Weinschänken profitierten vom warmen Sommer. Am meisten wurde Schorle getrunken, ein Gemisch aus herbem Wein und Mineralwasser.

Werner Friedrich und Gerhard Lamprecht liefen durch den Kurpark und betrachteten die weißen und roten Seerosen im Teich, die gerade ihre Blüten schlossen. Danach aßen sie im Kurcafé ein Früchteeis, und dann gingen sie – wo es viele hinzog – zum ›Kuhstall‹. Anna, Ella und Erna saßen an einem Tisch; die Männer holten Stühle und setzten sich dazu.

Dieser Tanzabend verlief wie der erste. Ella und Gerhard tanzten engumschlungen und himmelten sich mit schmachtenden Blicken an. Werner tanzte abwechselnd mit Anna und Erna, aber bald merkte Erna, daß sie eigentlich gar nicht gefragt war. Sie schützte Migräne vor und wollte nach Hause gehen. »Ich gehe natürlich mit«, sagte Anna, doch ihre Worte hatten einen unechten Klang.

»Bleib nur, du hast ja so nette Gesellschaft«, erwiderte Erna, »ich find schon allein heim.«

Werner sah Anna nur an. In seinen Augen lag ein unbeschreiblicher Ausdruck. Als sie ihm zulächelte, leuchteten seine Augen. Als Erna Kreutzer fort war, tanzten sie jeden Tanz miteinander. Während die Musik eine Pause einlegte, machten Gerhard und Ella ihre Späße. Plötzlich fiel Gerhard was Wichtiges ein: »Obwohl wir uns duzen – wir haben ja noch gar nicht Brüderschaft getrunken!« Er rief den Kellner und bestellte vier Gläser Wein.

Der Ober brachte den Wein, und Gerhard bezahlte. Er erhob das Glas und sprach wie ein Pastor: »So wollen wir denn den feierlichen Akt der Brüderschaft und der Nächstenliebe vollziehen!« Damit war die Feierlichkeit aber schon zu Ende, und

Ella zugewandt sagte er: »Komm, Brüderschaft trinken!« Ella hakte sich lachend an Gerhards Arm. Sie tranken, setzten die Gläser ab und küßten sich. »Nun ihr!« sagte Gerhard.

»Wenn's denn sein muß ...« Werner hob sein Glas Anna entgegen, »oder willst du nicht?«

Anna erhob langsam ihr Glas und sah ihm dabei in die Augen, als wolle sie in seinem Innersten seine Lebensgeschichte lesen. Sie tranken Brüderschaft und küßten sich das erste Mal ... Es war kein flüchtiger Zeremonienkuß, nein, in diesem langen Kuß flossen ihre Seelen ineinander. Von da an wußten sie, spürten sie, daß sie sich liebten.

Nach dem Tanz gingen sie Arm in Arm nach Hause. Und immer wieder blieben sie stehen und küßten sich. Anna empfand keine Scheu mehr; ihr war, als kenne sie Werner schon lange Zeit. Doch dann legte sich wieder das schwere Gewicht auf ihre Seele, und sie fragte Werner voller Hoffen und Bangen: »Bist du verheiratet – hast du eine Familie?«

»Ja, Anna – beides!«

Ein zentnerschwerer Stein fiel auf ihr Herz: »Ich hätt' es mir denken können.« In ihrer Stimme lag ein trauriges Schwingen.

»Ich spüre, daß dich diese Eröffnung schwer trifft, denn du bist nicht so wie viele hier, die flüchtige Abenteuer suchen. Ich bin ja im Grunde auch nicht so. Meinungsverschiedenheiten mit meiner Frau, Schwierigkeiten mit meinem großen Kindern – ich möchte das einmal vergessen. Ich habe eine gute Frau, doch in vielen Dingen harmonieren wir nicht zusammen. Sie ist eine nüchterne Realistin, ich bin ein Romantiker, bei dem die Seele mitschwingt, der sich bei oft langen Wanderungen an der Natur erfreut. Ich mache auch gerne bei fröhlichen Feten und Festen mit. Meine Frau denkt dagegen oft zu kompliziert und ist verkrampft, wenn es um einfachste Dinge geht.« Er sah sie voll an – sie spürte den sanften Druck seiner Hände an ihren Oberarmen: »Obwohl wir erst ein paar Tage zusammen sind, fühlte ich, daß viele meiner Lebensauffassungen eher mit den deinen als mit denen meiner Frau harmonieren – und trotzdem würde ich sie nie verlassen. Die vielen Jahre mit ihr durch dick und dünn kann ich nicht auslöschen.« Seine Rechte strich behutsam über ihr Haar: »Laß uns die Stunden, die Tage, die wir hier zusammen sind, glücklich sein. Aber dann muß es aus sein. Es wäre auch sinnlos, in meinem Alter noch ein neues Leben anzufangen ...« Schweigend gingen sie heim.

Anna konnte die ganze Nacht nicht schlafen. Sie war sehr traurig. Ihre Hoffnungen flogen dahin wie die Schwalben im Herbst. Sollte sie diese Karte spielen oder einfach passen – ihm fortan aus dem Wege gehen? Ihm aus dem Wege gehen, der dabei war, seine Frau zu betrügen? Der Boden schwankte ihr unter den Füßen – zwischen Zuneigung und Abweisung.

Die nächsten Tage ging sie ihm aus dem Wege. Werner versuchte mehrmals, Anna irgendwo zu treffen. Endlich traf er sie allein im Treppenhaus: »Weich mir doch nicht immer aus, Anna«, sagte er vorwurfsvoll, und dann versöhnlich: »Ich will dich nicht drängen – laß dein Herz sprechen. Laß uns die Tage hier glücklich sein. Wenn wir nachher alle Brücken abbrechen, die uns hier verbunden haben, so bleibt uns doch die Erinnerung an ein paar schöne Tage.« Es war eine Selbstkritik, es klang wie ein Schuldbekenntnis, als er hinzufügte: »Daß ich alter Esel mich noch mal so verlieben könnte, hätte ich nie für möglich gehalten.«

Als Anna nachher mit Ella Kunze zusammentraf, die das Ende des Gespräches mit Werner Friedrich mitbekommen hatte, sagte diese: »Nimm's nicht so schwer, Anna. Man lebt nur einmal – und am Ende bereut man's, wenn man etwas Schönes ausgelassen hat.« Nach einer Weile fügte sie verschmitzt und zweideutig hinzu: »Für mich war gestern hier ein schöner Abend – und noch schönere werden folgen ... Der Gerhard ist ein ganz toller Mann!«

Auf ihrem Zimmer weinte sich Anna aus. Als sie zur Ruhe gekommen war und wieder klarer denken konnte, sah sie das Leben realistischer: Freundin Ella lebte das Leben *jetzt* – und nahm sich *jetzt,* was es ihr bot. Sie nutzte die Stunden auf ihre Weise, zumal sie erfahren hatte, daß das ihr Angetrauter in gleicher Lage ebenso gemacht hatte. Warum mußte sie – Anna – immer auf dem Grund des Lebens schürfen, wo doch das Oberflächenwasser viel wärmer ist?!

Anna ging Werner weiterhin aus dem Wege. Der verzehrte sich indessen vor Sehnsucht nach ihr. Er hatte beobachtet, daß Anna jeden Morgen allein in den nahen Anlagen spazierenging. Am nächsten Morgen wartete er vom Balkon aus auf ihr Erscheinen. Als sie unten vorbeiging, rief er ihr zu: »Anna, ich habe dir die Ablichtungen gemacht – fang sie auf!«

»Ablichtungen« waren nur ein Vorwand, um von anderen Balkonen gaffende Nachbarn zu irritieren. Anna nahm das Briefkuvert an sich und rief nach oben: »Danke, Werner!« Sie setzte sich auf eine Bank, und als sie keinen Menschen in ihrer Nähe sah, öffnete sie den Brief und las:

Liebste Anna,
warum weichst Du mir aus? Ich verzehre mich in Sehnsucht nach Dir! Heute Nachmittag sind ja keine Anwendungen. Ich lade Dich ein, mit mir nach Bruchsal zu fahren, um das Schloß zu besichtigen. Bitte komm doch! Ich erwarte Dich um 14 Uhr an meinem Wagen. Du weißt ja, wo der steht.
Dein Werner

Und wieder regte sich in Anna das verdammte Gewissen. Durfte man einen Menschen nicht lieben, den man gern hatte? Ihr fiel das Bibelwort ein: »Liebe deinen Nächsten ...« Sie sah darin nicht nur die allgemeine Nächstenliebe – sie glaubte sich auch darin bestätigt, wenn sie Werner bis zu der bestimmten (unbestimmten) Grenze entgegenkäme, mit ihm die verbleibende Zeit in Harmonie zu verbringen. Sie rang sich zu dem Entschluß durch, seiner Einladung zu folgen. Sie nahm sich jedoch vor, nie das Wort »Liebe« mit ihm in Verbindung zu bringen, obwohl sie ihn liebte – das wurde ihr immer klarer. Manchmal glaubte sie, daß das vielbeschworene Schicksal sie zusammengeführt hatte. Ihr Mann war lange tot. Und in ihr brachen Leidenschaften und lange nicht mehr erlebte Gefühle neu auf, wie seit ihrer Brautzeit nicht mehr. Oder war es nur Torschlußpanik?

Werner Friedrich wartete in seinem Auto. Und Anna kam, kam pünktlich. Er öffnete die Tür und sagte: »Anna, ich freue mich, daß du gekommen bist!« Sie fuhren los, redeten über belanglose Dinge, und die alte Vertrautheit war wieder da.

Nachdem sie das Bruchsaler Fürstenschloß besichtigt hatten, gingen sie im Schloßpark spazieren und setzten sich auf eine Bank in einer Taxusheckenanlage. Er nahm ihre Hände in die seinen und sah sie glücklich an: »Du, ich hab' für dich ein kleines Gedicht gemacht!«

Sie strahlte wie der blaue, sonnendurchflutete Himmel des Sommertages: »Laß es mich hören!«

Er nahm das Papier aus seiner Brusttasche, faltete es auseinander und sprach leise, doch betont:

Stilles, kurzes Glück

Ännchen heißt das schöne Kind, und wenn wir wieder ferne sind,
dann denke ich noch oft zurück an unser kurzes, stilles Glück.

Sie hat zwei güt'ge Augen, die strahln wie der Sonnenschein.
Ihr Herzchen möcht' ich rauben, doch das darf ja nicht sein.

Ich konnt' sie fest nur halten, zu kurze Augenblick',
und ihre Händchen falten in den meinen, still vor Glück.

Ich danke Dir, mein Ännchen, für Deinen frohen Sinn,
er hat mich inspiriert, mir war's, ich flög' zum Himmel hin.

Ich spür' Dein liebes Wesen, ohn' Falsch, so rein und hell.
Du hast in mir bestätigt des Lebens Wunderquell.

So leb denn wohl für immer, Gott möge bei Dir sein.
Obwohl wir uns sehen nimmer, bleibst Du mein Sonnenschein.

Werner Friedrich faltete das Papier wieder zusammen, und als er es Anna übergab, sagte er: »Der letzte Vers ist schon im Hinblick auf unseren Abschied geschrieben.«

Zum Abendessen waren sie wieder in der Kurklinik. Fortan waren sie unzertrennlich – allein und in der Clique. Sie gingen tanzen, besuchten die Konzerte im Kursaal oder am Schützenhaus am Waldesrand, die von Laienkapellen und Chören dargeboten wurden. Die Kurverwaltung bemühte sich redlich, den Gästen Unterhaltung und Abwechslung zu bieten, denn das war die beste Empfehlung für das kleine Bad auf der grünen Wiese.

Werner Friedrich fand es immer störender, daß Erna Kreutzer sich zwischen ihm und Anna eifersüchtig bewegte, und er sagte zu Anna: »Die alte Pute hat wirklich kein Taktgefühl – häng sie doch einfach ab.«

»Das kann ich nicht«, sagte Anna, »sie hat sich zu Anfang sehr um mich gekümmert.« Dennoch löste sie sich von Erna Kreutzer, wenn immer es ging.

Anna Born und Werner Friedrich waren fortan viel zusammen. Oft waren sie mit Werners Auto unterwegs. Sie kamen an einen Baggersee und fügten sich ein in das bunte Treiben der Badenden und Entspannung Suchenden. Herrliches Sommerwetter trug zur Ausgelassenheit der Menschen bei. Hier am Baggersee, im angrenzenden Laubwald, fanden Anna und Werner einen schattigen, verschwiegenen Platz, den sie auch später oftmals aufsuchten, insbesondere, wenn das Treiben am Baggersee erloschen war und laue Sommernächte vom würzigen Duft des Waldes geschwängert waren. Sie waren Romantiker – und dann einfach glücklich.

Auch Gerhard Lamprecht und Ella Kunze gingen ihre eigenen Wege. Nur als Ellas Mann am Wochenende zu Besuch kam, schloß sich Gerhard wieder der Clique an. Bei Kunzes herrschte an diesen Tagen eitel Sonnenschein. Zwei Tage nach Herrn Kunzes Abreise war bei Ella und Gerhard wieder der alte Zustand hergestellt. Darauf anspielend, fragte Gerhard seinen Freund Werner Friedrich: »Wie kommst du mit Anna zurecht?«

»Wie meinst du das?«

»Na ja – so allgemein und ein bißchen mehr …«

»Wir sind gute Freunde geworden«, erwiderte Werner streng.

»Nicht mehr?« bohrte Gerhard weiter.

»Es ist so, wie ich's sagte.«

»Mensch, Junge, nutze die Stunden«, sagte Gerhard, »solch eine Gelegenheit kommt so schnell nicht wieder. Darin stimme ich voll mit Ella überein. Wir hatten gerade erst eine rauschende ›Ballnacht‹. Mit allem – was dazugehört. Und es soll nicht die letzte sein. Mein Zimmer liegt ja ganz in der Nähe von Ellas …«

Werner konnte sich denken, was da lief, und er warnte: »Beim vorigen Durchgang hat die Nachtschwester welche erwischt. Sie hörte es stöhnen und glaubte, daß jemand einen Infarkt erlitten habe. Als sie das Zimmer mit dem Generalschlüssel öffnete, sah sie, wie sich zwei vergnügten.«

»Na und?!«

»Na und?« äffte Werner seinen Freund nach. »Die erhielten am nächsten Morgen einen Freifahrtschein nach Hause. Wie sie ihren Ehegesponsen den vorzeitigen Abbruch der Kur erklärt haben, ist nicht bekannt.«

»Man darf alles – sich nur nicht erwischen lassen.«

Die Eintragungen und Stempel in der Anwendungskarte wurden mehr und mehr; ein Zeichen dafür, daß Werners und Annas Tage abzuzählen waren. Er war zwei Tage nicht mit Anna zusammen, und er hatte sich vorgenommen, am letzten Sonntag noch mit ihr nach Baden-Baden und in den Schwarzwald zu fahren. Beim Frühstück ging er an ihren Tisch und schob ihr einen Zettel zu: »Heute wird ein schöner Tag. Laß uns in den Schwarzwald fahren. Ich erwarte Dich um neun Uhr an meinem Auto. Werner.« Als sie in ihr Zimmer ging, nickte sie Werner zu, der in einer Sitzgruppe der Empfangshalle gewartet hatte.

Sie fuhren nach Baden-Baden. Die Autobahn war übervoll. Bei Karlsruhe kamen sie in einen endlosen Stau. Bei der nächsten Ausfahrt gingen sie runter und fuhren auf Nebenstraßen weiter. Werner hatte von einem Freund die Führungszeiten im Spielkasino von Baden-Baden erfragt, und nun drängte die Zeit, um zur Vormittagsführung noch rechtzeitig zu kommen. In Baden-Baden fuhren sie beinahe ein älteres Ehepaar an, das ihre Fahrbahn kreuzte. Zum Glück fanden sie schnell einen Parkplatz – und sie konnten sich einer gerade beginnenden Führung im Spielkasino anschließen.

Es wurde ein schöner, erlebnisreicher Tag. Von Baden-Baden fuhren sie auf der Schwarzwald-Hochstraße bis nach Freudenstadt, und dann über Wildbad im Großen-Enz-Tal zurück. Sie hielten am sagenumwitterten Mummelsee und am höchsten Punkt der Hochstraße, der einen herrlichen Rundblick bot. Dort gingen sie Hand in Hand an Wacholdersträuchern und Krüppelkiefern vorbei und pflückten Blaubeeren, die es hier in Hülle und Fülle gab.

Am Dienstag darauf fuhren sie nach Heidelberg. Sie besichtigten das Schloß und genossen die Abendstimmung in der Altstadt. Sie hörten Sängern und Fiedlern zu und warfen – wie andere Passanten – Münzgeld in die auf dem Boden liegenden Mützen.

Dann kam der letzte Abend. Am nächsten Tag mußten Werner, Gerhard und Ella abreisen; Anna und Erna eine Woche später.

Werner wollte den letzten Abend mit Anna allein verbringen, doch die hatte dem Plan der anderen Frauen bereits zugestimmt, im »Kuhstall« Abschied zu feiern.

Viele waren fröhlich und unbeschwert; wenige still und nachdenklich. Werner Friedrich war fest entschlossen, den Abschied von Anna Born so kurz und undramatisch wie möglich zu gestalten. Dem kam entgegen, daß alle Kurgäste bis zur letzten Minute im ›Kuhstall‹ blieben und dann im Sturmschritt heimeilen mußten. So blieb auch Werner nur wenig Zeit zum Abschiednehmen von Anna. In den Anlagen vor der Kurklinik nahm er sie in seine Arme und küßte sie. Und sie durchbrach – wie es ihr schien – sein zu langes Schweigen: »Es war schön mit dir – und vergiß mich. – Nun mußt du wieder für deine Frau und deine Familie da sein.«

Kurz vor 22.30 Uhr betraten sie die Empfangshalle. Viele waren in weinseliger, einige in echter Abschiedsstimmung – und alle dachten nicht daran, den »Zapfenstreich« einzuhalten.

Werner begleitete Anna bis auf ihre Etage und küßte sie ein letztes Mal. Ihr war so wehmütig ums Herz, und sie war in dieser Stimmung bereit, dem Geliebten zum Abschied die höchste Erfüllung der Liebe zu schenken, sich ihm ganz hinzugeben und ihn auf ihr Zimmer mitzunehmen – doch sie sprach es nicht aus – und er forderte es nicht. In dieser Hinsicht hatte er seine Frau nicht betrogen. Als sie sich aus der Umarmung gelöst hatten, sagte er zu Anna: »Du bist ja noch eine Woche hier. Vielleicht rufe ich dich an, wie ich nach Hause gekommen bin.« Auf seinem Zimmer packte er noch seine Koffer.

Am nächsten Morgen herrschte in der Kurklinik Aufbruchstimmung. Gleich nach dem Frühstück und der Ausgabe der Entlassungspapiere fuhren die ab, die mit dem eigenen Auto da waren. Die mit der Eisenbahn fahren wollten, mußten noch zwei Stunden in der Halle warten, bis sie der Kleinbus zum Bahnhof brachte.

Werner Friedrich verabschiedete sich schon vor dem Frühstück von seinen Freunden und von Anna. Er nahm das Frühstück ein und beeilte sich, fortzukommen, weil er Abschiedstränen nicht sehen konnte. Er fuhr los und wartete gar nicht mehr auf Anna.

Auf der Heimfahrt durcheilten Werner Friedrichs Gedanken noch einmal alle Stationen der kurzen Liebe mit Anna Born. Hinter Frankfurt hatten ihn Gegenwart und Zukunft eingeholt. Nun freute er sich auf das Wiedersehen mit seiner Frau. Er brachte ihr neue Impulse mit, die ihm Anna eingegeben hatte, und sein schlechtes Gewissen wurde dadurch unterdrückt und beruhigt, daß es zwischen ihm und Anna nicht zur körperlichen Vereinigung gekommen war.

Die ersten Stunden mit seiner Frau verliefen tastend, anpassend – die Tage voller Glück und neugewonnener Liebe. Dennoch hielt er sein Versprechen und rief Anna gleich am Abend seiner

Heimkehr in der Kurklinik an, um ihr zu sagen, daß er gut nach Hause gekommen war. Obwohl er sich kurz faßte, war sie glücklich, noch einmal seine Stimme zu hören.

Ein Briefwechsel, der nicht sein sollte

Werner Friedrich war wieder »ganz zu Hause« und vom harten Alltag voll eingefangen. Obwohl er zu seiner Frau zurückgefunden hatte und sie sich beiderseits liebten, wurde er mitunter von seinen Gefühlen hin- und hergerissen: »Anna«! Bevor ihr Kuraufenthalt zu Ende war, schrieb er ihr diesen Brief:

Liebste Anna,
ich bin nach dreistündiger Fahrt am Donnerstag gut nach Hause gekommen. Früh war ich über den Engpaß Frankfurt hinaus. Mein »Pferdchen« lief und lief, als wittere es den heimatlichen Stall. Nun hat mich die alte vertraute Umgebung wieder, doch die Tage mit Dir, liebes Ännchen, werden noch lange in mir nachklingen.

Es war ein Traum, ein schöner Traum mit Dir – ein großes Geschenk, daß wir uns begegnet sind und im Gleichklang der Seelen ein ganz kleines Stück unseres Weges miteinander gehen durften. Für mich war es ein Gewinn und eine Erquickung, Tage mit Dir zu verbringen – wenn auch nur eine kurze Zeit eines schönen Sommers. Ich hätte nie geglaubt, daß ein Mann in meinem Alter noch einmal so erblühen könnte, bevor er verwelkt. All diese Liebe, diese Impulse strömen nun doppelt auf meine Umgebung und ihre Menschen über –. Seit langer Zeit konnte ich wieder zu meiner Frau sagen: »Ich liebe dich!« Sie war selig und weinte vor Freude. Die lange Trennung – sechs Wochen – zeigte eine heilsame, erneuernde Wirkung. Wir wollen uns nun mehr als bisher am Leben erfreuen und ihm neue, schöne Seiten abringen, denn wer weiß, wie lange uns das noch möglich sein wird. Sehen wir mit offenen Augen bis an verschwommene Horizonte, hören wir mit offenen Ohren auf die Stimmen der Herzen – und Zufriedenheit wird im Gefolge sein.

Wir hatten uns gern, das kann man nicht leugnen, aber wir

steckten von Anfang an die Grenzen ab, bis an die wir gehen konnten und durften. Wir haben nichts getan, was unser Gewissen arg in Unordnung bringen könnte. Daß wir Stunden, ein paar Tage froh sein durften wie ein Pärchen Turteltauben, ist doch kein schlimmes Verbrechen.

Ich sehe noch Deine strahlenden Augen, spüre noch immer Deinen wiegenden und anschmiegsamen Körper beim Tanzen. Ich empfinde noch immer Deine offene, heitere Wesensart, die es mir von Anfang an so angetan hatte. Du bist ein Goldkind – voller Sonne.

Nun bleibt mir nur die Erinnerung an schöne Tage eines goldenen Sommers. Und während ich heute schreibe, meine Post erledige, muß ich – obwohl ich mich dagegen wehren möchte – an das zurückdenken, was genau vor einer Woche geschah: Weißt Du noch, als wir auf der Autobahn im Stau steckten? In Eile und Sorge, zu spät nach Baden-Baden zu kommen, um die Führung durchs Spielkasino nicht zu versäumen? Ich sehe Dich da noch, wie Du den Ausführungen der vortragenden Dame voller Aufmerksamkeit und Entdeckerlust folgtest – so als wolltest Du gleich an einem Spieltisch mitmachen, wo die silberne Kugel rollte. Wie konntest Du Dich kindlich freuen über all die Pracht in den Spielsälen, über die Deckengemälde, die kostbaren Brokattapeten, die Ölbilder. Wie warst Du entzückt über die Gardinen aus kupfernen Kettchen, die die großen Fenster schmückten.

Wie warst Du angetan vom eindrucksvollen Gemälde der Pompadour, der Mätresse Ludwigs XV., und konntest Dir die Liebesstunden vorstellen, die man hier im Séparée erlebte.

Und dann das Kurkonzert unter den mächtigen Kastanien, die kühlenden Schatten spendeten – an Deiner Seite. Die bunten Fahnen im Sommerwind. Ein Orchester von großer Klangfülle – leise – anschwellende – laute Musik in höchster Vollendung. Der Rhein! – Man nahm ihn wahr, den alten Vater Rhein – sein Murmeln an der Quelle – sein gewaltiges Rauschen beim Ergießen ins Meer.

Und dann die Trinkhalle mit den Bildern aus der Sagenwelt

Badens, wo uns gleich die Wasserlilien des Mummelsees ins Auge fielen.

Wir fuhren weiter. Du warst ein guter Lotse, hast die Karten gelesen und Anweisungen gegeben wie ein Teamchef einer Rallyemannschaft. Wir hielten auf der Bühler Höhe und sahen hinab auf Täler und Wälder – und wir küßten uns herzlich, als gehörte es dazu – als sei es die Krönung eines Ineinanderfließens zwischen Natur und Mensch.

Wir fuhren weiter bis zum Mummelsee und aßen in einem Speiserestaurant zu Mittag – Du besorgt um Dein Gewicht.

Danach gingen wir Hand in Hand um den See herum. Wir sahen nicht die Menschen um uns herum – wir dachten an die Sage von den Wasserlilien, die im nebelverhangenen Morgen erblühten und mit ihrer Schönheit die Burschen lockten, anlockten, und alle abends von einem gestrengen Vater ins Haus, in die Tiefe des Mummelsees zurückgeholt wurden. Wir fühlten uns wie die Figuren dieser Sage: Du, die schönste Lilie, und ich, wie ein Bursche – hingerissen vom Glück. Ich sah in Gedanken die Nebel wallen, sah Oberon und Titania, das Herrscherpaar im Reich der Feen und Elfen, wie sie tanzten, wie sie sich liebten – und dabei wir beide, eng aneinandergeschmiegt – mit wiegenden Schritten um den See. Wir traten in die kleine Kapelle ein – und die Gegenwart hatte uns wieder.

Und weiter ging es … Du als mein guter Lotse und ich am Steuer mit großer Sicherheit, die Du immer so geschätzt hast. Wir hielten am Schlippkopf und schauten über das schöne Land. Es war warm, aber luftig. Wir schritten der Höhe zu, an Blaubeersträuchern vorbei, hielten inne an einer Gruppe von Krüppelkiefern. Hier hatten wir uns gern, so gern, als würde die Welt um uns versinken – als wären wir allein auf dieser Welt –, ungeachtet der Wanderer, die in nicht allzu weiter Entfernung an uns vorbeizogen … Und wir zügelten unser heißes Blut und gaben uns nur dem Herzen und Küssen hin – jedoch wie Ertrinkende, wie Menschen in einem schönen Rausch. Diese Stunde, liebste Anna, werde ich nie vergessen.

Beherrscht und ernüchtert brachen wir auf. Vom Gewissen getrieben, nicht doch noch schwach zu werden und dem Fordern des Fleisches zu erliegen. Und so blieb in uns das Reine eines stürmischen Gernhabens – und das war doch keine Sünde?!

Wir fuhren kreuz und quer durch den oberen Schwarzwald, hielten an einer Quelle und labten uns am erquickenden Naß. Du hast mich mit kaltem Wasser bespritzt und lachtest wie ein kleiner Schelm. Dann triebst Du zum Aufbruch – in Sorge, daß wir nicht rechtzeitig in der Kurklinik eintreffen könnten.

Dann war der Wald zu Ende, und bald lag auch Pforzheim hinter uns. Wir fuhren durch den Kraichgau, einem weitschwingenden Land mit Rebenhängen und goldenen Getreidefeldern. Die Sonne schien. Es war noch warm. Hier und da ratterten Mähdrescher über die Felder und ernteten das überreife Getreide.

Du hast neben mir gesessen und erfreutest mich mit Deinen Erzählungen. Ich hörte Dir zu, so aufmerksam zu. Und wie Du Dich hingelümmelt hast, so als wärest Du in einem Schlafwagen. Du warst – so schien mir – voller Übermut und hast wegen der Hitze mit Deinem Röckchen gewedelt, hättest Dich ohne Scham am liebsten ganz ausgezogen. Ich sah nur Dich. Ich hielt Dir meinen Mund immer wieder lockend hin – und Du hast ihn geküßt, nur immer kurz und flüchtig, wohldosiert, mit der Schläue und Realitätseinschätzung einer Frau, damit ich auch gar nicht vom Weg abkommen und wir womöglich im Graben landeten. Viel zu früh erreichten wir Bruchsal.

Wir gingen im Schloßpark an der Stelle vorbei, wo wir uns schüchtern geküßt hatten. Da immer noch Zeit war, machten wir noch einen Abstecher zum Baggersee. Und immer wieder blieben wir stehen und küßten uns, als könnten wir etwas versäumen, denn die herabfallende Dämmerung sagte uns, daß das Ende eines schönen Tages nahe war.

Zwei Tage sah ich Dich nicht – unterschiedliche Anwendungszeiten –, doch meine Gedanken waren bei Dir. Ich wagte kaum zu hoffen, noch mit Dir nach Heidelberg zu fahren, und ich war überglücklich, als Du dem zustimmtest.

Wir sahen uns das Schloß von Heidelberg an und schlenderten abends durch die Altstadt wie zwei junge Verliebte. Wir bewunderten die alten schönen Häuser, schauten in gemütliche Studentenkneipen rein, hörten Geiger und einen bezaubernden Flötenspieler – den Rattenfänger von Hameln? Wir waren angetan von der anheimelnden Atmosphäre der alten Stadt. Danach standen wir auf der alten Brücke und sahen unter uns den Neckar behäbig dahinfließen – Schiffe tragend.

Ich durfte Dich ein letztes Mal zum Tanze führen. Du hattest ein buntes, luftiges Sommerkleid an und warst für mich die Schönste im Saal. So nahm ich von Dir Abschied, und so bleibst Du in meiner Erinnerung.

Es war schön mit Dir, Anna. Ich danke Dir für alles, was Du mir gegeben hast. Und es ist doch keine Sünde, wenn ich mich ab und zu Deiner erinnere.

So leb denn wohl, liebe Anna, und bewahre ein ganz kleines Stück von mir in Deinem Herzen, wie auch ich von Dir,

Dein Werner

* * *

Werner Friedrich rechnete sich aus, wann ein Brief von Anna Born – falls sie an ihn schreiben sollte – eintreffen könnte. In den nächsten Tagen wartete er auf den Briefträger, um gegebenenfalls ihren Brief abzufangen, denn er wollte nicht, daß seine Frau ihn in die Hände bekam, zumal ein solcher Brief mit viel Liebe geschrieben war und das auch in Worten ausdrückte. Vier Tage später nahm er ihren Brief vom Postboten an. Sie schrieb:

Mein Liebster, mein allzukurzer Traum!

Wie schön es mit Dir war, ist mir erst richtig klargeworden, als Du weg warst. Der Freitag war ganz schlimm. Die Tränen saßen mir den ganzen Tag sehr locker. Ich habe Dich morgens noch gesucht, um zu winken, aber ich fand Dich nicht mehr, mein Schatz! Ich darf doch noch »Mein Schatz« zu Dir sagen? Solange ich noch hier bin, bist Du noch ganz vorn in meinem Herzen. Ich spüre Deine Nähe. Mein Wunsch, ganz lieb und eng bei Dir zu sein, ist groß. Ich habe nicht geglaubt, daß Scheiden so weh tun kann. – Es ist eben mein Inneres, meine Wesensart, so zu fühlen. Es kann doch keine Sünde sein, einem Menschen gut zu sein, den man mag. Du brauchst kein schlechtes Gewissen zu haben: Ich habe Dir gegeben, was ich fühlte. Du bist ein liebenswerter Mensch, und ich bin froh, daß Du so besonnen warst – denn meine Leidenschaft hätte die letzte Schranke übersehen. Ich freue mich sehr über Deine Zeilen, obwohl wir ja alle Brücken hinter uns abbrechen wollten. Ich wollte Dich schon anrufen, aber die Vernunft hielt mich davor zurück, denn Du sollst ja mit den Deinen keinen Ärger bekommen. Und es darf ja auch nicht weitergehen.

Unsere Fahrten beschreibst Du so genau, daß es mir warm ums Herz wird: schade um jede Minute, die wir zu früh nach Hause gefahren sind. Innerlich spürte ich jedoch eine Unruhe, und die Vernunft sagte mir, nichts zu riskieren.

Am Sonntag fuhr ich noch einmal mit einer Gruppe von sieben Personen in zwei Autos nach Baden-Baden. Es wurde ein Reinfall. Ich habe dabei an uns gedacht und hoffte, die Stellen zu finden, wo wir gewesen waren – ich fand sie nicht. Ich konnte mich nicht freuen – mein Übermut war weg, den Du so liebtest. Regnerisches Wetter. Keine schöne Fahrt. Kein Einklang unter den Leuten – einer zog hierhin, der andere dorthin … Wir wollten noch zum Mummelsee; wir haben uns verfahren und uns dann auch noch verloren. Schließlich sind wir getrennt nach Hause gefahren.

Ich gehe jetzt viel allein spazieren. Erna fährt morgen. Verbreibe mir nun mit dem Strickzeug nutzbringend die Zeit, die ich noch hier bin.

Ich schreibe nach dem Essen. Muß gleich zur Anwendung. Die letzten Tage waren zu kalt. Heute ist das Wetter wieder besser. In ein paar Tagen erwartet mich zu Hause wieder der Alltag. Mein Sohn und die Enkelkinder freuen sich, wenn die Mutter und die liebe Oma wieder da ist. Arbeit und Alltagsprobleme werden mir wieder die Flausen aus dem Kopf treiben.

Freuen müßte ich mich, daß Du so lieb zu Deiner Frau zurückgefunden hast, aber ein wenig regt sich in mir die Eva mit ihrer Eifersucht. Und ein wenig schäme ich mich, daß ich so offen und unbefangen zu Dir war – mich gezeigt habe: Ich hatte von Anfang an keine Scheu vor Dir. Es war ehrlich und rein mit Dir. Mein Innerstes war nur für Dich bestimmt.

Vergessen werde ich Dich nicht. Bleib gesund und mach Dir keine Gewissensbisse – wenn ich das sage, stimmt's: Ein Kobold weiß das!

Bitte entschuldige meine Schreibweise. Es sprudelt aus mir heraus wie lange nicht mehr.

Tausend Küsse von Deinem in der Erinnerung verblassenden Kobold

Anna

Das Leben geht weiter

Werner Friedrich und Anna Born gingen wieder ganz in ihren Familien auf. Ein Dreivierteljahr später hatte Anna eine zweite Hüftgelenkoperation gut überstanden. Sie besorgte für sich und ihren Sohn den Haushalt und konnte sogar wieder Treppen steigen. Günter hatte seine alte Arbeit als Baggerfahrer. Tochter Margarethe und ihre Kinder besuchten ihre Mutter und Oma, sooft sie konnten, und halfen ihr, wo sie Hilfe benötigte.

Marga Burger war Köchin in einem großen Lokal in Düsseldorf. Sie hatte es nicht weit von ihrer Wohnung bis zu ihrer Arbeitsstelle. Ihr Mann, Rainer Burger, bekam nach einem Herzinfarkt eine leichte Arbeit in seinem Metallbetrieb, die eigentlich nur eine Aufsichtsfunktion war. Burgers waren zufrieden – und konnten es auch sein, denn ihre drei Kinder waren nun auch aus dem Gröbsten heraus. Andreas hatte die Lehre als Feinmechaniker erfolgreich beendet und war als Zeitsoldat bei der Bundeswehr – mit dem Ziel, auch dort beruflich weiterzukommen und in der Fachschule seinen Meister zu machen. Regina und Dorothea hatten Arbeit in einem Chemiewerk, Regina als Sekretärin und Thea als Laborantin.

Dorothea war Annas liebstes Enkelkind, obwohl sie die anderen beiden auch nicht benachteiligte. Thea, wie sie von vielen genannt wurde, hatte viele Eigenschaften der Großmutter geerbt; auch das unbedingte Vertrauen zueinander. Thea war am rührendsten um ihre Großmutter besorgt, und sie kam auch in Herzensangelegenheiten zu ihrer Omi. Dadurch wußte Anna immer, wie es in der Seele ihrer Enkeltochter aussah. Sie stand ihr bei und gab ihr manchen Rat fürs Leben, denn sie schöpfte aus den Erfahrungen ihres vielseitigen und bewegten Lebens.

Die anderen Enkelkinder waren andere Charaktere, Realitätsmenschen, die der Stunde, dem Tag zugewandt waren, um daraus das Beste zu machen. Andreas war in den Flatterjahren und dachte noch nicht an eine feste Freundin. Regina lebte bereits mit einem Freund in einer eigenen Wohnung zusammen; sie wollten bald heiraten.

Auch Dorothea hatte bereits eine kleine Wohnung hübsch eingerichtet. Sie konnte sich »ihre eigenen vier Wände leisten«, wie sie erstaunten Fragern geheimnisvoll erklärte; warum sie das konnte, sagte sie nicht. Thea hatte durch Fleiß und in Abendschulen die Kenntnisse erworben, die sie beruflich weiterbrachten – bis zur Leiterin eines Zweiglabors, mit entsprechendem Verdienst. Das Büffeln der Formeln, das Bücherwälzen an den Wochenenden – wenn andere tanzen gingen und sich vergnügten – hatte sich für Thea ausgezahlt. Und bald besaß sie auch ein kleines Auto, mit dem sie nun noch häufiger ihre liebe Omi besuchte.

Mehrmals schon brachte Dorothea Freunde mit, aber es kam zu keiner festen Beziehung. Oma Anna gab ihr den Rat, nicht so wählerisch zu sein, denn den Idealmann, den sie sich wünschte, gebe es nicht. Vielleicht lag es auch an ihrer willensstarken Persönlichkeit, am Selbstbewußtsein, das ihr Beruf mit sich brachte – vielleicht auch an ihrer Intelligenz, was sie so wählerisch machten.

Mit Tochter Margarethes Familie war Anna zufrieden. Zunehmende Sorgen bereitete ihr Sohn Günter. Immer öfter kam der betrunken nach Hause und überfiel sie mit unflätigen, kränkenden Worttiraden. Morgens um 5.30 Uhr wurde er vom kleinen Firmenbus abgeholt und gegen 19.30 Uhr wieder gebracht. Seine Tage waren besonders lang, wenn er in der Kneipe sitzenblieb und nicht mehr allein den Weg nach Hause fand.

Anna war viel auf sich allein gestellt und quälte sich mit Arbeiten ab, die ihr immer schwerer wurden, die sonst ihr Sohn verrichtete. Obwohl sie wenig aß, hatte sie an Gewicht zugenommen. Sie konnte und mochte sich nicht mehr viel bewegen. Die Hüften taten ihr weh. Alles wurde nicht mehr so akkurat besorgt wie früher. Günter hatte zwar im Frühjahr den Garten umgegraben, aber nun fehlte die gründliche Pflege. Anna konnte nicht mehr Unkraut jäten, hacken, die Beete sauberhalten, nicht mehr

Wasser zum Gießen der Pflanzen herantragen. Vieles blieb liegen, was sonst seine Ordnung hatte – und das gegen Annas Gewohnheit, gegen ihre Lebensauffassung. Anfangs war sie darüber traurig. Dann überkam sie Gleichgültigkeit, zumal das ihren Sohn schon lange nicht mehr störte. Günter reagierte auf die Vorhaltungen seiner Mutter, mit dem Trinken aufzuhören, schon lange nicht mehr. Lag es daran, daß er jetzt immer öfter Arbeiten verrichten mußte, die einem »ehrbaren« Baggerfahrer nicht zustanden? Im Zeichen der Wirtschaftsflaute nahm seine Baufirma Arbeiten an, die sie in normalen Zeiten nicht angenommen hätte; so auch die Demontage, den Abriß einer alten Industrieanlage im Ruhrgebiet, wobei auch Günter Born eingesetzt wurde.

Ein neuer Schicksalsschlag

Was Anna Born befürchtet hatte, trat ein. Gegen 19.30 Uhr wartete sie – wie alle Tage – auf den Firmenbus. Wenn dann die Haustür rasselte, wußte sie, daß ihr Sohn Günter da war. An diesem Tag im Juli kam der kleine Bus ohne ihn. Es klingelte. Mit großer Unruhe öffnete Anna die Haustür. Zwei Arbeitskollegen standen mit ernsten Gesichtern vor ihr, grüßten und suchten offensichtlich nach Worten. Sie ahnte Schlimmes und schrie auf: »Um Gottes willen – ist was mit Günter passiert?«

»Frau Born – Ihr Sohn ist verunglückt!«

»Ist er tot ? – So redet doch!«

»Er lebt. – Bei Abbrucharbeiten ist er von der acht Meter hohen Montagebühne gefallen. – Am schlimmsten hat's seine Beine erwischt. – Er ist gleich ins Unfallkrankenhaus gekommen. – Die Ärzte sind gut – sie werden ihr Möglichstes tun.«

Anna weinte hemmungslos. Die Männer versuchten, sie zu beruhigen: »Frau Born, Ihr Sohn lebt ja! Er wird durchkommen! – Beruhigen Sie sich doch, er lebt ja – und das ist zunächst das Wichtigste. – Sie können im Krankenhaus anrufen!« Die Männer sagten ihr den Namen des Krankenhauses und gingen.

Was Anna lange befürchtet hatte, war eingetreten. Zu oft war Günter in letzter Zeit betrunken nach Hause gekommen. Dann war sie immer zornig gewesen, und manches Mal hatte sie ihm einen kleinen »Denkzettel« gewünscht, damit er zur Besinnung käme. Aber nun, wo es ein schwerer Unfall war, brach in ihr die Mutterliebe so stark auf, daß sie seinen Schmerz selbst spürte. Sie weinte lange – und als sie keine Tränen mehr hatte, als sie sich ausgeweint hatte, kamen ihr wieder klare Gedanken.

Sie rief Tochter Margarethe an und berichtete ihr, was passiert war. Marga wollte gleich im Krankenhaus anrufen, um Näheres über ihren Bruder zu erfahren.

Während Anna auf den Rückruf ihrer Tochter wartete, ging sie in Gedanken alle Möglichkeiten und Aussichten durch, die sich aus dem Unfall ergaben: Wie sollte es mit ihr weitergehen, wenn Günter stürbe? Kinder und Enkelkinder haben ihre Existenzen … Sie werden diese nicht aufgeben, um zu ihr zu ziehen. Was wird dann aus dem Haus? Wie soll sie allein damit fertig werden? Wie dafür die Ausgaben und Belastungen bestreiten? Fragen über Fragen!

Endlich rief Marga an. Wie aus weiter Ferne hörte Anna ihre Stimme: »Mutti, Günter lebt und wird durchkommen. Die Kopfverletzungen werden keine ernsten Folgen haben. Schlimmer sieht es mit den Beinen aus – beide sind mehrmals gebrochen. Der linke Knöchel ist zertrümmert. Die Ärzte hoffen, daß sie Günter einigermaßen wiederherstellen können.« Marga sprach noch lange mit ihrer Mutter. Sie vereinbarten, daß sie Günter besuchen wollten, sobald es die Ärzte zuließen. Als sie die Hörer aufgelegt hatten, war Anna ruhiger, gefaßter – und sie betete, erflehte Gottes Gnade und Hilfe für ihren Sohn. Im Gebet fand sie Trost – erkannte sie einmal mehr: Leben und Sterben liegt in Gottes Hand!

Vier Tage später fuhren Marga, Dorothea und Omi Anna mit Theas Auto ins Krankenhaus.

Sie betraten das Krankenzimmer. Zwei schwere »Fälle« … Köpfe umwickelt mit Mullbinden … Nur Mund und Nase waren zu sehen. Anna blieb an der Tür stehen. Welcher von beiden war ihr Sohn?

Die Schwergezeichneten hatten die Eintretenden bemerkt. Ihre Augen sahen zu den Besuchern hin, ihre Köpfe bewegten sich nicht. – Welcher von beiden war Günter Born? Anna trat einen Schritt näher – und sah, daß nur bei einem auch die Beine verbunden und nicht zugedeckt waren.

Sie trat an sein Bett und sah ihm in die Augen: Ja, dieser war ihr Sohn! Sie erkannte seine Augen, die in der Kindheit schelmisch geleuchtet hatten, die später Klugheit ausdrückten, die in letzter Zeit immer öfter glasig ins Leere gestarrt hatten. In seinen Augen war sein Leben abzulesen – sie waren Ausdruck seiner Seele.

Anna suchte tastend seine Hand, die reglos auf dem Zudeck lag. Er spürte ihre warme Hand, die behutsam über seine strich … Sein Antlitz wurde hell … Befreites Lächeln trat aus seinen Augen, das Dankbarkeit, Hoffnung und Geborgenheit auszudrücken schien – geborgen in der Familie. Marga und Thea standen am Fußende seines Bettes und schauten ihn nur an … Nach einer Viertelstunde kam eine Krankenschwester ins Zimmer und sagte leise: »Bitte, gehen Sie jetzt! Es darf noch nicht zu lange sein. Er braucht Ruhe.« Anna nahm Abschied von ihrem Sohn mit einem leichten Händedruck, und auch die anderen gingen.

Auf dem Flur sprachen sie mit dem Stationsarzt. Der erklärte Anna mit großer Offenheit: »Ihr Sohn ist schwer mitgenommen. Die Kopfverletzungen werden bald verheilt sein – mit ein paar Narben im Gesicht kann man leben. Größere Sorgen bereiten uns die Beinfrakturen. Bei normalem Verlauf – wenn keine Komplikationen eintreten – wird das rechte Bein auch wieder in Ordnung kommen. Viel schlimmer sieht es mit dem linken aus – der Knöchel ist zertrümmert … Wir glaubten amputieren zu müssen, doch dann entschloß sich der Professor, die großen Brüche zu nageln. Amputieren kann man immer noch. Mehr konnten wir nicht tun. Nun muß abgewartet werden.«

»Ich danke Ihnen, Herr Doktor!« sagte Anna Born bewegt, und es klang wie eine Befreiung von schwerer Last.

Was alle nicht zu hoffen wagten: Günter Borns Genesung machte große Fortschritte. Seine robuste Statur, sein neu entfachter Lebensmut halfen ihm sehr dabei. »Er hat sich zum Guten hin verändert!« bemerkte glücklich seine Mutter. »Er ist ernster und nachdenklicher geworden!« Wodurch das kam, sprach sie nicht aus.

Und wieder einmal bestätigte sich: Oft finden Menschen erst durch solche Schicksalsschläge auf den rechten Weg ihres Lebens zurück. Anna sah sein Unglück als eine Fügung Gottes, aber auch den Fortschritt seiner Genesung als seine Gnade.

Die Wende zum Guten

Nach einem halben Jahr war Günter Born soweit hergestellt, daß er sich schon mit Gehhilfen, mit Krücken, fortbewegen konnte und auf dem Flur der Station das Laufen übte. Nur der Knöchel schmerzte noch sehr. Wochen später wurde er in eine Rehabilitationsklinik verlegt, wo man sich intensiv mit dem Knöchel befaßte; täglich bekam Günter Born Strombehandlungen, Massagen und Bäder. Er ertrug alles geduldig. Er war ein guter Patient, mit eisernem Willen, der auch ganz allein immer wieder übte, um den Fuß beweglich zu machen. Bald war er der Musterschüler der Klinik.

In der Rehabilitationsklinik arbeitete Hildegard Gablonz; sie war Günter Borns Zimmerschwester. Schwester Hilde, wie sie von den Patienten genannt wurde, war sehr beliebt. Sie ging voll in ihrem Beruf auf – auch wohl deshalb, weil ihr Mann vor langer Zeit in ähnlicher Lage gewesen war, einen Betriebsunfall hatte, an dessen Folgen er gestorben war.

Schwester Hilde war 51, ein Jahr älter als Günter Born. Langsam bahnte sich zwischen ihnen etwas an, das beider Leben veränderte. Sie hatten gemeinsame Interessen. Und auch in den Lebensauffassungen stimmten sie überein. Kleine Aufmerksamkeiten, die sie sich gegenseitig angedeihen ließen, weckten Sympathien füreinander. Und eines Tages saßen sie in der Grünanlage des Krankenhauses auf einer Bank und erzählten sich ihre Lebensgeschichten: Hildegard Gablonz war kinderlos. Ihr großer Halt war die Familie ihrer Schwester, in der sie sich geborgen fühlte. Und Günter Born erzählte von seinem Leben: als Bauernsohn, als Flüchtling, als abhängiger Arbeiter. Er kam vom Lande, sie aus der Stadt. Er hatte einfache Dorfschule, sie Realschule. Er war ein Mann, der sich von der Arbeit seiner Hände ernährte. Sie hatte die Fachschule mit dem Staatsexamen abgeschlossen. Hildegard Gablonz stand somit auf höherem Bildungsniveau als

Günter Born, aber das ließ sie ihn nie spüren. Sie schätzte seine offene Art, seine einfache Sprache, die das ausdrückte, was er meinte – ohne Umwege, ohne Verzierungen. Und eins konnten beide sehr gut und mit Engelsgeduld: einander zuhören! Sie blätterten im Buch ihres Lebens, legten ihr Wesen, ihr Innerstes offen, wagten Ausblicke auf die Zukunft. Günter Born hatte sich grundlegend verändert, hatte zu den guten Anlagen zurückgefunden, die ihm durch seine Eltern vom Herrgott bei seiner Geburt in die Wiege gelegt worden waren. Darüber war besonders seine Mutter sehr froh.

Hildchen – wie er sie bald liebevoll nannte – blieb nach ihrem Dienst, nach Feierabend, immer öfter bei ihm. Auf der von Ziersträuchern umgebenen Parkbank – ihrem Lieblingsplatz – erzählten sie wieder einmal aus ihrem Leben. Er hörte ihr zu, still zu, doch seine Gedanken waren woanders – und als die Dämmerung hereinbrach, nahm er ihre feinen, schmalen Hände in seine großen, harten und sagte: »Hildchen – willst du meine Frau werden?«

Darauf hatte Hildegard Gablonz schon lange gewartet, doch sie war klug und feinfühlend und wollte ihm Zeit lassen, bis er davon voll überzeugt war. Sie wollte nicht drängen und konnte sich reindenken, wie schwer sich ein Junggeselle im fortgeschrittenen Alter damit tat. Nun hatte er seinen sehnlichsten Wunsch laut ausgesprochen, und sie sagte voller Freude: »Ja, Günter, ich will es – deine Frau werden!« Sie fielen sich in die Arme und küßten sich das erste Mal voller Glück.

Beide hatten sie ihre Lebenserfahrungen. Und Hildegard dazu Erfahrungen mit einem Mann – mit ihrem Mann, der lange tot war, den sie gegenüber Günter Born immer seltener erwähnte, denn sie wollte keine Vergleiche ziehen. Jetzt hatte sie Günter, den wollte sie nehmen, wie er war, den wollte sie behutsam an ein Leben zu zweit heranführen.

Günter Born nahm ihre Liebe an und gab die seine an Hildchen zurück: Zwar nicht so stürmisch und leidenschaftlich wie im Lenz des Lebens, nein! – mit der Abgeklärtheit des Alters; nicht so sehr in der körperlichen Vereinigung, nein! – im seelischen Gleichklang, wobei ein zartes Über-den-Kopf-Streichen oder mehr ein andeutungsweiser Kuß ebensoviel bedeuteten wie eine stürmische Liebesnacht in der Jugend.

Als im »Fall Born« feststand: Der Knöchel bleibt steif, unbeweglich, wurde Günter Born aus der Klinik nach Hause entlassen. Seiner bisherigen Arbeit im Hoch- und Tiefbau konnte er nicht mehr nachgehen. Das Arbeitsamt schlug ihm eine Umschulung im kaufmännischen Bereich vor. Es dauerte lange, bis er sich dazu entschließen konnte. Er hatte immer im Freien gearbeitet, fühlte sich in frischer Luft immer am wohlsten. Er schuf mit seiner und anderer Hände Arbeit Ergebnisse, die man sehen und anfassen, die man bestaunen konnte: Hochbauten, Brücken, Straßen. Wie hatte er immer Büros und die »Bürohengste« gehaßt, und nun – er hatte keine andere Wahl – sollte er so ein Büromensch werden ... Und dann noch einmal die Schulbank drücken – in seinem Alter –, wo er doch nicht gerne zur Schule gegangen war. Würde er überhaupt den Abschluß der Umschulung schaffen – er, der nur Volksschulbildung hatte? Die endgültige Entscheidung schob er immer noch vor sich her, obwohl ihm Hildegard gut zuredete und ihm dabei helfen wollte.

Anna Born war froh, daß ihr Sohn endlich eine Frau gefunden hatte – eine Frau, mit der auch sie sich verstand. Schon seit geraumer Zeit machte Hildegard Gablonz seine Wäsche, und wenn sie bei Borns zu Besuch war, fand sie stets Arbeit, die sie ihrer zukünftigen Schwiegermutter abnahm: Sie saugte Staub, scheuerte den Boden der Küche, putzte die Fenster. Das führte dazu, daß besonders Mutter Anna auf eine Heirat drängte.

Sie besprachen die gemeinsame Zukunft – und setzten einen Termin für die Hochzeit. Vier Wochen später waren Hildegard und Günter auf dem Standesamt und unterschrieben – vor Zeugen und Standesbeamten – den Vertrag, der sie amtlicherseits, mit Rechten und Pflichten, zum Ehepaar machte. Im Anschluß daran traten sie in der Kirche vor den Altar. Im engsten Familienkreis nahm der Pastor ihr »Jawort« entgegen. Mit der Trauung waren sie in ihrer Religion ein Ehepaar, und damit gehörten sie auch vor Gott zusammen.

Schon Tage vorher brachte eine Möbelfirma neue Schlafzimmermöbel, die in Günters Schlafzimmer aufgestellt wurden. Hildegard verkaufte ihr altes, um starke Erinnerungen auszulöschen. Sie war jetzt mit Günter Born verheiratet, und dem sollte nun ihre ganze Liebe und Fürsorge gehören.

Das Arbeitsamt drängte auf eine Entscheidung. Hildegard redete abermals ihrem Mann gut zu; sie versprach, ihm bei den Schulaufgaben zu helfen. Es stellte sich einmal mehr heraus, daß sie – auch durch ihren Beruf bedingt – auf die Menschen eingehen und sie führen konnte, ohne daß sie es bemerkten. Günter Born ließ sich von ihr beeinflussen, ließ sich von ihr leiten und stimmte der Umschulung ins Kaufmännische zu.

Günter Borns Umschulung lief besser, als er es sich gedacht hatte. Jeden Morgen fuhr er mit seiner Frau in die Stadt: Sie ging ins Krankenhaus, er zur Schule. Erfahrene Lehrer und Ausbilder brachten den Umschülern – die aus verschiedenen Berufen kamen – ein umfangreiches Fachwissen bei. Abends saß Günter Born voller Eifer über seinen Hausaufgaben, und seine Hilde half ihm dabei. Mehr und mehr gefiel ihm sein neuer Beruf. Er schloß die Schule mit einem guten Zeugnis ab und wurde in seiner alten Firma als Buchhalter eingestellt.

Eine wohltuende Harmonie war in das kleine Fachwerkhaus im Ruhrgebiet eingezogen. Hildegard und Günter Born gingen nun schon einige Jahre ihrer gewohnten Arbeit nach. Und daneben nahmen sie ihrer Mutter fast alle Haus- und Gartenarbeit ab. Man sah es, daß Anna Born immer anfälliger und gebrechlicher wurde. Und wenn sie sich anbot, selbst leichte Hausarbeiten zu machen, sagte ihre Schwiegertochter: »Laß das nur, Muttchen, das mach' ich schon!« Hildegard war nie unzufrieden. Keine Arbeit war ihr zu viel, keine zu schwer. Anna Born hätte nicht einmal daran gedacht, so einen schönen, ruhigen Lebensabend zu haben. Und Günter, ihr Sorgenkind, hatte zum Guten zurückgefunden: Er trank und rauchte nicht mehr und war die Vernunft in eigener Person. Er hatte eine Perle von Frau bekommen, die ganz in der Familie Born aufging. Die sich auch mit ihrer Schwägerin Margarethe Burger und ihren Kindern gut verstand; die Margas krankem Mann Hans – der nach einem Herzinfarkt vorzeitig in Rente ging – half und ihm gute fachliche Ratschläge erteilte. Hans Burger bestätigte sich noch als Hausmann, während seine Frau weiterhin in einem Restaurant als Köchin arbeitete.

Burgers drei Kinder waren gut eingeschlagen: Andreas hatte in einer Fachschule seinen Kraftfahrzeugmeister »gebaut« und hatte als solcher eine gute Stellung in einer großen Autowerkstatt im Ruhrgebiet; er war bereits mit einer lieben Frau verheiratet, und sie hatten ein Kind.

Die zweite von Burgers, Regina, war seit drei Jahren mit einem Kollegen aus ihrem Büro verheiratet. Das erste Kind war unterwegs.

Annas liebstes Enkelkind war das jüngste, war Dorothea. Bei ihr stand der Beruf an erster Stelle: Sie hatte es schon bis zur Leiterin eines Chemielabors gebracht. Bis dato spielten die Jungen, die Männer bei ihr eine Nebenrolle, aber allmählich ging hierin – wie Anna Born bemerkte – eine Veränderung vor sich. Mehrere Freunde hatte Thea bereits ihrer Oma vorgestellt. Keinen heiratete sie. Nun kam sie mit einem Inspektor der Bundesbahn und wollte von der Großmutter ihr Urteil erfahren: »Omi, was hältst du von Stefan?«

»Er macht einen guten Eindruck. Er ist taktvoll und feinfühlend. Und auch gebildet!«

»Das ja – aber seine Stellung – ein kleiner Beamter … Von Liebe allein kann man nicht leben – zumal, wenn einmal Kinder dasein sollten. Ich sehe es im Bekanntenkreis immer wieder: An Geldmangel gehen viele Ehen in die Brüche … Ich brauch' mich nicht einzuschränken, kann mir vieles kaufen und leisten …«

»Mädel«, fuhr Oma Anna vorwurfsvoll dazwischen, »du hast es in deinem kurzen Leben weit gebracht, was viele erst am Ende ihres Berufslebens erreichen. Aber die materielle Sicherheit ist doch letztlich nicht das Ausschlaggebende. Schau dich doch um –

täglich liest man in der Zeitung: Viele Menschen, bei denen Geld keine Rolle spielt, sind unglücklich – gehen meistens im Zorn auseinander, waschen dabei dreckige Wäsche, wie es im Volksmund heißt, der dazu auch treffend sagt: Geld macht nicht glücklich! Das laß dir einmal durch den Kopf gehen, mein Kind!«

»Stimmt schon«, griff Thea Großmutters Gedanken auf, »wenn's Geld aber fehlt, stirbt mit der Zeit auch die Liebe!«

»Du bist zu selbständig geworden. Hast vieles erreicht, kaufst dir alles, was du begehrst – ich gönne es dir –, doch bist du im Materiellen nicht schon zu egoistisch geworden?!«

»Wenn wir heiraten und Kinder haben, wird es schwer für uns sein – Stefan verdient nicht sehr viel ...«

»Wenn sich Mann und Frau verstehen und ganz in der Liebe zueinander aufgehen, können sie auch ihre ureigenen Wünsche zurückstellen. Wie oft war es bei mir so?! Was habe ich für Pläne und Hoffnungen gehabt?! Wir haben bitter erfahren, daß sich Wünsche nur selten mit dem deckten, was dann wirklich zu erreichen war ... Und wir sind daran nicht zerbrochen. Wir haben uns – besonders in der Not – aneinander wieder aufgerichtet, die ganze Familie aneinander aufgerichtet, und es ging weiter.«

Dorothea hörte auf ihre Omi und beendete ihr wählerisches und rastloses Suchen. Sie heiratete Stefan Grundlach und wurde mit ihm sehr glücklich.

Letzte Wegstrecke

Die Jahre vergingen wie im Fluge. Anna Borns Haare waren weiß, ihr Antlitz von Runzeln und Falten zerfurcht. Sie konnte sich kaum noch bewegen. Die Hüften taten ihr weh.

Hildchen war mit 55 und Günter mit 60 Jahren in Rente gegangen. Sie bemühten sich fürsorglich um ihre Mutter.

Lange noch hatte Anna Born Verbindung mit Werner Friedrich. Jedes Jahr, an ihrem Geburtstag, rief er sie an. An diesem Tag – und nur an diesem einen Tag im Jahr – telefonierten sie miteinander und erzählten sich, wie es ihnen im vergangenen Jahr ergangen war. Längst dachten sie nicht mehr mit Wehmut an den schönen Sommer, den sie zusammen verbringen durften. Die wenigen Tage voller Harmonie verwahrten sie ohne Bitterkeit und ohne Reue in ihren Herzen bis an ihr Lebensende. Wenn sie miteinander telefonierten, lebten sie in der Erinnerung. Und immer noch voller Zuneigung, doch ohne Gedanken daran, wie es hätte sein können, wenn sie sich damals für immer verbunden hätten.

Anna hatte versucht, Werner zu überreden, daß er seiner Frau das Geheimnis, das er immer noch vor ihr bewahrte, offenbarte. Er wollte es nicht: Warum sollte er damit seine Gattin belasten, mit der er ein Leben lang zusammen war? Warum ihr Innerstes aufwühlen? Obwohl da nichts weiter zwischen ihm und Anna Born gewesen war als Zuneigung und ein paar Küsse, wollte er das nicht. Sie hatte andere, sehr strenge Moralauffassungen, die er manches Mal altmodisch nannte; sie könnte sich nur unnütz Gedanken machen – die Harmonie an ihrem Lebensabend stören.

Vor drei Jahren wartete Anna Born vergebens auf den alljährlichen Anruf von Werner Friedrich. Sie war in Sorge, zumal er ihr vor einem Jahr gesagt hatte, daß ihm seine Gesundheit und sein Alter zu schaffen machten. Zwei Wochen nach ihrem Geburtstag tat sie das, was sie sonst niemals getan hätte: Sie wählte die Nummer der Friedrichs.

Am anderen Ende der Leitung meldete sich eine schwache Frauenstimme. Annas Herz klopfte lauter und schneller – sollte sie wieder den Hörer auflegen?

Sie tat es nicht, sie wollte es wissen und sprach ins Telefon: »Kann ich bitte Herrn Friedrich sprechen?«

»Meinen Mann? – Der ist seit einem Dreivierteljahr tot!«

Anna war tief erschüttert und nicht in der Lage weiterzusprechen. Ihr Herz krampfte sich zusammen … Lange hielt sie den Hörer am Ohr. Und als sie den schlimmsten Schock überwunden hatte, war sie geneigt, der Frau am anderen Ende der Leitung zu erzählen, wie sie zu ihrem Mann Werner gestanden hat. Als Anna wieder die fremde Frauenstimme hörte: »Hallo, sind Sie noch da? – In welcher Angelegenheit wollten Sie meinen Mann sprechen?«, bediente sie sich einer Notlüge und sagte: »Mein Mann wollte sich in einer Versorgungsangelegenheit bei ihm erkundigen.«

»Das ist ja nun nicht mehr möglich – und ich habe mich darum nie gekümmert.«

»Bitte verzeihen Sie, wenn ich Sie gestört und an den Tod Ihres Mannes erinnert habe. – Danke!« Anna legte den Hörer auf und weinte.

Danach vergingen wieder Jahre. Anna Born mochte nicht mehr laufen. Meistens saß sie im Lehnstuhl am Fenster und schaute in den schönen, gepflegten Garten hinaus … Sie erfreute sich an der Farbenpracht der vielen Blumen, an den jungen Blautannen, an den Koniferen … Wie nie zuvor vernahm sie das Gezwitscher der Vögel und horchte in die Natur hinein. Und sie erinnerte sich gerne an ihre Kindheit, an ihre Ehe mit Willi Born und an ihre Familie, an Jean, den Franzosen, und an Werner Friedrich. Sie dachte nicht mit Bitterkeit zurück, nein, voller Zufriedenheit, daß sie ihren Weg – und nur diesen ihren Lebensweg – gegangen war.

Anna Born bekam eine schwere Lungenentzündung. Ihr Herz wurde schwächer. Sie spürte, daß sie nun sterben mußte.

Ihr Schlafzimmer wurde zum Sterbezimmer. Kinder und

Enkelkinder standen an ihrem Bett. Ein letztes Mal zog ihr Leben vorüber – mit allen Höhen und Tiefen, seinen Versuchungen und Prüfungen – und sie war dankbar für jeden Tag. Sie hatte ihr Leben vom Herrgott empfangen, und sie war voller Zuversicht, daß sie es mit ihm gnädig beenden würde.

Mit dem Ausdruck einer unendlichen Müdigkeit wanderten ihre Augen zu Kindern und Enkelkindern hinüber, die am Fußende ihres Bettes standen – sie sah in ihnen die Fortsetzung ihres Lebens in nie zerreißender, ewiger Kette.

Noch einmal huschte ein verklärtes Lächeln über ihr von Runzeln und Falten zerfurchtes Antlitz. Dann war es, als schauten ihre Augen weit in die Ferne – sie sahen durch das dunkle, offenstehende Tor im Garten Eden das hellerleuchtete Haus Gottes.

Anna Born fiel ins Koma. Und als ihr Antlitz wächsern wurde, breitete ihre Seele die Flügel aus und ließ sich in das Unendliche tragen.

Wilhelm Tieke wurde 1923 in einem Dorf in der Mark Brandenburg geboren. Nach der Volksschule erlernte er ein Handwerk, um in alter Familientradition den Betrieb des Vaters zu übernehmen, doch es kam ganz anders: Nach fünf Jahren Kriegseinsatz als Soldat kehrte er 1947 in seine Heimat zurück, wo er 1949 in einen Bauernhof einheiratete. Als die Verhältnisse für Selbständige in der DDR unerträglich wurden, flüchtete der Autor 1959 mit Frau und zwei Kindern über Westberlin nach Westdeutschland, wo die Familie im Oberbergischen Land Arbeit und eine neue Heimat gefunden hat.

Der Autor veröffentlichte bisher einige kriegs- und heimatgeschichtliche Arbeiten. In Aufarbeitung seines Lebens im 20. Jahrhundert – des Lebens der Deutschen allgemein – entstand das vorliegende Buch.

Seit 1986 ist der Autor im bewegten Ruhestand, für seine Frau und die Familien der zwei Töchter mit drei Enkelkindern stets »im Einsatz«.